文春文庫

傷だらけのカミーユ

ピエール・ルメートル
橘　明美訳

文藝春秋

パスカリーヌに

支えてくれたカティー・ブルドーに

愛を込めて

わたしたちは自分の身に起きつつあることの一パーセントしか知らない。
これほどの地獄を埋め合わせるのに、天国のほんのわずかな部分しかいらないことを、わたしたちは知らない。

ウィリアム・ギャディス

『認識（The Recognitions）』

目次

一日目　11
二日目　117
三日目　227
解説　池上冬樹　380

傷だらけのカミーユ

主な登場人物

カミーユ・ヴェルーヴェン……パリ警視庁犯罪捜査部班長　警部
アンヌ・フォレスティエ……カミーユの恋人
ドゥドゥーシュ……カミーユの飼い猫　雌
ルイ・マリアーニ……刑事　カミーユの部下　資産家の御曹司
アルマン……同右　倹約家
ジャン＝クロード・マレヴァル……かつてのカミーユの部下　警察を追われる
ジャン・ル・グエン……パリ警視庁警視長　カミーユの親友
ミシャール……パリ警視庁犯罪捜査部部長　カミーユの上司
ペレイラ……予審判事
イレーヌ……カミーユの妻　五年前に殺害される
フィリップ・ビュイッソン……カミーユの妻を殺した男　服役中
ヴァンサン・アフネル……宝石専門のプロの強盗
ドゥシャン・ラヴィッチ……セルビア系の犯罪者
ナタン……アンヌの弟
ムールード・ファラヴィ……服役中の常習犯罪者

一日目

十時

人生を狂わせるような出来事が起きると、人はそれを〝決定的なもの〟と呼ぶ。そう書かれているのを、カミーユ・ヴェルーヴェンは数か月前に「歴史の加速度的展開」に関する記事で読んだ。人生にはいろいろなことがあるが、そういう衝撃的な、神経が震えるような出来事が起きると、これはほかとは違うとすぐにわかる。力も密度も違うので、それが起きた瞬間これはとんでもないことになる、取り返しのつかないことになると直感する。たとえば愛する女性に向けて三発の銃弾が発射されるとか。

それがこの日カミーユに起きることだ。

しかも、カミーユのようにそれが親友の葬儀の日で、それ以上のことは勘弁してくれという気分だったとしても、運命は容赦しない。運命というやつはその程度では満足せず、なんのためらいもなく、十二ゲージのモスバーグ500ソードオフ・ショットガンを引っ提げて現れる。だとすればあとはどう対応するか。問題はそれに尽きる。

そういうとき、ほとんどの人間はとっさの反応しかできない。たとえば、愛する女性の顔がつぶされたのを見たり、男がショットガンをすばやく装塡してその女性を狙うところを見たりしたら……。

平凡か非凡かが知れるのはおそらくそういう瞬間であり、最悪の状況でまともな判断ができるなら非凡な人間ということになる。

凡人はそうはいかず、なんとかやり過ごすので精いっぱいだ。たいていは動揺し、適当な判断でごまかすか、判断を誤る。さもなければ文字どおりお手上げ状態となる。

油断もあるだろう。長く生きてきた、あるいは人生をめちゃくちゃにされた経験があるという場合、自分にはもう免疫があると思い込む。カミーユがそうだった。妻を殺されるという言いようのない苦しみを味わい、立ち直るのに何年もかかった。そういう試練をくぐり抜けると、これ以上ひどいことは起こらないと思ってしまう。

それは罠だ。

この罠にはまると人はガードを下げる。

だが運命はそれを見逃すはずもなく、ここぞとばかりに襲ってくる。

そして襲われた人間は、〝偶然〟という矢は狙いを定めて放たれるのだったと改めて思い知らされる。

アンヌ・フォレスティエは開店時間直後にパサージュ・モニエに入った。通路はまだがらんとして、洗剤の臭いが鼻をつき、どの店ものんびりと準備中で、陳列台だのショーケースだのを運び出しているところだった。

シャンゼリゼ通りを下ったところにあるこのパサージュ（パリに残る古いショッピングアーケード）は十九世紀に造られ

たもので、ブランド品、文房具、革製品、アンティークなどの店が並んでいる。通路はガラス屋根で覆われていて、物知りがぶらぶらながめてまわれば、タイルやコーニス（天井蛇腹）、小さいステンドグラスなど、そこかしこでアールデコを鑑賞することができる。アンヌも余裕があればそうしただろうが、朝に弱いのでそれどころではなかった。頭がすっきりしないうちは屋根や壁の装飾などどうでもいい。

それよりとにかくコーヒー、それもとびきり濃いのが飲みたかった。

というのもこの日の朝——よりによってこの日の朝——カミーユがアンヌをなかなか離さなかったからだ。カミーユは朝型だがアンヌは逆なので、カミーユの誘いにあまり乗り気ではなかった。そこでカミーユの手をそっと押しやり——その手は熱く、抵抗しがたいのだが——ベッドを抜け出し、シャワーを浴びにいき、髪を乾かしながら、そうだコーヒーを淹れたんだったと思い出してキッチンに戻ったらもうコーヒーが冷たくなっていて、あきらめて身支度を急いでいたら洗面台でコンタクトレンズを片方落とし、それが流し口の数ミリ手前でかろうじてひっかかり……。

そうこうするうちに遅れそうになって家を出た。空腹のまま。

だからアンヌは十時数分過ぎにパサージュ・モニエに着くなり、入ってすぐのカフェレストランのテラス席に腰を下ろし、この日最初の客となった。コーヒーメーカーがまだ温まっておらず、少し待たされたが、何度も腕時計に目をやったのはそのせいではない。ボーイをうまくかわすためだ。そのボーイはコーヒーが準備できるまで手持無沙汰《ぶさた》で、ちょうどいいから女性客に声をかけようと思ったらしい。アンヌのほうをちらちら見ながら周囲のテーブルを拭きはじめ、さりげなく円を描いて近づいてきた。細身で長身、自慢げな顔、べたついたブロンドの髪、観光地でよく見かけるタイプだ。そして最後の円を描くとアンヌのそばに立ち、腰に手を当て、外を見やって嘆息し、今日の天気は、とあきれるほど月並みな文句を並べ立てた。

つまりそのボーイは間が抜けていたのだが、見る目はあった。なにしろ四十を過ぎてもアンヌの魅力は衰えていない。しなやかなブルネットの髪、澄んだ薄緑の瞳、まぶしい微笑み……まさしく輝いている女。おまけにえくぼまである。身のこなしはゆったりして優雅だし、どこもかしこも丸みを帯びていて、つい触れてみたくなる。胸も、腰も、下腹部も、腿も、すべてが締まった曲線なので男なら放ってはおけない。

そう思うたびに、そんな女がなぜ自分と一緒にいるのかとカミーユは首をかしげる。五十歳で、禿げかけていて、それよりなにより身長が百四十五センチしかないのに。そういわれてぴんとこなければ十三歳くらいの少年の身長だと思えばいい。ついでにはっきりさせておくなら、アンヌは中背だが、それでもカミーユより十五センチ——ほぼ頭一つ分——高い。

アンヌは話しかけてきたボーイに魅力的かつ雄弁な、つまり「ほっといて」という意味の笑みを返した。ボーイはそりゃ失礼と身振りで応じ、すごすごと退散した。アンヌはようやくきたコーヒーを急いで飲み干すと、パサージュ・モニエを抜けていった。このパサージュはジョルジュ＝フランドラン通りに通じている。出口に近づいたところでハンドバッグに手を入れたら——財布を出そうとしたのだろう——指先におかしな感触があったので立ち止まった。手を出すとインクだらけになっていた。万年筆から漏れたのだ。

すべてはこの万年筆から始まったのだとカミーユには思えた。あるいは、アンヌがほかの道ではなくこの日の朝だったことから。それがほかの日ではなくこの日の朝だったことから。そうした偶然がすべて重なったせいで、とんでもないことが起きたのだと思える。だがそんなことを言いだしたらきりがない。カミーユがアンヌに出会ったのも結局は偶然の総和によるものなのだし、すべての偶然に文句をつけるわけにもいかないだろう。

とにかく、アンヌのカートリッジ式万年筆からインクが漏れたのだ。濃紺の、ひどく小さい万年筆だ。カミーユははっきり覚えている。アンヌは左利きで、字を書くときのペンの持ち方がとても変わっていて、そんな持ち方でなぜ字が書けるのかわからない。しかも大きな字を書くので、腹立ちまぎれにサインでもしているように見える。さらにおかしなことに小さい万年筆しか使わないから、ますます不思議な光景になる。

アンヌは指先がインクだらけなのを見てすぐバッグの中身を心配した。どうしようと周囲を見まわすと、右手に大きなプランターが置かれていたので、その縁にバッグを載せて中身を出しはじめた。

かなり苛立《いらだ》っていたが、それはショックだったからで、本当に困ってのことではない。彼女のことを少しでも知っていれば、なにを心配することがあるんだと思う。そもそも大したものは持っていないのだ。バッグのなかはもちろん、人生においてもそうだ。誰でも買えるような服しか着ないし、アパルトマンも車も買ったことがない。稼いだ分はすぐに使う主義で、稼ぎ以上に使ったりはしないが、それ以下でもない。貯金は性に合わない。アンヌが金に無頓着なのは商売をやっていた父親が破産したから、いや、破産しそうになって、管理を任されていた四十ほどの団体の資金を持ち逃げしたからかもしれない。父親はそのまま消息を絶った。女手一つで娘のアガタを育てていたときは金の心配もしたが、それももう過去の話だ。

アンヌはまず万年筆をごみ箱に捨て、携帯電話をブルゾンのポケットに突っ込んだ。財布は染みがついていて、これも捨てるしかなさそうだが、財布の中身は無事だった。ハンドバッグは裏地がインクで濡れていたが、表までは染みていなかった。ちょうど商店街にいるんだし、新しいバッグを買おうとアンヌは思ったかもしれない。だが実際どうだったかはわからない。思っていたとしても結局実行できなかったのだから。アンヌはとりあえず持っていたティッシュを全部バッグの底に敷いた。そしてやれやれと思って手を見たら、両手ともインクで汚れていた。

カフェレストランに戻れば手を洗えるが、あのボーイがいると思うとうんざりだ。でも、やはりそれしかないとアンヌが顔を上げたとき、前方に、パサージュにしてはめずらしく公衆トイレの看板がかかっていた。その矢印はデフォッセ宝石店とカルドン菓子店のあいだの細い通路を指していた。

ここから展開が慌《あわただ》しくなる。

アンヌは公衆トイレまでの三十メートルほどを急ぎ、ドアを開けて入り、そこで二人の男と鉢合わせした。

トイレの反対側にはダミアーニ通りに通じる非常口があり、二人はそこから入ってきて、パサージュに向かおうとしていたところだった。

数秒タイミングがずれていたら……ばかばかしいようだが、カミーユはそう考えずにはいられなかった。アンヌがドアを開けるのがもう少しあとだったら、男たちはすでに目出し帽をかぶっていて、別の展開になっていただろう。

だが現実にはまさにそのときドアを開けて入ったわけで、その結果三人ともぎょっとして立ちすくんだ。

アンヌはまず男たちの存在に驚き、それから二人の様子が妙で、服装が黒ずくめなのを見てますます驚き、二人の顔を交互に見た。

武器も持っている。ショットガン。銃に詳しくなくても恐ろしい代物だとわかる。

背の低いほうがうなり声を上げたが、驚きの叫びだったようで、アンヌのほうを見てあっけにとられた顔をしている。もう一人はもっと背が高く、険しい顔つきで、顎が張っている。ほんの数秒のあいだ三人は不意をつかれて目を丸くし、口もきけずに凍りついた。

次の瞬間、男たちが動いた。二人とも大慌てで目出し帽をかぶり、背の高いほうが銃を持ち上げ、半分体をひねって斧で木を伐るように身構えたかと思うと、銃をアンヌの顔めがけて振った。力任せに。

テニスプレーヤーがボールを打つときのように腹から息まで吐いて。

台尻が頬にめり込んだ。

アンヌは後ろによろけ、なにかにつかまろうとしたが無駄だった。あまりにも突然で、あまりにも強い一撃だったので、頭がもげたような気がしたほどで、よろけたというより飛ばされたに近く、後頭部がドアにぶつかり、両腕を広げてそのまま崩れた。

台尻は顔の左半分、顎からこめかみのあたりまで食い込み、頬が十センチほど裂け、果物のように割れて血がほとばしり出た。男たちの耳にはグローブでサンドバッグを打ったような音が聞こえただろうが、アンヌに聞こえたのは、つまり頭蓋骨の内側に響いたのは、大きなハンマーが力いっぱい振り下ろされたような音だ。

もう一人が驚いてヒステリックにわめきだし、その声はアンヌにも聞こえたが、自分になにが起きたのかもわからない状態だったのでぼんやりとでしかない。

背の高いほうはそれを無視してアンヌに近づき、銃口を向けた。そして乾いた音とともに装塡して引き金に指をかけたが、そこでふたたびもう一人がわめいた。今度は悲鳴に近い声で、もしかしたら銃を持つ男の袖もつかんだかもしれない。アンヌは頭が朦朧《もうろう》として目も開けられず、ただ手だけが動いて無意識のうちに空《くう》をつかもうとしていた。

男は思いとどまり、仲間のほうを振り向いて考えた。確かにここで発砲すればすぐに警官が駆けつけ、肝心の仕事ができなくなる。プロならそんな馬鹿なまねはしない。ではどうする？男はいくつか方法を思い浮かべ、そのなかから一つ選んでふたたびアンヌのほうを向くと、足で蹴りはじめた。顔を、それから腹を。アンヌはかわそうとしたが力が出ず、そもそもドアと男のあいだにはさまれていて逃げ場がない。男は左脚でバランスをとりながら右の靴先で鋭く蹴り込む。アンヌはその合間を縫ってかろうじて呼吸する。途中で男は足を止めてアンヌの様子を見、これでは効果がないとみて、もっと確実な方法を考える。そして銃を逆さに持ち、高く振り上げたかと思うと、銃床でアンヌをたたきはじめた。またしても力任せに。

凍土に杭を打ち込むように。

アンヌは本能的に体をひねり、血だまりに手足をとられながらも下を向き、両手で頭を守った。最初の一撃は後頭部で受けた。次の一撃は、わざと狙ったのか、両手に当たって指が砕けた。

だがこの方法も仲間の気に障ったようで、もう一人が男にしがみつき、腕をつかんで叫びながら止めた。男はしぶしぶ銃を下ろし、また足蹴りに戻った。軍用並みの大きな革靴で頭部を狙って蹴る。アンヌは身を丸めて腕で守ろうとしたが、男の革靴は容赦なく頭、うなじ、前腕、背中に食い込み、もう何度蹴られたかもわからない（のちに医者は「八回」、法医学者は「九回」と言うことになるが、とにかくさんざん蹴られた）。

アンヌが意識を失ったのはこのときだ。

二人の男にとってはこれで一応けりがついた。だがアンヌが邪魔でパサージュ側のドアが開けられない。二人は同時にかがんだが、背の低いほうが先にアンヌの腕をつかみ、頭が床のタイルに当たるのもかまわず引っぱり、ドアを開けるスペースができたところで腕を放した。力なく落ちた腕は偶然にも聖母マリアのようなポーズになった。優美で、官能的で、物憂い腕。カミーユがその場にいたらすぐにフェルナン・ペレの絵画『犠牲者、あるいは窒息死した女』を思い浮かべ、余計に耐えがたかったことだろう。

アンヌの物語はここで終わっていてもおかしくない。これだけでももうとんでもない鉢合わせの悲劇だ。だが背の高い男はそうは思わなかったようで（どうやらこちらがリーダー格だ）、この状況について頭をひねって考えた。

このまま女を放置したらどうなる？

意識が戻ったら叫びだすんじゃないか？

あるいはパサージュに出てくる？　もっとまずいことに、こっちが仕事をしているあいだにダミアーニ通りに出て助けを呼ぶかもしれない。

トイレの個室に隠れて携帯で警察を呼ぶってことも考えられる。

そこで男はドアを開けて足で押さえると、かがんでアンヌの右の足首をつかみ、そのまま公衆トイレを出て三十メートルほど引きずっていった。子供がオモチャを引きずるように、後ろで起きていることにまるで無頓着に、しかも足早に。

アンヌの体はあちこちにぶつかった。トイレの角に肩が当たり、通路の壁に腰が当たり、そのたびに頭が振動で揺れる。壁の幅木や、壁沿いに並べられたプランターの角にもぶつかった。もはやぼろきれ、布袋、マネキン同然の肉塊で、その肉塊が血を流しながら引きずられていく。血は数分で凝固し、乾き、長い染みとなった。

それはどう見ても死体だった。男が足首を放すと、アンヌは力の抜けた肉塊として床にのび、男はそちらを振り返りもせず、デフォッセ宝石店の前で意を決したように銃を構えた。

二人の男は宝石店に押し入るなり大声を上げた。店は開店直後で客がいなかった。目撃者がいたとしたら、店内に二人の女性（店主と店員）しかいないにもかかわらず、男二人が荒々しい行動に出たことに驚いただろう。二人は間髪を入れず女たちを銃で殴った。あっという間の出来事で、店内にはガラスが割れる音、悲鳴、うめき声、恐怖のあえぎなどがほぼ同時に響きわたった。

一方、三十メートルにわたって頭が床にこすりつけられたからか、あるいはぶつかるたびに揺れたからなのか、このとき不意にアンヌの生命力がよみがえった。そして脳がふたたび動きはじめ、狂ったレーダーのように記憶を探りはじめた。だが空回りするばかりで状況がわからない。体のほうも痛みで麻痺し、筋肉一本動かせなかった。

この時点で、血だまりのなかに倒れているアンヌがなにか意味をなしていたとすれば、それはこの場に緊張感を与えることでしかなかった。

宝石店の店員は十六歳の見習いで、やせっぽちだった。大人っぽく見せようと髪を結《ゆ》っていたが、覆面の二人組が入ってきて強盗だとわかったとたん十六歳に戻り、大きく口を開けて催眠状態に陥り、神に捧げられる生贄《いけにえ》のように抵抗できなくなった。脚の力が抜け、カウンターに寄りかかったところで銃床で殴られ、スフレがしぼむようにゆっくり崩れ落ち、あとはその姿勢のまま両手で頭を抱え、ひたすら自分の鼓動を数えつづけた。

女店主のほうはまずアンヌを見て青ざめた。片足で引っぱられてきて、スカートが腰までまくれたまま動かなくなった女。しかも血の帯を引いている。それを見たとたんに声が出なくなった。そこへ二人組のうち背の低いほうが走り寄ってきて銃床で腹を突いた。背の高いほうは入り口で周囲を警戒している。女店主はかろうじて吐き気をこらえると、指示されるまでもなくロボットのように動き出した。おろおろしながら防犯システムを解除し、ポケットのなかのショーケースの鍵を手で探る。だがすべてを持ち歩いているわけではなく、残りは奥の部屋にあり、取りにいこうと一歩踏み出したところで失禁したことに気づく。すべての鍵を揃えて震える手で男に差し出したが、このとき思わず――供述書には決して書かれないだろうが――「殺さないで」とささやいた。二十秒でも生き延びるためなら全世界でも差し出しただろう。

そしてさっさと両手を頭の後ろに回し、自ら床に身を伏せた。そこからはずっと口を動かしつづけたが、それは祈りを唱えるためだった。

男たちの荒っぽいやり口からすれば、熱心に祈ったところでどうにもならないと思えるが、とにかく女店主は祈りつづけ、男たちは仕事を急いだ。背の低いほうがショーケースを片っ端から開けて中身を大きな布袋に入れていく。

手際がいいので四分もかからない。この時刻を狙ったこと、公衆トイレを通ってパサージュに入るという作戦、いずれも考え抜かれたプロの技だ。片方がショーケースの宝石をぶんどるあいだ、もう片方は店の入り口で仁王立ちになり、通路にも店内にも目を光らせた。

店内の監視カメラは背の低い男がショーケースや引き出しを開け、中身をごっそり取り出す様子をとらえている。もう一つのカメラは店の入り口とパサージュの一角をとらえている。この第二のカメラの画角にアンヌが入っていた。

このあたりから二人組の作戦が狂いはじめる。第二カメラがとらえているアンヌが少しずつ動きだしたのだ。それはわずかな動きで、痙攣のようにも見える。カミーユも最初は目の錯覚かと思ったが、そうではなかった。間違いなくアンヌは動いていた。ひどくゆっくりだが首を左右に回そうとしていた。カミーユがよく知る動きだ。アンヌは日に何度かリラックスするために首の骨と筋肉を動かす。「胸鎖乳突筋《きょうさにゅうとつきん》をほぐすといいの」と言うのだが、カミーユはそんな筋肉があることさえ知らなかった。もちろんこの状況ではリラックスどころではなく、その動きはもっと小さく、緊張を伴っている。アンヌは左脚を折り曲げて横向きに倒れていて、膝が胸に触れている。右脚はまっすぐ伸び、寝返りを打とうとするように上半身がひねられている。スカートが腰までまくれて白いショーツが見えている。顔からの出血がひどい。

つまり倒れていたというより、そこに捨てられていた。

入り口で見張っている男は最初のうちこそアンヌにも目をやったが、ぴくりとも動かないので安心し、その後は見ていなかった。パサージュの人の動きを警戒するほうに気をとられ、アンヌに背を向け、その血が自分の右足の踵《かかと》まで流れてきたことにも気づかなかった。

アンヌはまだ悪夢のなかにいて、現実に戻ろうともがいていた。そして少し顔を上げ、一瞬カメラのほうを見た。それがカミーユの胸をえぐった。

あまりの衝撃に冷静ではいられず、映像を止めて巻き戻し、再生するというのを二回繰り返した。とてもアンヌとは思えない。いつも目が笑っているあの明るい顔とは似ても似つかない。うつろな目をした血まみれの顔はひどく腫れ上がり、原形をとどめていなかった。

カミーユは泣きたくなってテーブルの端をわしづかみにした。アンヌがカメラのほうを、つまり自分を見たと思ったからだ。その瞬間、なにか言おうとしている、助けを求めていると思った。この種の想像は精神を蝕《むしば》む。身近な誰かが、自分を頼りにする誰かが苦しみ、死にかけているところを想像するがいい。冷や汗が出るだろう。だがもっとつらいのは、その誰かが恐怖のどん底で自分を呼んでいると思えるときだ。それは自分が死ぬよりつらい。カミーユが置かれた状況がそうだった。生々しい映像を前にしながらなにもできない。なにしろその場面はとっくに終わってしまっているのだから。

それは耐えがたかったが、それでもカミーユはこの場面を何度も見た。

その後アンヌは自分だけ異空間にいるような、周囲を無視した行動をとりはじめる。目の前に銃口を突きつけられていたとしても同じことだったろう。それは恐れを知らぬ生存本能で、モニターのこちら側から見ているカミーユには自殺行為にしか思えない。二メートルも離れていないところに銃を持った男が、ついさっき自分を撃とうとした男がいるというのに、アンヌは驚くような行動に出る。後先なしに起き上がって逃げようとするのだ。アンヌは根性のある女だが、ここで起きたことはそういう問題ではない。根性と、手ぶらでショットガンに立ち向かうこととはまったく別の話だ。

このあとの展開は二つの反発し合うエネルギーの衝突と、その力学的帰結と言えるかもしれない。二つのエネルギーが一つところに閉じ込められ、勝つか負けるかしかない戦いを繰り広げる。力に偏りがあるとすればそれは十二ゲージのショットガンで、これを持つ側が有利になる。だがこのときのアンヌにそんな比較や合理的計算ができるはずもなく、一人芝居のようにふるまうことしかできなかった。アンヌは残る力をかき集め——それがわずかでしかないことはモニターでもすぐにわかるのだが——まず脚を引き寄せると、両手をついて上半身を起こそうとした。腕に力が入らないうえに血だまりで手がすべって危うく倒れかけるが、どうにか踏ん張り、今度はそこから立ち上がろうとする。だがすべてがあまりにもゆっくりなので幻覚を見ているようだ。なにもかもが重く、のろく、うめき声さえ聞こえるようで、モニターを見ている側も一緒になって肉体を押したり引いたりして助けてやりたくなる。

いや、カミーユは助けるより動くなと叫びたかった。男が気づくまでに一分かかるとしても、この状態ではアンヌは三メートルも歩けず、その距離で撃たれればひとたまりもない。だがカミーユはモニターのこちら側にいて、しかもそれは数時間後のことで、今さら叫ぼうがどうしようがなんの意味もない。

アンヌの行動は思考ではなく、純粋な意志の力によるもので、どんな理屈も当てはまらない。その意志を支えているのが生存本能であって、それ以外のなにものでもないということは映像からもわかる。至近距離から撃たれそうな女というより、むしろ深夜の酔っ払いといったところで、酔って転んだ女がハンドバッグをつかんで立ち上がり（驚いたことにアンヌはハンドバッグを握りしめたまま引きずられてきていた）、千鳥足で出口に向かう場面のように思える。敵はショットガンではなく、アンヌ自身の意識のくもりでしかない。

次に起きたこともカミーユの意表をついた。なにも考えず、かろうじてバランスをとりながら立ち上がったアンヌはしばらくふらふらと揺れていた。しっかり立っているとは言えない状態で、スカートもまくれたまま片脚がむき出しになっている。だがそこで、アンヌはいきなり走ろうとしたのだ。

次第にものごとの歯車がかみ合わなくなり、支離滅裂と偶然と不手際が折り重なっていく。地上のどたばた劇に天上の神がついていけなくなったようなもので、神がどうしたものかと迷っているあいだに人間どもが即興で演じはじめ、芝居は大混乱をきたす。

アンヌは自分がどこにいるかわからなかったので、どっちへ行けばいいかもわからなかった。そしてよりによって銃を手にした男のほうを向いてしまう。手を伸ばせば指先が男の肩に触れ、すぐにも男が振り向きそうな位置だ。

カミーユはまたビデオを巻き戻す。立ち上がったアンヌはしばらくふらふらと揺れていた。

平衡を保てるだけでも奇跡に近い。それから血まみれの顔を袖口でぬぐい、耳を澄ますように首をかしげ、一歩出ようとし……そこで急に、なぜかわからないがいきなり走ろうとした。モニターを見ているカミーユは足元から崩れそうになった。気持ちを支える最後の骨組みまで壊れていくような気がした。

逃げるために走るのは間違っていない。だが実際に走れるかどうかは別問題で、いきなり動いたアンヌは血だまりに足をとられた。まるで初心者のスケートで、進もうとしてもがくことにしかならない。アニメなら笑う場面だろうが、ここではアンヌが自分の血で足をすべらせるのだから悲壮だ。カミーユにはスローモーションで走っているように見え、しかも逃げるべきもののほうへ向かおうとするので背筋が凍った。

男はすぐには気づかなかった。アンヌは危うく男に倒れかかるところだったが、ようやく足が乾いた床をとらえ、その反動で体が揺れて妙な具合に歩きはじめた。

相変わらずまずい方向に。

アンヌは壊れた自動人形のように円を描き、四分の一ほど回ったところで少し向きを変え、一歩進み、止まり、また少し向きを変えた。道に迷った人がうろうろするときと同じだ。そしてとうとう、奇跡的にも出口のほうを向いた。ちょうどこのとき──アンヌが立ち上がってから数秒経ったこのとき──獲物が逃げようとしていることにようやく男が気づいた。そして振り向きざまに引き金をひいた。

カミーユはこの場面を何度も見て確認した。間違いない。男は不意をつかれたのだ。銃は腰の位置にあり、これは広い角度で至近距離を狙うときの構えだが、命中精度は落ちる。少し姿勢が崩れたのかもしれないし、その逆に自信過剰だったのかもしれない。神経が高ぶっているやつにショットガンを渡して好きにしろと言うと、急に大胆になり、撃てば当たると思い込むことがある。あるいは驚きで手もとが狂ったか、そうしたことがすべて重なったのかもしれないが、いずれにしても銃口が上を向きすぎていた。反射的な発砲でしかなく、狙いを定めたものではなかった。

アンヌにはほとんどなにも見えていなかった。闇のなかをうろうろしていたら耳をつんざくような音がして、同時にガラスの雨が降ってきただけだ。それは銃弾がアンヌの頭上のステンドグラスに当たったからで、店の数メートル上にある底辺三メートルほどの半月形をしたステンドグラスが吹き飛ばされ、粉々に割れて落ちてきた。アンヌにとっては皮肉なことに、そのステンドグラスは狩猟を描いたものだった。猟犬の群れが立派な角の鹿を追い詰め、後ろから二人の馬上の騎士が追いついた場面で、犬たちは牙をむき、よだれを垂らしていて、鹿は死んだも同然だ。それにしても、このステンドグラスは二つの世界大戦を生き延びたというのに、強盗の撃ちそこないの弾で壊されるとは……。世の中にはどうにも納得しがたい話が多々ある。

この発砲とガラスの落下でパサージュ中が振動した。窓も、ショーウィンドーも、床も震え、誰もが本能的に身を縮めた。

「こんなふうに首を縮めましたよ」と近くの骨董屋はカミーユに言い、実際にやってみせた。

三十四歳だというその男は（三十五じゃなくてと念を押していた）、かつらが短すぎて前も後ろもはねていた。鼻がやけに大きく、右目がほとんど閉じたままで、ジョットの『七つの大罪と七つの美徳』のなかの「不信心」に描かれたかぶとをかぶった男を思わせる。銃声を思い出しただけでまた身をすくめていた。

「なにしろ最初はテロだと思ったもんで」と言ってそれ以上説明はいらないだろうという顔をする。「でもすぐに違うと思い直しましたよ。こんなところでテロなんてばかばかしい、標的になるような場所じゃないしとか考えて……」

記憶のなかの速度で出来事を語るタイプの証人だが、さほどポイントがずれるわけでもない。男は外の様子を見にいく前に、まずは店内に被害がないか確認した。

「被害はありませんでした」と感動したように言い、親指の爪で前歯をはじいた（「なにもない」の意味）。

パサージュは幅は狭いが高さがあり、五十メートルほどの通路の両側はずっとショーウィンドーが続いている。こういう空間で発砲だの爆発だのがあると衝撃がすさまじい。発砲と同時に振動が音速で四方に広がり、それがあちらこちらで反射して戻ってきて、すべてが重なって増幅される。

銃声とそれに続くガラスの雨で、アンヌはとっさに頭を守ったものの、衝撃でよろけてガラスの破片のなかに転がった。だがその意志をくじくには銃声でもステンドグラスの雨でも足りなかった。信じがたいことに、アンヌはふたたび立ち上がろうとする。

ショットガンの男のほうは慌てたばかりに最初の弾をはずしたので、次は時間をかけた。カメラは男がポンプアクションで銃を装塡し、首を曲げて狙いを定める様子をとらえている。画質がよければ引き金にかけた指が緊張するところまで見えたかもしれない。

だがそこでいきなり画面に黒手袋が現れ、男が撃とうとした瞬間にその手が男の肩を押した。弾はまたしても逸れ、今度は書店のショーウィンドーが丸ごと割れ、大小さまざまの破片になって滝のように落ちた。なかには皿ほどの大きさのカミソリのように鋭い破片もあった。

「わたしは奥の部屋にいたんです」

書店主はいかにも商売人という五十代の女性だった。小太りで、自信たっぷりで、メイク、週二回のエステ、ブレスレット、ネックレス、チェーン、指輪、ブローチ、イヤリング等々にひと財産かけている（なぜ強盗がこの女も連れていかなかったのか不思議だ）。声がしゃがれているところをみるとヘビースモーカーで、もしかしたらアルコール消費量もかなりのものだろう。だがそこまで詮索する余裕はなかった。事件発生からまだ数時間で、カミーユ自身が動揺していて、早くアンヌに起きたことを知りたくてじれていたからだ。

「それで大急ぎで……」と女は大げさな身振りでパサージュのほうを指差した。

そこでひと呼吸置く。注目されることがうれしくてチャンスを最大限に生かそうとしているようだが、カミーユには我慢できない。

「続けて」とうなるように言った。

女は失礼なという顔をした。背が低いから、きっとそのせいで短気なんだわと思ったことだろう。銃声のすぐあとで女が見たのは、アンヌが巨大な手で押されたようにショーケースにぶつかり、跳ね返されてショーウィンドーにもぶつかり、それから床に崩れる様子だった。そこは記憶があまりにも鮮明だったのか、女は興奮してひと呼吸置くことも忘れている。

「あの人、ショーウィンドーにたたきつけられたんですよ！　それなのにすぐさま起き上がろうとして！」女は心底驚き、感動していた。「血を流してて、頭が混乱してるみたいで、両手で周囲を探りながらすべったり転んだりして、もう大変！」

ビデオには強盗二人が一瞬唖然とし、次いで背の低いほうが店から袋を二つ運び出すところが写っていた。二つとも通路に投げ出すと両手をだらりと下げ、背の高いほうに嚙みつくようにしてなにか言っている。目出し帽のせいで口の動きが見えないが、食ってかかっているのは確かだ。

背の高いほうは銃を下ろしたものの両手で握りしめていて、迷っているのがわかる。だが結局は現実を受け入れ、口惜しそうにアンヌのほうを振り返った。その目にはアンヌがパサージュ・モニエの出口へとよろよろ向かう姿が映っていたのだろう。だがいつまでも睨んでいる暇はなかった。さほど難しくもない仕事に思いがけない時間がかかり、男の頭のなかでは警報が鳴っていたはずだ。

背の低いほうが袋の一つを仲間の手に押しつけると、これが合図となって二人は走りだし、画面から消えた。と思ったら背の高いほうがすぐまた現れ、アンヌが落としていったハンドバッグを拾ってふたたび走り去った。犯人の映像はここまでだ。その後二人が公衆トイレに戻り、ダミアーニ通りに出て、そこで待っていた仲間の車に乗ったことはわかっている。

アンヌは自分がどこにいるのかよくわからないまま、歩いては倒れ、また起き上がっては歩きを繰り返し、とうとうパサージュ・モニエを抜けて通りに出た。

「血だらけなのに歩いてて……ゾンビかと思っちゃって！」

そう言ったのは南米出身、黒髪にブロンズの肌の小柄な二十歳前後の女性だ。通りの角にある美容院のスタッフで、コーヒーを買いに出て戻ろうとしたところでアンヌとぶつかった。

「店のコーヒーマシンが壊れてしまったので、お客様のために外まで買いにいかせたんです」

美容院の店長、ジャニーヌ・ゲノがそう補足した。カミーユの前に堂々と立ったところは売春宿のおかみのようだ。店員への目の光らせ方にも似たところがあり、女性スタッフが歩道で男性としゃべっているのを見てすぐに出てきた。だがカミーユにとってはスタッフが外に出た理由などどうでもいい。コーヒーだのマシンの故障だのは関係ないんだと手振りできっぱり払いのけた。と思ったが、コーヒーの話はまだ終わらなかった。

アンヌが通りによろめき出たとき、そのスタッフはトレーに五人分のコーヒーを載せ、急いで店に戻ろうとしていた。この界隈の客は口うるさく、金持ちでお高くとまっていて、先祖伝来の当然の権利としていろいろ要求するという。

「コーヒーがぬるかったりしたらそりゃもう大変な騒ぎですから」と店長は顔をしかめた。

いや、聞きたいのは若いスタッフの話だ。

ようやく聞けた話はこうだった。爆発音のようなものが二回も聞こえたので驚き、なんだろうと思ってトレーを手に小走りに戻ってきたら、パサージュからゾンビみたいな女がよろめき出てきたので仰天した。目の前だったので足が止まらず、二人はぶつかった。トレーが飛び、カップもソーサーも水の入ったコップも飛び、コーヒーが飛び散り、スタッフが着ていた青いスーツにたっぷりかかった。店長にはそこが大問題で、というのもそのスーツは美容院の制服だったからだ。爆発にコーヒーにタイムロス、そこまでは我慢できるとしても、高価なスーツが……もうなんてこと！　と店長が黄色い声で口をはさみ、まあまあとカミーユが手振りで止めようとするが、そこから損害賠償の話になり、誰がクリーニング代を払ってくれるのかしら、法律上どうなんです？　と聞いてくる。まあまあともう一度手振りで止めたが、止まらない。

「しかも、その女は立ち止まりもしなかったんですよ！」

バイクの接触事故のような言い方だ。店長はいつの間にか自分が被害者だという口調になっている。というのも、自分の店のスタッフが遭遇した出来事であり、コーヒーが飛び散ったスーツも自分の店のものなのだから。店長とスタッフは主従関係であり、すなわち所有関係でもあると言いたいのだろう。カミーユは我慢できず、店長の腕に手をかけた。女はなにごとかとカミーユのほうを見下ろしたが、それは路上の犬の糞でも見るような目つきだった。

「いいかげん……」カミーユは低い声で言った。「無駄話はやめてください」

店長は信じられないという顔をした。なんなのこの小男、なんて口の利き方なの！　だがカミーユが年季の入った睨みを利かせるとさすがの店長も口を閉じた。気まずい雰囲気になり、それを察知したスタッフがここで点を稼ごうと助け船を出した。

「その人はうめいていて……」と言ってカミーユの気を引き、店長を救おうとする。

カミーユはスタッフのほうを向いて先を促した。

「うめくって、どんなふうに？」

「どうって、小さい声で……えっと、説明するのが難しくて……ああ、だめです、どう言えばいいかわかりません！」

すると店長がなんでもいいから言ってごらんと言った。名誉挽回のつもりらしい。なにが幸いするかわからない。そしてスタッフを肘でつつきながら、ほら、刑事さんが言うように、どんなふうだったか説明してごらん、どんなだったの？　と促した。スタッフは困ったように二人の顔を見、まばたきし、それからはっとひらめいたようにうなずくと、小声でいくつかうめき声を試しはじめた。まねをすればいいと思いついたようだ。「う、う」とか「あ、あ」とか言っていたが、やがて「はっ、はっ」と言ったところで、そうですこれですと言い、いったん目を閉じ、また大きく見開くと、急に音量を上げて「はっ、はっ」と絶頂に達する直前のような声を上げた。

そこは通り沿いの歩道で——すぐ近くでパリ市の清掃作業員がアンヌの血を無造作に洗い流し、それが側溝まで流れてきていて、まだ血痕が残っているところも歩行者が平気で歩いているという、カミーユにはつらい光景だったが——人通りも多く、そのなかの何人かがこの奇妙な光景に気づいて目を丸くした。背の低い男とブロンズ色の肌の若い女が立っていて、女のほうが男をじっと見ながらオルガスムのような声を上げていて、その様子を売春宿のおかみのような年増女がよしよしという顔でながめているという光景だ。とてもシャンゼリゼ界隈とは思えない。近くの店からも店員が何人か顔をのぞかせていて、この場面を見て眉をひそめた。発砲事件だけでも客足に響くのに、そのうえこの茶番はなんだ、通りの評判に傷がつくじゃないかと言いたげな顔だ。

カミーユはほかにも目撃証言を集め、その内容を突き合わせてアンヌの足取りを再構築していった。

アンヌはパサージュ・モニエからジョルジュ＝フランドラン通り三十四番地の角に出た。そして方角もわからないまま右に曲がって交差点のほうに向かった。数メートル先でトレーを手にした美容師にぶつかったがそれでも止まらず、水に浮いているようにふらふらと、時には路上駐車している車に手をつきながら進んだ。そのあたりの車の屋根やドアには血の手形が残されていた。付近の通行人は銃声のようなものに気づいていたので、血まみれのアンヌを見てまさにゾンビか幽霊かと思ったことだろう。誰もがぎょっとした顔でアンヌを避けていく。ある老人は放っておけずに「だいじょうぶですか?」と声をかけたが、よくよく見たら血だらけだったので仰天し……

「ほんとですよ、刑事さん、そりゃもう恐ろしくて……。立ちすくんでしまいましてね」

老人はおろおろしていた。穏やかな顔つきで、首が細く、目に霞《かすみ》がかかっている。白内障だなとカミーユは思い、晩年の父を思い出した。その目はカミーユのほうを向いているが、なにが見えているのかわからない。ひと言しゃべるたびに夢のなかをさまよい、次のひと言までに時間がかかる。なにもできなくて申し訳ないと言いながら細い両腕を広げる。その姿を見ていたらさまざまな感情が押し寄せてきて、カミーユは慌てて唾をのんだ。

つまり老人は「だいじょうぶですか?」と声をかけたものの、手を差し伸べることもできず、アンヌはそのまま夢遊病者のように老人のそばを通り過ぎた。

そしてまた右に曲がった。

よりによってなぜ? と考えても仕方がない。誰にもわからないのだから。いずれにせよ右手はダミアーニ通りで、アンヌが角を曲がった数秒後に強盗団の乗った車が猛スピードで走ってきた。

アンヌがいるほうへ。

あの背の高い男、アンヌの顔をつぶし、至近距離で二度も発砲しながらアンヌを殺しそこなった男は、ふたたびアンヌを見たとたん反射的に銃をつかんだ。今度こそけりをつけるために。

そして窓を下げてアンヌに銃口を向けた。アンヌのほうも気づいたが逃げようがなかった。

「その女の人は車のほうをじっと見て……」と老人が言う。「なんと説明したらいいのやら……まるで、それを待っていたかのようにじっと見たんです」

老人はおかしなことだと思いながらあえてそう言ったのだが、カミーユには言わんとするところがわかった。アンヌが疲れきっていたということだ。そこまでのすべてを経て、アンヌにはもう死ぬ覚悟ができていた。自分はここで死ぬと思った。アンヌだけではなく誰もがそう思ったようだ。銃を構えた強盗も、老人も、運命も、そしてあの小柄な美容師も。

「車の窓から銃が出るのが見えて……あの女の人もそれを見たんです。その場にいた全員の目が銃に吸い寄せられたけど、あの人は……あの人だけは、銃口と正面から向き合ったんです！」

カミーユは息をのんだ。つまり誰もがアンヌはここでおしまいだと思った。ただ一人、車を運転していた男を除いて。

カミーユが思うに――この点についてはじっくり考えてみたのだが――この時点で、運転手は事のなりゆきの細部までは知らなかったと思われる。運転手は車のなかで待っていた。予定の時刻を過ぎても仲間が戻ってこず、しかも銃声のような音が聞こえた。不安になり、いらつき、ハンドルを神経質にたたいたに違いない。このまま逃げるべきかと迷っただろう。そこへようやく仲間が現れ、片方がもう片方を急《せ》かしながら走ってくる。その様子を見て運転手は、もしかしたら死人が？　何人だ？　と自問する。ようやく仲間が車に乗り込む。これは緊急事態だと察し、質問を後回しにして発車する。そして二百メートルほど走り、交差点に差しかかったので減速し、そのとき血だらけの女が歩道を歩いているのが目に入る。すると仲間が「もっとゆっくり！」と叫び、急いで窓を下ろす。もしかしたら勝利の叫びでも上げたかもしれない。ラストチャンス、それも絶好のチャンス、運命のなせる業《わざ》、運命の人に出会ったようなもの、あきらめるしかないと思った女がまた現れるとは！　そう思った仲間は銃を肩に当てる。運転手のほうはその瞬間ぞっとした。仲間が目の前の女を撃とうとしている。それも目撃者だらけのこの場所で。パサージュでなにがあったか知らないが、それに加えてまた人を殺そうとしていて、自分もその共犯にされる。冗談じゃない、計画は大失敗だ、まさかこんなことになるなんて！

「急停車したんです」美容師が言った。「キキーッって、すごい音で！」

この証言は路上に残されたブレーキ痕とも一致する。そこから車種も特定できた。ポルシェ・カイエン。

車内では全員が座席から浮き上がった。銃を構えた男ももちろんで、弾ははずれ、アンヌのすぐ近くに駐車していた車のドアと窓が吹き飛んだ。周囲の誰もが身を伏せたが、あの老人だけは体が動かなかった。アンヌは衝撃で倒れ、次の瞬間運転手はアクセルを踏み抜き、車はタイヤをきしませて飛び出した。美容師は、立ち上がったら老人が壁に手をつき、もう片方の手を心臓に当てていたと言った。

アンヌは片腕が側溝の上、片脚が車の下という状態で倒れていた。老人は「きらきらしていた」と言ったが、それはフロントガラスの破片に覆われていたからだ。

「それが体の上に、雪のように降り積もっていたんです」

十時四十分

兄弟はご機嫌斜めだ。

なにもかも気に食わないらしい。

図体がでかい強面《こわもて》の兄貴のほうは慎重に運転しているが、凱旋門《がいせんもん》を回ってラ・グランド・アルメ通りを行くあいだハンドルを握る手が白くなっていた。今も眉間に皺を寄せている。そうやって不満を伝えたいらしい。あるいは感情を顔で表現するのがトルコ式なんだろうか。

弟のほうは口やかましく、怒りっぽい。浅黒くて野蛮な顔つきからも性格が知れる。感情が顔ばかりか態度にも出るタイプで、人差し指を振りまわして食ってかかってくる。疲れるやつだ。なにを言っているのかわからないが、容易に想像がつく。「手っ取り早くて実入りのいい仕事だというから乗ったのに、発砲騒ぎの連続とはどういうこった」と言いたいのだ。続いて両腕を大きく広げて振っているところをみると、「しかもおれが止めなかったらどうなってた?」とも言いたいようだ。そして嫌な感じの沈黙が流れ、また同じ質問が繰り返される。「あの女が死んでたらどうするつもりだったんだ?」そこで唐突にキレて声を張り上げ、「おれたちは盗みにいったんだ。殺しなんかじゃねえ!」とかなんとかどなる。

心底うんざりだが、幸いなことに、おれはおとなしいタイプだ。一緒になってかっかしてたらこの場の収拾がつかなくなる。

なにを言われようと大したことじゃないが、うっとうしいことこのうえない。この若造は不満を並べ立てて力を浪費している。むしろここは力を温存し、いざという場合に備えるべき場面だろうに。

すべて計画どおりとはいかなかったが目的は果たしたし、そこが肝心なところだ。大きな袋が二つ。これでしばらくなんとかなる。それに事は始まったばかりで、うまく糸をたぐれれば大金が手に入る。だがこの兄弟も袋を狙っている。弟が兄貴になにか声をかけ、兄貴のほうもうなずいた。こっちの存在など無視して二人でこそこそやっている。自分たちが受けとってしかるべき分け前を計算しているに違いない。受けとってしかるべき？　笑わせてくれる。弟が内緒話を中断してまたおれに話しかけてきた。というより食ってかかってきた。またしてもちんぷんかんぷんだが「金」とか「山分け」とかはフランス語だったのでわかった。いったいどこで覚えたんだ？　フランスに来てまだ二十四時間しか経っていないのに、トルコ人は語学が得意なんだろうか？　まあいい。とりあえずわからないふりをし――おれはスペイン人だと言ってあるし――腰を低くしてすまなそうにへらへらとうなずいてりゃいい。もうサン＝トゥアンまで来たし、渋滞もなさそうだから問題ない。

パリ郊外の風景が流れていく。おっと、なんて馬鹿でかい声を出しやがる。信じがたい連中だ。そのどなり声のせいで、ガレージの前に着いたときにはこっちは窒息寸前で緊張もピークに達し、いよいよ最後の対決かという雰囲気になっていた。弟は相変わらず同じ質問を繰り返し、答えろとしつこく迫ってくる。後には引かないと言いたいのか、握りしめた左手の拳を右手の人差し指でさかんにたたく。そういうしぐさはイズミル（トルコの港湾都市）では通じるのだろうが、サン＝トゥアンではどんなものやら。だが意図するところはわかる。要するに権利要求、そして脅しだ。だからわかったとうなずいておくしかないし、それは必ずしも嘘じゃない。問題はわかっていて、すぐにも解決するつもりなのだから。

そうこうしているあいだに兄貴のほうがエンジンをかけたまま車を降りて、シャッターの鍵を開けにいった。ところが開かない。右に左に回してみたが開かないので、思案顔で車のほうを振り向く。今朝鍵をかけたときは問題なく回ったのにと考えているのだろう。エンジンは回りつづけ、兄貴は汗をかく。ここは辺鄙《へんぴ》な場所で、しかも長い袋小路だから見とがめられる心配はないが、それでものんびりしてはいられない。

兄弟にとってはまた一つ想定外のことが起きたわけだが、すでにいろいろあったので我慢も限界にきている。弟のほうは卒中でも起こしかねない動揺ぶりだ。なにもかも思いどおりにならず、自分たちはだまされた、裏切られたと感じたのか、「フランス野郎が！」とわめいた。だがこちらは冷静に、開かないはずはないだろうという顔をしてみせる。昨日もみんなで確認したじゃないかという顔をする。そして静かに車を降りる。困ったように、小首をかしげながら。

このショットガンはセミオートの七連発だ。ハイエナの群れのようにわめく暇があったらおれが何発撃ったか数えておくべきだろう。鍵を作る腕がないなら、せめて計算くらいはできなきゃまずい。なぜなら、車を降りてシャッターに近づいたおれは「まかせてみな」と言って兄貴を軽く押しやり、その場に立つからだ。そしてそのまま振り向けば絶好のポジションにいるからだ。しかも弾は十分残っている。

まず兄貴の胸を狙って撃ち、体ごとコンクリートの壁まで飛ばした。それから少し銃を回し、

首のすく思いだ。フロントガラスもろとも弟の頭を吹き飛ばしてやった。電光石火の早業《はやわざ》。胸のすく思いだ。フロントガラスが飛び散り、サイドウィンドーが血に染まり、ぐちゃぐちゃで結果がよくわからない。近づいてみたら頭がなくなっていて、残った首から下が左右に揺れていた。ニワトリは首を切り落とされても走りつづけるというが、トルコ人も似たようなものだ。

モスバーグがひと暴れしただけに、そのあとの静けさがじんとくる。

さてと、ぐずぐずしちゃいられない。二つの袋を車から出したら正しい鍵でガレージを開け、兄貴のほうをなかに引きずり込み、弟が乗ったままの車を押してなかに入れ——このとき兄貴を轢くことになったが、死体は文句を言わないからどうでもいい——シャッターを下ろして、完了。

あとはお宝を持ち、袋小路の奥まで行ってレンタカーに乗るだけだ。といっても乗ったら終わりじゃない。むしろここが肝心で、けりをつけなきゃならない。ちょっと走ってから携帯電話を取り出して番号を押す。と、爆発音が響く。四十メートル以上離れているのにレンタカーが爆風で揺れた。爆弾とはそういうものだ。これであの兄弟も処女が待つという〝楽園〟にめでたく直行するだろう。小工場の屋根の連なりから黒煙が上がる。この一帯の工場はほとんど閉鎖されていて、市が再開発を計画している。だから手助けしてやったまでだ。強盗でも工夫すれば社会奉仕ができるという見本でもある。さあ、これで三十秒以内に消防車が出動する。長居は禁物だ。

宝石を詰め込んだ袋を二つ、北駅の手荷物預り所に預ける。その鍵をマジェンタ通りのとある郵便受けに落とす。故買屋が誰かをやってお宝を回収する手はずになっている。

そこまですんだら状況を見極める。殺人者は必ず現場に戻るという。ここは慣例に従おう。

十二時四十五分

二時間後にはアルマンの葬儀に出かけるというときに、警察から電話がかかってきて、アンヌ・フォレスティエという女性をご存じですかと訊かれた。携帯の連絡先の使用頻度トップにあったのがあなたの番号で、最新の通話先もそうでしたという。カミーユは凍りついた。死の知らせというのはだいたいこんなふうにやってくる。

だがアンヌは死んだわけではなく、女性係官によれば「武装強盗に巻き込まれ、病院に搬送されました」とのことだった。とはいえ声色《こわいろ》からすれば重体らしい。

病院に駆けつけてみると、アンヌはやはりひどい状態だった。事情聴取もできないほど弱っていて、担当の警官たちもあきらめていったん引き揚げたそうだ。その階の主任看護師は三十前後の女性で、唇がぷっくりふくれ、右目が痙攣《けいれん》していた。カミーユはこの看護師にかなりしつこく食い下がり、短時間という条件でようやく病室に入れてもらった。

ドアを押し、そこで思わず足を止めた。あまりのことに一瞬動けなかった。

包帯を巻かれた頭部が見えるが、トラックに轢《ひ》かれたかと思うようなありさまだ。顔の右半分が青黒く変色し、ひどく腫れて目が埋もれそうになっている。左側には十センチに及ぶ傷があり、縫合され、黄ばんだ赤い線になっている。唇は裂けてふくれ上がり、瞼《まぶた》も青く腫れている。鼻が折れ、これも大きく腫れている。少し口が開いていて、下の歯茎の二か所から血が流れ、よだれも垂れている。老婆のようだ。上掛けの上に置かれた両腕は指先まで包帯でくるまれ、その先から添え木がのぞいている。右手は包帯が巻かれていない部分もあり、ここにも縫合された傷が見えていた。

カミーユに気づいたアンヌは手を伸ばそうとし、目に涙を浮かべ、そこで疲れたのか目を閉じ、それからまた開けた。その目はどんよりして生気がなく、瞳の色も失われていた。

首を傾けてかすれ声でなにか言おうとする。だが舌が動かず、しゃべろうとすると噛んでしまうようで、なにを言っているのかわからない。唇音が発音できていない。

「痛くて……」

かろうじて聞きとれたのがそれだったが、カミーユは返す言葉がなかった。無理にしゃべろうとするアンヌを落ち着かせようと上掛けに手を載せたが、あえて体には触れなかった。不意にアンヌが動揺を見せ、興奮するが、カミーユにはどうしてやったらいいのかわからない。看護師を呼んでほしいのかと思ったが、どうやら違うようだ。瞳が熱を帯びているところをみるとやはりなにか言いたいらしい。それも今すぐに。

「……られて……ひど……」

あまりにも思いがけない出来事でまだ混乱している。たった今起きたことだと思っているらしい。カミーユはかがみ込み、耳を傾け、わかったよと無理やり微笑んだ。聞こえてくるのは熱いマッシュポテトを口に入れたときのような音だけで、どの音節も意味をなさない。それでも数分集中していたら少しずつ聞き分けられるようになり、頭のなかであいまいな音を言葉に置き換えられるようになってきた。人間の適応力とは大したものだ。時には気が滅入るほどに。

「つかまって」と聞きとれた。「殴られた」、「ひどく」とも。

アンヌは自分を襲った男が目の前にいるかのように眉を上げ、恐怖に目を見開いた。カミーユが手を伸ばしてそっと肩に置くと、びくっとして小さく叫び、それから「カミーユ……」と言った。

アンヌが首を左右に振るのでますます聞きとりにくい。左側の上下の門歯が三本折れていて、そこから息が漏れるのも原因の一つだ。歯がない状態で口を開けると誰でも老けて見えるが、アンヌも『レ・ミゼラブル』のファンティーヌを思い切りみじめに演出したような顔になっている。それがわかっているのか、懸命に腕を持ち上げて手の甲で口元を隠そうとする。だが思うようにならず、穴のような口も腫れ上がった唇も見えている。

「……手術、するの？」

とカミーユには聞こえた。アンヌの目にふたたび涙があふれ、わけもなく流れ出す。涙は言葉とは関係なく勝手にあふれてくるようだ。顔そのものは泣き顔ではなく、驚愕の表情が張りついたままになっている。

「まだわからないよ……」カミーユは小声で言った。「でもだいじょうぶだから……」

だがそう言ったときにはアンヌはもう聞いておらず、恥ずかしがるように顔を反対側に向けてしまった。まだなにか言っているが、これでは聞きとれない。「こんなの……」と言ったようなので、こんな姿を誰にも見られたくないのだろう。とうとう体ごと反対を向いてしまった。カミーユはまた肩に手を置いたが、何の反応もなく、アンヌは背を向けたまま弱々しくすすり泣くばかりだ。

「ここにいてほしいか？」と訊いてみた。

返事がない。どうすべきかわからないのでそのままじっとしていた。するとしばらくしてからアンヌが首を振った。それは〝いいえ〟だが、なにに対する〝いいえ〟なのかカミーユにはわからなかった。すべてに対する〝いいえ〟のようにも思えた。今起きつつあることに、すでに起きたことに、前触れもなく人に襲いかかる不条理に、そして被害者が自分を責めるしかないような理不尽に。だがそのことをアンヌと語り合うこともできない。まだ早すぎる。二人はまだ同じ〝時〟にいない。だからどちらも口をつぐむしかない。

眠ったのだろうか。アンヌは目を閉じたままゆっくりあおむけになり、そのまま動かなくなった。

そうだ、今はそれでいい。

カミーユはアンヌを見つめ、そっと手を重ね、呼吸のリズムに耳を傾け、自分がよく知るあのリズムと同じだろうかと比べた。最初のころ、夜中に起き上がってアンヌの寝顔を観察し——それは泳ぐ人に似ていた——デッサンしたことが何度もある。というのも、なぜか日中はその顔の魅力を細部までとらえることができなかったからだ。そこで何枚もクロッキーを描き、無垢な唇や瞼を表現しようと奮闘し、それに費やした時間は計り知れない。シャワーのときの驚くべきボディーラインをデッサンしたこともある。ところが顔にしても体にしてもどうやってもうまく描けず、そこでようやく、アンヌがどれほど大事な存在かということがわかった。カミーユはどんな相手でも、何分か見ればあとから写真並みの正確さで描くことができるのだが、アンヌにはどこか神秘的なところ、とらえがたいところがあって、その神秘的な魅力はカミーユの視線、経験、観察眼をすり抜けてしまう。だが、今ここに横たわっている女、顔が腫れ上がってミイラのように包帯を巻かれた女には、もはやなんの神秘もない。ここにはアンヌの抜け殻しかなく、それは醜く、ひどく平凡な肉体だ。

そんなことを考えていたら無性に腹が立ってきた。

アンヌは時折はっと目を覚ます。そして小さく叫んで周囲を見まわす。そのとき見せる表情は最後の数週間のアルマンと同じで、カミーユが知らない、それまで見たことのないものだった。自分が病院にいるという驚き、理解できないという戸惑い、なにかが不当だと感じている表情にも見える。

看護師がもう時間ですと告げにきたとき、カミーユの心の揺れはまだ収まっていなかった。だがその看護師はしっかりしていて、控え目な態度ながら、カミーユが部屋を出るまで動こうとしなかった。胸の名札に《フロランス》とある。両手を後ろで組んだところは決意とも敬意ともとれる。理解ある微笑みは、コラーゲンもしくはヒアルロン酸入りのクリームを塗りたくったせいだろうか、少々わざとらしい表情になっている。カミーユはアンヌと話ができるまでここにいたかった。なにがあったのか知りたくてうずうずしていた。だが今は待つしかない。まずはアンヌを休ませなければと自分に言い聞かせ、病室をあとにした。

アンヌが語りだすのは二十四時間後のことになる。

だが二十四時間もあれば、カミーユのような男はすべてをぶち壊してしまえる。

アンヌの身になにが起きたのか、この時点ではまだわずかなことしかわかっていなかった。電話で受けた説明と病院で耳にしたことだけで、警察の係官も病院の看護師も大したことは知らなかったので、カミーユには出来事の流れを組み立てることができなかった。明確な事実といえばアンヌの顔がひどく損なわれたことだけで、それは強い感情にとらわれがちなカミーユには耐えがたく、怒りがこみ上げてくるのを抑えられなかった。

だから救急病棟を出たときにははらわたが煮えくり返っていた。

すべてを知りたい、一刻も早く、誰よりも先に、そして……。

いや、復讐しようというのではない。カミーユはそういう男ではない。むろん恨みを抱くことはあるが、復讐してやろうなどとは思わない。その証拠に、ビュイッソン、五年前にカミーユの妻のイレーヌを手にかけたあの殺人鬼はまだ刑務所で生きている。カミーユの立場なら手を回して息の根を止めるのは造作もないことなのだが。

今回のアンヌの件――再婚したわけではないので、カミーユには「アンヌ」としか呼びようがない――も同じで、怒りはこみ上げるが、復讐心ではない。

それより、カミーユにはこの事件が自分の人生を脅かすもののように思えた。

だから行動せずにはいられなかった。イレーヌの死をかろうじて乗り越えたカミーユにとって、アンヌとの関係は生きる意味を与えてくれる唯一のものなので、それを打ち砕きかねないこの事件がいったいどういうものなのか、自分の目で確かめなければ気がすまなかった。

大げさなと思う人もいるだろう。だが愛する者を失い、しかもその死に責任を感じている人間にとっては大げさでもなんでもない。そういう経験は人を変え、二度と元に戻れなくする。

　カミーユは車のほうへ急ぎながら、頭のなかではまだアンヌの顔を思い浮かべていた。目のまわりの黄色いあざ、不気味な色の傷口、腫れ上がった肉。

　死体だと言われても驚かなかったかもしれない。

　要するに、まだ状況も動機もわからないが、誰かがアンヌを殺そうとしたのだ。

　過去の再現のようなその事実がカミーユの警戒心を呼び起こす。イレーヌも殺されたのだから……。もちろん状況はまったく異なり、イレーヌは犯人に故意に狙われたが、アンヌはたまたま強盗に出くわしただけだ。だが感情に線引きはできない。

　とにかくじっとしてはいられない。

　動かずにはいられない。

　そもそもカミーユは、病院に来る前にすでにその一歩を踏み出していた。

　今朝電話を受けたとき、事情もよくわからないうちにカミーユは本能的に行動の準備をしていた。

　警察の女性係官は、アンヌがけがをした、八区で起きた強盗事件に巻き込まれて暴行を受けたと言った。〝暴行〟は警察では誰もが好きな言葉で、カミーユもよく使う。〝やつ〟や〝はっきりさせる〟も便利だが、〝暴行〟はもっと使い出がある。なにしろたった二文字で〝ちょっと突き飛ばした〟から〝めった打ちにした〟まで幅広い意味に使えるし、相手も勝手に解釈してくれる。

「〝暴行〟とはどういうことです?」

係官はすぐには答えられず、書類を見たようだ。そしてたどたどしい口調で内容を拾いながらこう言った。

「武装強盗です。発砲がありまして、フォレスティエさんには当たりませんでしたが、暴行を受けて、病院に救急搬送されました」

誰かが銃を撃った？　アンヌを狙って？　武装強盗？　話が見えず、想像もつかない。アンヌと武装強盗がいったいどう結びつくというのだろう。

係官は続けた。アンヌは身分証のたぐいもバッグも持っていなかった。唯一身に着けていたのが携帯で、そこから名前と住所がわかった。

「フォレスティエさんの自宅に電話しましたが、誰も出ませんでした」

そこで通話回数のいちばん多い番号にかけたというわけだ。

記録のために名前がいると言われたので「ヴェルーヴェン」と答えると、係官は「え、ヴェルヴェーヌですか？」と訊き返した。「いえ、ヴェルーヴェンです」と念を押したが、それでもわからなかったようで、一瞬の沈黙に続いて「綴りを教えてください」と言われた。

その瞬間、カミーユの頭のなかでなにかにスイッチが入った。反射的に。

ヴェルーヴェンというのは一般的にもめずらしい名前で、警察内部では自分以外に聞いたことがない。しかもカミーユは、わざわざ言いたくはないが、それでなくても目立つ存在だ。一つには背が低いからだが、イレーヌの事件（『悲しみのイレーヌ』）やさまざまな評判、つい最近の連続爆破事件（未訳の中編『Rosy et John』）などでマスコミに顔が出たからでもある。少なからぬ数の人にとって、カミーユは「テレビで見たことがある人」に分類される。カメラマンはカミーユを囲んでハイアングルで撮るのが好きで、「上目づかいに空を睨む禿げ頭の男」として紙面を飾ることが多い。ところが、臨時職員に違いないその係官はカミーユの名前と、刑事、テレビ、事件といった事柄を結びつけることなく、「綴りを教えてください」と言ったのだ。あとから考えると、一瞬むっとして、それで〝スイッチが入った〟のかもしれないが、いずれにしてもこのとき、これはチャンスだ、今日唯一の幸運かもしれないぞと脳がささやいた。

「フェルヴェンですか?」相手はしつこい。

「そうです、フェルヴェンです」

カミーユはそう答え、FERVENと綴りを伝えた。

十四時

事件や事故があると、手すりから身を乗り出さずにはいられないのが人間というやつだ。パトカー一台、血の一筋でも残っているかぎり、それを見にくる連中がいる。しかも今日はその人数が半端じゃない。そりゃそうだろう。パリのど真ん中で強盗事件と発砲騒ぎがあったわけで、遊園地のアトラクションなど比較にならない。

通りは一応封鎖されているが、歩行者は通れる。沿道の住民だけという条件つきだが、こういうときは誰もが沿道の住民のふりをするから意味がない。車の行き来はどうにか平常に戻っていたが、周囲の話を聞くと、昼前までこのあたりは大混雑だったようだ。パトカー、小型トラック、鑑識の車、白バイなどがシャンゼリゼを下ったあたりに集まり、そこから交通渋滞が四方に広がり、二時間でコンコルド広場から凱旋門まで、マレゼルブ通りからパレ・ド・トーキョーまで大渋滞になったらしい。これほどの騒ぎを引き起こしたのが自分だと思うと、うっとりする。

血まみれの女を狙って何度も引き金をひき、五万ユーロ相当の宝石とともにSUVのタイヤをきしませ逃げておきながら、わざわざ現場へ戻ってくるというのもなかなか乙なものだ。少しばかりプルーストのマドレーヌ的感動がある。決して嫌な気分じゃない。仕事がうまくいっている証拠でもあるし、むしろ気分爽快だ。

ジョルジュ＝フランドラン通りのパサージュ・モニエの出口から近いところに〈ル・ブラッスール〉というカフェがある。願ってもないポジション。おまけに客たちの興奮状態ときたら！　店内では言葉が飛び交っていて、自分こそ全部見た、全部聞いた、全部知ってると誰もが言い張るからまるで口論だ。

おれは店の奥のカウンターのそばでおとなしくしている。常連客で混み合う一隅で、ここなら人にまぎれて思う存分話を聴くことができる。

それにしても、どいつもこいつも間抜けばかり。

十四時十五分

この墓地のためにわざわざ描いたような秋空が広がっていた。参列者が多いのは現役警察官の葬儀だからで、ぞろぞろと人が出てきて見る間に集団ができあがった。

カミーユは遠くからアルマンの家族をながめた。奥さんと、子供たち、兄弟、姉妹。みな小ざっぱりして、背筋が伸び、悲しげで、厳粛な面持ちだ。具体的にどこがどう似ているとは言えないものの、なんとなくクエーカー教徒の家族みたいだとカミーユは思った。

四日前のアルマンの死はカミーユにはひどくつらいものだったが、同時に解放でもあった。見舞いに行き、手を握り、話しかけという毎日が何週間も続いた。最後のころはなんの反応もなく、きっと聞こえていると信じることさえできなくなっていたが、それでもやめなかった。だから今日は遠くから奥さんにちょっと頭を下げるだけにとどめた。あの長い苦しみのあとで、奥さんや子供たちにかけつづけたあの多くの言葉のあとで、今日改めて言ってやれることなどなにもない。カミーユは参列もやめようかと思ったほどで、アルマンのためにできることはすべてやり尽くしたと感じていた。

二人は長いつき合いで、いくつかの理由から近い関係にあった。まず同時期に警察に入ったこと。つまり駆け出し時代の仲間だが、どちらも純粋に若いとは言えない年齢だっただけにいっそう貴重な仲間だった。

それからハンディキャップ。アルマンは病的なけちで、その度合いは想像を超えていた。あらゆる出費と戦い、ひいては金銭そのものを敵に回して死闘を繰り広げた。だからカミーユにはその死が資本主義の勝利のように思えてしまう。カミーユのほうはしみったれではないが、とんでもなく小さいものと闘っていて、それと折り合っていくしかないという点ではアルマンと同じだった（アルマンはサンチーム単位の金、カミーユは身長）。いうなればハンディを背負った者同士の連帯だ。

そして、アルマンの最後の数週間で改めてわかったことだが、アルマンにとってカミーユはいちばんの親友だった。

人間同士のきずなは、それぞれが相手にとって意味するもので結ばれる。

考えてみたら、ヴェルーヴェン班発足当時のメンバー四人のうち、今この墓地に生きて立っているのはカミーユだけだ。その事実を、カミーユ自身、すんなりのみ込むことができなかった。

カミーユの片腕であるルイ・マリアーニはまだ来ていない。だが心配はいらない。義務感の強いルイが遅れるはずはない。それにルイが属する階級においては、食事中のげっぷ同様、葬儀に遅れることも言語道断とされている。

アルマンは食道癌のため欠席。これは致し方ない。

あとはジャン＝クロード・マレヴァルだが、カミーユはもう何年も会っていない。有望な若手だったが警察を追われた。ルイとは年が近いせいか、生まれ育ちの差がありながら妙に気が合い、互いにないものを補い合う関係だったようだ。だがイレーヌの事件ですべて変わってしまった。マレヴァルはイレーヌを殺すことになる男に情報を提供していた。相手が殺人鬼とは知らずにしたことだが、結果は同じだ。そのことを知ったとき、カミーユはこの手で息の根を止めてやろうと思った。アトレイデス（ギリシャ神話の呪われたアトレウスの子孫たち）さながらの悲劇が危うく犯罪捜査部で繰り広げられるところだった。だがイレーヌが助からなかったことでカミーユは生きる気力を失って鬱に苦しみ、そこからようやく這い出たときにはマレヴァルのことなどどうでもよくなっていた。

今はほかの誰よりもアルマンがいないことがつらい。彼とともにヴェルーヴェン班も幕を引いたようなものだ。今日の葬儀を境に自分も新しい章に入るのだとカミーユは思った。その章でまたしても人生を立て直さなければならないが、そんなことができるとも思えない。こんなにもろい人生をどうやって立て直せというのだろうか。

アルマンの家族や親族が葬儀場に入りはじめたころ。ルイが現れた。ヒューゴ・ボスのベージュのスーツ姿で、控え目だがシックだ。「やあ、ルイ」、に対してルイは「どうも、ボス」とは答えない。カミーユは「ボス」と呼ぶことを禁じている。テレビドラマじゃあるまいし。

カミーユはたまに、おれは警察なんかでなにやってんだ？　と自問することがあるが、その質問はルイにこそぶつけるべきものだろう。おまえは警察なんかでなにやってるんだ？　ルイは資産家の御曹司《おんぞうし》で、おまけに頭もいいので、学問好きが集まる名門校で思う存分学ぶことができた。だがその後、なにがどうしたのか知らないが、小学校の教員並みの給料で警察に入った。根はロマンチストなのかもしれない。

「調子はどうです？」

カミーユは問題ないとうなずいたが、半ば上《うわ》の空《そら》だった。心はまだ病室にいて、鎮痛薬でぼんやりしたアンヌにつき添い、X線とCTに呼ばれるのを待っていた。

ルイは一瞬カミーユを見つめてから下を向き、うーんという顔をした。相変わらず勘が鋭い。そしてルイの〝うーん〟は前髪をかき上げるしぐさと同じで、それ自体が言語になっている。

このときの〝うーん〟は明らかにこう言っていた。葬式って顔じゃありませんね。なにかあったんですか？　アルマンの葬儀以上に気がかりだってことは、とんでもなく重要なことですよね……。

「武装強盗事件を担当するぞ。今朝八区であった」

それが答えですかという表情でルイが目を上げた。

「大がかりな?」

カミーユはうなずいた、イエスでもありノーでもある。

「女性が……」

「殺された?」

イエスでもありノーでもある。カミーユは視線を漂わせて眉をひそめた。

「いや……まあ、死にかけてて……」

ルイはかなり驚いたようだ。武装強盗はこのチームの専門ではなく、カミーユが担当するのはめずらしい。もちろんルイはどんな事件でもやりますという前向きな態度を崩さないが、長年チームを組んできた経験からなにか変だと感じたらしい。ルイは驚くと自分の足元を見て(今日の靴は完璧に磨かれたクロケット&ジョーンズ)、聞きとれるかどうかの空咳をする。感情を表に出さないタイプだから、そのあたりが限界らしい。

カミーユは葬儀場のほうに顎をしゃくった。

「これが終わったら急ぎの調べ物を頼まれてくれ。ただし目立たないように。まだ正式に指示が出たわけじゃなし……」ようやくルイを正面から見た。「だが時間がもったいない」

そう言うなり警察関係者の群れに目をやってル・グエンを探し、見つけた。どこにいようとすぐに見つかる。あの巨体は嫌でも目に入る。

「ちょっと行ってくる」

ル・グエンが犯罪捜査部の部長だったときはカミーユも好きなようにやれたが、今はそうもいかない。警視長に昇格したル・グエンの近くでは、新任部長のミシャール女史がガチョウのように体を揺すっていた。

十四時二十分

〈ル・ブラッスール〉は（たぶん）店始まって以来のにぎわいを見せていた。あんな派手な強盗事件は百年に一度あるかないかだという意見に常連客全員が同意し、現場を見ていない連中までうなずいている。だが具体的なことになると話がばらばらだ。若い女が一人いた、いや二人いた、若くなんかないだろ、銃を持ってた、持ってなかった、素手だった、叫んでた。それってあの宝石店のオーナーのこと？　違うわよ、その娘さんだってば！　え、そうなの？　娘がいたなんて知らなかったな、車で逃走したって？　どんな車？　――そこからは車種をめぐって侃々諤々《かんかんがくがく》、フランスで売られている外車の名がひととおり挙がった。

一方おれはゆっくりコーヒーをすすりながら、今日初めてのくつろぎの時を楽しんでいた。

だが店のおやじは不愉快なやつで、宝石店の被害総額を五百万ユーロと見積もった。それ以下ってことはないと。そんな数字をどこから引っぱり出してきたか知らないが、間違いないと断言する。モスバーグを持たせていちばん近くの宝石店まで背中を押していってやりたかった。自分で盗みに入り、このカフェに逃げ帰ってからじっくり勘定してみればいい。望みの金額の三分の一もあったら上出来で、それで満足して引退することだ。それ以上ということはありえない。

ところでさ、とまた常連客が話し込む。連中が狙い撃ちしたほうの車って……、え、どの車？　すぐそこに止まってた車さ、草原をジープで飛ばしながら水牛を仕留めたみたいだったぞ！　バズーカ砲かなんかで撃ったんだって？　──車種のときと同じで、今度は口径をめぐってあらゆる数字が飛び交った。どうにもばかばかしくて、天井に向けてぶっ放して黙らせてやりたかった。あるいはこいつらのど真ん中に撃ち込んでやってもいい。

そこでおやじが胸を張り、おごそかに宣言した。

「二十二口径ロングライフル弾だ」

そして目を閉じ、悦に入る。

不愉快だ。だがあのトルコ人の弟と同じように、おやじの頭をショットガンで吹き飛ばすところを想像したら少しすっきりした。客のあいだでは二十二口径ロングライフル弾でけりがついた。誰も銃の知識がないからなんでもいいわけだ。目撃者が全員この調子なら、警察も無駄足を踏むことになるだろう。

十四時四十五分

「どうしてこの事件を？」部長のミシャールはカミーユのほうを向くなりそう訊いた。

彼女の場合、こちらを向くというのは体の中心線を軸にした大回転を意味する。巨人族かと思うほどの堂々たる尻。桁違いだ。ミシャールは四十代で、守れなかった約束をたくさん抱えたような顔をして、髪はあまりにも黒いので染めていると知れ、前歯がウサギのように大きく、その上に四角い眼鏡が載っていて、その眼鏡が権威を主張するとともに服従を要求してくる、そういう女性だ。強引な性格と（つまり目の上のたんこぶ）鋭敏な知性（だからいっそう厄介）の持ち主として知られるが、それよりなにより驚くべきは腰回りで、そのボリュームは途方もない。立っていられるのが不思議なくらいだ。しかし面白いことに表情は穏やかで、評判にそぐわない。評判とはすなわち、できる（実力）、切れる（戦術）、腕もいい（射撃）、人一倍働くリーダーということで、しかも自分の指導力に自信をもっている。彼女がル・グエンの後を継ぐと聞いたとき、カミーユはこれで家ではドゥドゥーシュ、職場ではミシャールかと思い、厄介な女の板挟みだと思った。ドゥドゥーシュはカミーユが溺愛する雌猫だが、ヒステリックで、かなりひねくれている。

　というわけでそのミシャールが訊いた。

「どうしてこの事件を？」

　ミシャールにはそこにいるだけで相手を浮足立たせるような存在感があるが、カミーユと話すときは目の前まで寄ってくるのでなおさら迫力がある。二人が向き合って立つとクラブチェアの前に小スツールを置いたような感じで、アメリカのコメディドラマのようだ。だがミシャールにコメディは通じない。二人は葬儀場に向かう参列者の最後のグループのなかにいて、しかも通路をふさいでいた。この状況はカミーユの狙いどおりで、タイミングも上々だった。というのも、まさにそのときル・グエンがすぐ近くを通り過ぎたからだ。ル・グエンはミシャールの前任者であり、今は上司に当たる。そしてル・グエンとカミーユが普通の友人以上の関係であることはパリ警視庁の誰もが知っている。結婚式の立会人を務める仲なのだが、ル・グエンの結婚の立会となると少々の友情で務まる役ではない。つい最近も六度目の結婚式を挙げ、しかもそれは二番目の妻との再婚だった。

一方、ミシャールは着任したばかりなので、大胆な行動に出る前に現状を見極めようとしていて、当面〝日和見《ひよりみ》を決め込んで〟いる（彼女はこういう紋切型の表現が好きで、自分なら新たな味つけも可能だと思っている）。だとすれば上司の親友である部下がなにかを頼んできたら無下《むげ》には断れないだろう。それに才気煥発で通っていて、即決即断を自慢にしているのだから、葬儀がもうすぐ始まるというこの状況でもたつくはずがない。葬儀場の入り口にはダブルのスーツにブリーチした金髪のサッカー選手のような男が立っていて、もう始まりますよという目でこちらをじっと見ている。最近では葬儀屋のスタイルもずいぶん変わったものだ。

なぜこの強盗事件を担当したいのか――それはカミーユが唯一答えを用意してきた質問だった。カミーユ自身、問題はそれに尽きると思っていた。

事件があったのは十時ごろで、今はまだ十五時になっていない。パサージュ・モニエではすでに鑑識が現場検証を終え、警察が目撃者の聞き取りを終えているが、まだどこの班にも特別な指示は出ていなかった。

「情報屋を知っているからです」カミーユは答えた。「この事件に通じていると思われる……」

「じゃああなた、事前に知っていたの？」

ミシャールが大げさに目をむいたので、カミーユは日本の浮世絵のサムライの目を思い出した。だがこれはミシャール風の「もっと説明してちょうだい」の合図で、これまた彼女特有の反応の一つだ。

「とんでもない！」カミーユは即座に否定した。われながら迫真の演技だと思った。「もちろん違います。でもそいつは事前に知っていた可能性もあります。いずれにせよ〝洗いざらい吐き出す〟つもりのようで、しかも〝喉から手が出る〟ほど金を欲しがっています」とミシャールのために陳腐な表現を並べた。「今のところ協力的ですし、利用しない手はないでしょう」

カミーユはそこでちらりとル・グエンのほうを見た。それだけでこの件は捜査方法の問題から人事戦略の問題へと切り替わるはずだ。ル・グエンの保護者然とした姿そのものに影響力があるだろう。案の定、一瞬の沈黙のあとでミシャールは微笑み、うなずいた。

カミーユは念のため体裁も整えておこうと思った。

「これは単なる強盗事件ではなく、殺人未遂事件でもあり……」

するとミシャールは少し目を細め、それからゆっくりうなずいた。カミーユの荒っぽい策略のかけらでも感じとったのか、なにかを理解しようとするかのように。あるいは理解したかのように。あるいは理解しかけているかのように。カミーユはこの上司がどれほど鋭いか知っているし、こちらが少しでもへまをすれば地震計の針が振り切れんばかりになることもわかっていた。

そこでふたたび先手をとり、真剣な口調でまくし立てた。

「つまりこういうことです。その情報屋はある男を知っていて、その男がある強盗団に加わったことがあり、それは去年のことで今回の事件とは無関係なんですが、しかし……」

ミシャールはもう十分だと手を振ってカミーユを止めた。もうわかったし、着任早々上司と部下のあいだに割り込むつもりはないからという顔をしている。

「わかりました。ペレイラ判事に話しておきます」

カミーユは顔にこそ出さなかったが、思いどおりに事が運んで胸をなで下ろした。ミシャールが止めてくれなかったら危なかった。自分で始めた説明だが、その先どう続けたらいいか見当もつかなかったのだ。

十五時十五分

ルイは早々に式場をあとにした。カミーユは立場上そうもいかず、最後のほうまで残らなければならなかった。誰もが弔辞を述べようとするので式は延々と続き、カミーユは礼を失しないところまで我慢して、それからこっそり抜け出した。

車に戻り、携帯につい今しがた入った伝言を聞いた。ルイからだ。もうあちこち電話をかけて大筋をつかんだらしい。

「記録を調べたら、モスバーグ500が使われた強盗事件はほかに一件しかありませんでした。今年の一月十七日です。手口が似ていて、まず同一犯と思われます。しかも荒っぽい……。電話をください」

カミーユはすぐにかけた。

「一月の事件は今回以上に派手です」ルイが説明した。「同じ日に立て続けに四か所ですよ！

一人殺されています。中心人物の名が割れていて、ヴァンサン・アフネルというんですが、それ以来鳴りを潜めていました。今日の大暴れでカムバックということでしょうか……」

十五時二十分

〈ル・ブラッスール〉の常連客たちが色めき立った。

サイレンの音が聞こえ、誰もが話をやめてテラス席のほうへ走っていき、通りに首を伸ばした。音は近づいてくるようだ。だが店のおやじは内務大臣さと言っただけで動かない。内務大臣はなんていう人だっけと皆首をかしげるが、誰も思い出せない。テレビ番組の司会者の名は思い出せても、内務大臣はだめらしい。そしてまたおしゃべりが始まった。新たな展開があったんじゃないかと誰かが言い、死体でも見つかったのかしらとほかの誰かが応じる。おやじはまたしても目を閉じ、ひとりで悦に入っている。客の意見の不一致は、すなわち自分のうんちくへの賛辞だと思っているらしい。

「だから、内務大臣の車列だって言ってるだろ？」

余裕の笑みを浮かべてコップを拭きつづけ、外を見ようともしない。

それでも客たちは首を伸ばし、息を詰めて待ち受ける。まるでツール・ド・フランスの観客だ。

十五時半

頭に脱脂綿が詰まっていて、そのまわりに腕くらい太い血管が巻きついていて、それがどく、どくと脈打っているように思えた。

アンヌは目を開けた。病室？　ここは病院？

脚を動かそうとして息をのみ、リューマチに苦しむ老婆のように顔をしかめた。痛い。それでもゆっくり息を吐き、片方の膝を曲げ、もう片方も曲げた。脚が動かせたので少しほっとした。今度は様子を見ながらそっと頭を動かしてみたが、一トンくらいありそうに重い。手は指先まで包帯が巻かれていて、カニの爪のようだ。記憶がまだ細切《こまぎ》れでつながらない。パサージュのトイレのドア、血だまり、銃声、頭に響く救急車のサイレン、そして放射線科医の顔、その後ろで看護師が「いったいどうしたらこんなひどいことに？」とささやく声。そこで心がぐらりと揺れて涙があふれそうになり、アンヌは慌てて瞬《まばた》きし、深呼吸した。落ち着いて、ここで恐怖にのまれちゃだめ、負けちゃだめ……

そのためにも立ち上がらなきゃ。生きるために。

アンヌはひと息に上掛けをはねのけて体を起こすと、片足をベッドから下ろし、続いてもう片方も下ろした。そこでめまいがしたのでベッドの端に腰かけてじっと堪え、少し収まったところで両脚に力を入れて立ち上がろうとしたが、今度は体中が悲鳴を上げ、また座るしかなかった。本格的な痛みだ。背中、肩、鎖骨と激痛が走り、体がすりつぶされるような気がする。

アンヌは辛抱強く息を整え、もう一度脚に体重をかけた。今度は立てた、と言いたいところだがベッドわきのテーブルにつかまってようやくだった。

正面にユニットバスがある。アンヌはボルダリングのように手をかけながら移動していった。ヘッドボードからナイトテーブルへ、ナイトテーブルからドアの取っ手へ、ドアの取っ手から洗面台へ。そしてようやく鏡にたどりつき、のぞき込んで息が止まりそうになった。そんな……これがわたし？

嗚咽《おえつ》がこみ上げ、今度はもう涙を止められなかった。青黒いあざが広がり、歯が欠けていて、左頬に長い傷があり、縫合されている。

いったいどうしたらこんなひどいことに？

脚の力が抜けて洗面台にしがみついた。

「なにしてるんです？」

アンヌは驚いて振り向き、その拍子に目を回して倒れた。看護師が受け止めてくれなかったらまた頭を打ちつけるところだった。

看護師はとりあえずアンヌを床に寝かせてから廊下に首を出した。

「フロランス、手を貸して！」

十五時四十分

カミーユは彼なりの大股で道を急いだ。ルイも一緒だが、真横ではなく、ほんの少し下がってついてくる。敬意と親しみの微妙なバランスから生じる間合いで、こういうことができるのはルイだけだ。

足取り同様に気も急いていたが、それでもカミーユの目は無意識のうちにジョルジュ＝フランドラン通り沿いの建物を見上げていた。歳月で黒ずんだオスマン様式（十九世紀のジョルジュ＝オスマンによるパリ改造計画の際に採用された建築様式）の建物で、この地区には数多くあり、めずらしくもないので今さら誰も見上げたりはしない。カミーユの目をとらえたのはバルコニーの列の両端を支える巨大な男像柱と、各バルコニーを下から支える女像柱だった。男像柱のほうは腰巻きの前の部分が驚くほどふくれていて、女像柱のほうはこれまた驚くほど豊満な乳房が空を見上げるように張り出している。面白いことに、乳房は堂々としているのに視線は恥じらうように下を向いていて、だからこそ自信のほどがうかがえる。その巧みな表現に感嘆し、カミーユは歩きながら大きくうなずいた。

「ルネ・パランかな」

一瞬間《ま》があり、カミーユは目を閉じてルイの返答を待った。

「シャサヴューじゃありませんか？」

いつもこうだ。ルイのほうがずっと若いのに知識量ははるかに多い。しかもルイのほうがいつも正しいから癪《しゃく》に障る。間違ったことなど数えるほどしかない。カミーユはこれまでしつこく難問をぶつけてきたが、そのたびに驚かされる。ルイは歩く百科事典だ。

「そうだな、たぶんそっちだ」とカミーユは負けを認めた。

パサージュ・モニエに向かう途中で、二人は十二ゲージの穴があいた車が積載車の荷台に積まれるところを見た。

その車のすぐそばでアンヌが銃と向き合ったことを、カミーユはこのあとすぐに知ることになる。

常連客が二人組の刑事に気づいてまた色めき立った。背の低いほうが上役だ。今や警察も政界と同じで、階級と身長が逆比例する。何人かがあの刑事知ってるぞと言いだした。あの風貌だし、一度見たら忘れないよ、でもなんて名前だっけ？　——またあれこれ意見が噴出した。外国っぽい名前だったけどどこだったかな、ドイツ系？　デンマークじゃない？　フランドルだったと思うけど。なかにはロシアと言ったやつもいたが、そのとき誰かが、そう、ヴェルーヴェンだよ、間違いない！　と叫ぶと、そうだった、それだったとみんな笑い出し、ほらやっぱり外国の名前だったじゃないかと盛り上がる。ヴェルーヴェンはパサージュを入ったり出たりしている。警察の身分証も出さずに聞き取りをしているようだが、身長百五十センチ未満ならその必要もないのだろう。客たちはその様子を食い入るように見つめている。

しばらくしてから、〈ル・ブラッスール〉にもう一つおいしい餌が飛び込んできた。常連にとっては夢のような一日になった。店に入ってきたのはブロンズの肌に黒髪の若い女で、おやじが威勢のいい声で迎えたので常連たちも振り向いた。向かいの美容院で働いている美容師だそうだ。女はコーヒーを四人分頼んだ。店のコーヒーマシンが壊れたとかで、今日は何度かここへ足を運んでいるらしい。

女は事件のことならけっこう知ってるわよと言ってにこりとし、あとはじっと待っている。

コーヒーが用意できるのを。そして質問されるのを。時間がないんだけどと言いながら、頬が紅潮しているのは話したい証拠だ。

そして結局、全部話した。

十五時五十分

ルイは現場にいた制服警官たちと握手を交わし、協力を求めた。ヴェルーヴェン班長が監視カメラの映像を〝今すぐ〟見たいと言ったのだ。正直なところルイは驚いた。班長が慣例や手続きを軽視しがちなことは知っているが、ベテラン警部がここまでルールを無視するとは。ルイは左手で前髪をかき上げると、班長のあとについて、臨時の司令部になっている書店の奥の部屋に入った。書店主はクリスマスツリーに負けないくらい装飾品だらけの女性で、十九世紀へタイムスリップしたような象牙のシガレットホルダーで煙草を吸っていた。班長はその女書店主とおざなりに握手すると、すぐまたビデオビデオと催促する。班長が特に見たがったのは、宝石店の入り口に取りつけられた監視カメラの映像だった。

パソコンの準備ができると班長が振り向いた。

「おれはこれを見るから、お前は情報を集めてくれ」

そして店のほうを、というより店の外を顎で指すと、返事も待たずにパソコンの前に座り、今度はその小部屋にいた全員を見まわした。ポルノを見るからひとりにしてくれとでも言わんばかりだ。

ルイは平静を装い、英国貴族の館の執事のように、問題ない、すべて当然のことだという顔をしてみせ、「皆さん、あちらへ移りましょう」と警官たちや店主を誘導した。

ルイが班長と交替してビデオを見はじめたのは二十分後で、そこから映像と目撃証言の細部を突き合わせ、自分なりの仮説を組み立てていった。


カミーユはルイと交替すると外に出て、襲われた宝石店の前に立った。現場検証はとっくに終わり、鑑識チームももう引き揚げたあとだ。ガラスの破片はすべて集められ、現場一帯は立ち入り禁止テープで囲われている。あとは鑑定士と保険屋が来るのを待ち、それが終われば警察も撤収し、修復のために業者が入り、二か月後には工事も終わって再オープンとなり、また強盗のターゲットになる、そういうことだ。

疲れた目のひょろりとした警官が見張りに立っていた。頰がこけ、目の下にくまがある。犯罪現場で幾度となくすれ違ってきた顔見知りだが、名前は知らない。テレビでよく見るのに名前がわからないわき役と同じだ。二人は軽く手を上げて会釈に代えた。

カミーユは店をながめながら、宝石のことはよくわからないが、自分が強盗だったらこんな店を狙うだろうかと疑問をもった。とはいえ、この種の店の見かけと中身が別物だということも知らないわけではない。銀行の支店だって見た目はぱっとしないが、なかにあるものを全部頂戴すればその土地を買えるくらいにはなるだろう。

落ち着こうと努力しているものの、カミーユはコートのポケットから手を出すことができなかった。監視カメラの映像を見てから——時間が許すかぎり何度も見た——両手の震えが止まらなくなっていた。

耳に水が入ったときのように勢いよく頭を振り、余計な感情を追い払おうとしたが、タイル張りの床を見ればまだアンヌの血痕がてらてらと光っていて、とても冷静ではいられない。彼女はまさにここに倒れていた。そして犯人はすぐそこに……。カミーユは唐突に数歩進み（背の高い警官はそれを不安気な目で追った）、そこでくるりと振り向き、腰に構えた銃を撃つふりをし（警官は無線機に手をかけた）、また三歩離れ、犯人の位置とパサージュの出口を交互に見て、いきなり走り出し（警官は無線機を取り出してスイッチを押そうとした）、だが途中で足を止めた（警官も手を止めた）。それから唇に指を当て、眉間に皺を寄せて戻ってきたところで目を上げたら、見張りの警官と目が合ってしまい、互いに決まりの悪い笑みを浮かべた。言葉を交わしたいが相手が外国人で言葉が通じないときのように。

結局のところ、ここで起きたことはなんだったのだろう？

カミーユは右を見、左を見、上を向いて吹き飛んだステンドグラスの残骸を見、それからもう一度ジョルジュ＝フランドラン通り側の出口まで行ってみた。自分でもなにを探しているのかよくわからないが、ちょっとした印、鍵のようなものだ。それをきっかけに頭のなかの映像記憶を正しく並び替えられたらと思うのだが、それが見つからない。

ふと、理由はわからないが、これではだめだと思った。これ以上現場を見てまわっても意味がない。自分はこの事件を間違った角度から見ている、そんな気がした。

そこでまた書店に引き返し、目撃者から話を聞いた警官をつかまえ、「自分の勘を働かせたいんだ」と言って目撃者の居所を聞きだし、書店の女主人はもちろん、骨董屋や美容師からも直接話を聞いた。宝石店の女店主は病院に運ばれていた。見習いだという店員からは話が聞けたが、ずっとうつ伏せになって両手で頭を抱えていたそうで、なにも見ていなかった。その店員は痩せていて、まだ子供のように頼りなく、カミーユは哀れに思ってもう帰っていい、車で送らせようかと訊いた。すると店員が、いいえ、彼が〈ル・ブラッスール〉で待ってるからと言って指差したのでそちらを見ると、それは通りの向かいのカフェで、テラス席に客が大勢詰めかけ、興味津々の面もちでこちらを見ていた。カミーユはもう行っていいよと解放してやった。

こうして目撃者の話も聞いた、映像もじっくり見た。

どうやら男がアンヌを殺そうとしたのは、まずは過度の緊張状態から生じたとっさの反応であり、そのあとはものごとの予期せぬ展開とエスカレートによるもののようだ。

だがそれにしてもあまりにも執拗で、容赦がない……。

予審判事はすでにこちらに向かっていて、そろそろ到着するころだった。待っているあいだカミーユは過去の事件に目を向けた。今回のにそっくりだという今年一月の事件のことだ。

「確かなんだな？」

「間違いありません」とルイがうなずいた。「違うのは件数だけです。今日は一件でしたが、一月のは四件でした。わずか六時間のあいだに四か所の宝石店が襲われたんです」

カミーユは小さく口笛を吹いた。

「手口はまったく同じです。三人組で、一人がショーケースを開けさせて宝石を集め、もう一人がショットガンを構えて掩護し、三人目が車で待機する」

「それで一月のは、死者が一人と言ったな？」

ルイがメモを見た。

「最初のターゲットは十五区の宝石店で、やはり朝の開店直後でした。わずか十分間の出来事で、死者もけが人も出ていません。この日いちばんの〝きれいな〟仕事です。続いて十時半前後にレンヌ通りの宝石店に押し入り、ここでは店員が床に倒れているのが発見されました。ショーケースを開けるのに手間どって頭部を強打されたんです。四日間昏睡状態で、一命は取り留めたものの後遺症が残り、障害年金を求めて会社側と交渉中です」

カミーユは緊張した。アンヌが助かったのも奇跡なのだろうか。そう思うとまたむしゃくしゃしてきて、慌てて深呼吸した。こういうときこそアンヌが言っていたあの筋肉をほぐすべきで……なんだっけ、もう忘れた、きょうさ……とつ……なんとかだ！

「そして十四時ごろ」ルイが続けた。「午後の開店直後を狙って三軒目、ルーブル美術館わきのアンティーク・センターのなかにある宝石店を襲っています。手口は勢いづいて荒っぽくなり、十分ほどで引き揚げたときには店の客が一人倒れていました。今度は手を高く上げすぎて殴られたようです。昏睡状態にこそなりませんでしたが、重傷で、ひどい傷でした」

「つまり、だんだんエスカレートしていった？」カミーユはルイの言わんとするところを読もうとした。

「とも言えるし、そうでないとも言えますね。荒っぽくはなっても、浮足立ったりはしていないので、単にこれが彼らのやり方なのかもしれません」

「それにしても四件とはやけに張りきったもんだな」

「ええ」

たとえ熟練のプロで、用意周到で、気合十分だったとしても、六時間で四件となると相当タフな仕事だ。最後にはどうしても疲れが出る。スキーと同じで一日の終わりに事故が起きやすい。というわけで、四軒目がいちばん厄介な結果となった。

「最後はセーヴル通りで、店主が抵抗を試みて殺されました。犯人が逃げようとしたときに、宝石を持った男の袖口をつかんで引き倒そうとしたんです。警察が来るまで時間を稼ごうとしたんでしょう。もう一人がモスバーグで狙いをつける前に、袖口をつかまれた男がピストルで店主を撃ちました。九ミリ弾二発です」

計画がこれで終わりだったかどうかはわからない。五軒目の予定があったのに、四軒目で人を殺してしまったので、そこであきらめたのかもしれない。

「しかし、一日に四件というのは特別として、手口そのものは王道です。最近の若い連中はやたらにわめきちらし、手を振りまわし、威嚇《いかく》射撃し、ショーケースに飛びつくといった具合で、武器もテレビゲームに出てくるような大げさなものが多く、実はびくついているのがわかりますが、この三人組は違いますね。基本的に冷静で、段取りがよく、無駄なことはしない。このときも抵抗する人間さえいなかったら死者など出さずに引き揚げていたでしょう」

「それで、一月の被害額は？」カミーユが訊いた。

「六十八万ユーロです。申告額ですが」

カミーユは片眉を上げた。驚いたからではなく、宝石商が正直に申告することはないと知っているからだ。実際の被害はもっと大きいはずで、そこを知りたかった。

「実際には百万ユーロを超えるでしょう。売りさばくと六十から六十五万ユーロといったところでしょうか。大儲けですよ」

「転売ルートの見当は？」

この種の盗品は単価が高いうえに中身がばらばらで、売値がかなりたたかれるため、パリ近辺でも故買屋はさほど多くない。

「ヌイイ経由だろうというだけで、はっきりしていません」

なるほど、だとすればまともな選択だ。噂ではヌイイ（ヌイイ＝シュール＝セーヌ、パリ西郊の高級住宅地）の故買屋は元聖職者らしい。確認したわけではないが、本当にそうだとしても驚く話ではない。カミーユにはこの二つの仕事がなんだか似ているように思えた。

「誰かやって探らせてみてくれ」

ルイが指示を書き留めた。たいていの場合、チームに仕事を振り分けるのはルイの役目と決まっている。

ペレイラ判事が到着した。目が青く、鼻が長すぎ、耳たぶが垂れている。ぴりぴりした落ち着きのない態度で足も止めずに「どうも、警部」と握手した。後ろにはっとするような美女を従えている。三十歳くらいの裁判所書記官で、バストが驚くほど大きく、靴のヒールも驚くほど高く、一歩ごとにカツカツと派手な音を立てる。誰か注意すべきではないかと思うほどうるさい。判事の耳にも響いているはずだがなにも言わないところをみると、書記官のほうが三歩下がっているとはいえ、どちらが主導権を握っているかは明らかだ。彼女がその気になれば、チューインガムをふくらませながら闊歩《かっぽ》しても咎《とが》められないだろう。ロリータが三十で娼婦になったような女だなとカミーユは思った。

　カミーユとルイにあと二人のメンバーも駆けつけ、全員が顔を揃えたところでさっそくミーティングとなった。ルイが説明役を務めた。全体像を踏まえた、的確かつ過不足のない説明で――国立行政学院《ENA》への入学資格を得ながらパリ政治学院《シアンスポ》を選んだ男だけのことはある――判事も注意深く耳を傾けた。強盗犯は東の言葉を話していたという証言があり、セルビアあるいはボスニアの強盗団ではないかという意見が出た。やり口が荒っぽいことで知られ、必要もないのに発砲した例が多々ある連中だ。またヴァンサン・アフネルについては過去に何度も銃犯罪で名が挙がっていることが報告され、判事もうなずいた。そのアフネルと東欧の強盗団が組んでいるとすれば極めて危険で、今日の事件ももっとひどいことになっていてもおかしくなかった。たちの悪い連中だと判事が言ったが、まさにそのとおりだ。

　判事は目撃証言にも興味を示した。襲われた宝石店には店主と見習いのほかにもう一人店員がいるのだが、今朝は遅れたために強盗と出くわさずにすんだ。店に向かう途中で最後の銃声を聞いたという。こんなふうにその職場の誰かがたまたまいなかった場合、警察はまずその誰かを疑う。

「ただちに連行しました」と警官の一人が報告した（ただし当然のこととは思っていないようだった）。「きっちり調べますが、今のところなんの関係もないようです」

一方、書記官はひどく退屈そうだった。ハイヒールの上で身をよじり、体重を右にかけたり左にかけたりしながらしきりに出口のほうを見ている。マニキュアはどす黒い赤で、豊満な胸をきついブラウスに押し込んでいて、上のボタンが二つはずしてあり、深い谷間が見えている。二つのボタンがはじけ飛んだように見えるだけに、三つ目はだいじょうぶだろうかと気になるし、その周囲の布が危険なほど伸びきっていてにんまり笑う顔のようにも見えるので、余計気になる。カミーユはこの女を頭のなかでデッサンした。確かに印象的だが、それは全体としてであって、細部は別だ。足が大きく、鼻は短く、顔立ちがやや大ざっぱ。ヒップは見事に丸みを帯びているが、位置が高すぎるので山男向き。香水はというと……いわば磯の香りで、こちらは海男向き。かごいっぱいの生ガキのそばでミーティングしているような気分になる。

「ところで」と判事がカミーユをわきへ連れ出してささやいた。「情報屋がなにかつかんでいるという話を部長殿から聞きましたが……」

〝部長殿〟と気どった調子で言ったところをみると、出世を念頭に、日頃から〝大臣閣下〟と言う練習でもしているのだろう。だがひそひそ話はグラマーな書記官のお気に召さなかったようで、大きなため息が聞こえた。

「そうです」とカミーユは応じた。「明日にはもう少しご報告できると思います」

「では、おそらくこの事件は早々に片がつくと？」

「おそらくは……」

判事は満足したようだ。直接の責任はミシャールにあるが、判事としても実績にかかわる数字がいいに越したことはないのだろう。判事はここで引き揚げると決め、書記官をじろりと睨んで言った。

「行こうか?」

威圧的で、そっけない言い方だった。

ロリータの顔を見るかぎり、判事があとで高いつけを払わされることは間違いなかった。

十六時半

美容師の話は実に有意義だった。花嫁みたいにうつむいたまま、警察に話したことをそのまま繰り返してくれたのだが、ほかの誰より言っていることが正確だ。正確すぎて怖いくらいで、こういう観察力の鋭い連中もいるから、やはり目出し帽をかぶったのは正解だった。

テラス席があまりにも騒がしいので、おれは店の奥の席を離れず、コーヒーをもう一杯頼んだ。

やはり女は死んでいなかった。弾は駐車していた車に当たり、女は救急搬送された。今は病院にいる。救急病棟に。退院するか、ほかに移されるまでそこにいる。

まずはモスバーグに七発装弾すること。

花火は始まったばかりだ。

また血の花を咲かせてやる。

十八時

いらいらしているのに、カミーユにはハンドルをたたくこともできなかった。ペダル操作を手元でする障害者用の車を運転しているからだ。足が床から数センチ浮いてしまい、腕も短いとなるとほかに選択肢がない。こういう車の場合、ハンドルのどこに手をかけるかにも注意が必要で、うっかりして必要のないレバーやボタンを押せば道路わきに突っ込んでしまう。しかもカミーユは手先があまり器用なほうではなく、デッサン以外ではむしろ不器用なのだからなおさらのことだ。

車を病院の駐車場に止め、そこから歩くあいだ、カミーユは医者に言おうと思っていたことを頭のなかで復唱した。だが事前に考えた文章というのは、どれほど時間をかけて練り上げたものでも結局その場になると出てこないものだ。今朝ここに来たときは受け付けの前が人でごった返していたので、アンヌの病室がある階へ勝手に上がった。だが今回は受け付けに寄った。カウンターはほぼ首の高さだ（一メートル十五センチとカミーユは見た。日頃から高さの目測には自信があり、一、二センチしか狂ったことがない）。話にならないのでカウンターを回り込み、《関係者以外立入禁止》と札のかかったドアを迷わず開けた。

「ちょっと！」と受付係が叫んだ。「字が読めないんですか？」

「そちらは？」

と言ってカミーユが身分証を差し出すと、その女性は大笑いし、親指を立てた。

「やられた！」ツボにはまったようで女の笑いはなかなか止まらない。四十くらいの痩せた黒人で、目が鋭く、胸は平らで、肩が骨張っている。アンティル諸島出身だそうで、名札に《オフェリア》とある。おかしなフリルだらけのブラウスを着て、ハリウッド風の大きな蝶の形の白ぶち眼鏡をかけていて、強烈な煙草の臭いがした。大きな手でちょっと待ってと合図をよこし、電話を一本手際よく片づけて受話器を置くと、また振り向き、感心したようにカミーユを見つめた。

「ずいぶん小っちゃいのね。警官としてはって意味だけど……。警察に入るのに身長条件とかないの？」

カミーユはそんな質問に答える気分ではなかったが、相手の雰囲気にのまれて思わず微笑んだ。

「特別許可が出ましてね」と言っておいた。

「誰か引っぱってくれたってこと？　なるほど！」

こうしてわずか数分でくだけたやりとりになった。オフェリアには相手が警官だろうがなんだろうが関係ないようだ。カミーユはなんとか無駄話を切り上げ、アンヌ・フォレスティエさん担当の医師と話をしたいと言った。

「この時間だから、その階の当直医をつかまえるしかないわね」

カミーユはうなずいてエレベーターのほうに向かったが、すぐに引き返した。

「フォレスティエさんに電話が入ったなんてことは？」

「ないと思うけど」

「ほんとに？」

「だって、救急病棟の患者さんが起きて電話に出るなんてことはめったにないし」

カミーユはまたエレベーターに向かった。

「あ、ちょっと！」

振り向くと、オフェリアが背の高い人の顔でも扇《あお》いでいるように黄色い紙を振っていた。そしてカミーユが戻ると、思わせぶりな目つきでこう言った。

「ラブレター」

入院誓約書の用紙だった。カミーユはそれをポケットに突っ込み、今度こそとエレベーターに向かった。

三階で当直医に会いたいと言うと、少し待つように言われた。

救急外来の駐車場はほぼ満杯だった。こっちにとっては好都合だ。長居しないかぎり、ここに車を止めても人目を引くことはない。ただし抜かりなく、さり気なく、そしていつでも動けるようにしておくこと。

いざというときのために助手席にモスバーグを置き、その上に新聞を広げた。

さて、このあとどうするかじっくり考えるとしよう。

女がほかへ移されるなら、まずは病院から出るところ、救急車に乗せられる前を狙うという手がある。それがいちばん確実だ。救急車を狙って撃つのはジュネーブ条約違反になる。そんなもの知ったこっちゃないというなら別だが……。エントランスホールの監視カメラは心配ない。あれは思いとどまるやつもいるから取りつけられているだけで、思いとどまらない場合は意味がない。あんなもの、仕事にかかる前に撃ち落とせばいい。物だから倫理上の問題も生じないし、動かないからはずす恐れもない。

ただ厄介なのは、救急車の車寄せが引っ込んだところにあって、その手前に警備員がいることだ。警備員を撃って車寄せに入り込むことはできるが——ジュネーブ条約もそこまでは禁じていない——スマートなやり方とは言えない。

もう一つ、救急車が車寄せを出てからどこかでつかまえる方法もある。病院を出たところは一方通行で、右へ行くしかないが、その四十メートルほど先に信号がある。そこにわずかながらチャンスがある。救急車は急ぎの荷物を載せているときは信号無視で突っ走るが、病院から出ていくときはのんびりしたものだ。だからすぐ後ろに車をつけ、信号で止まるのを見計らって襲えばいい。車を飛び出し、一でバックドアを開け、二で狙いを定め、三で撃つ。そして救急隊員も歩行者も（この通りにはほとんどいないが）面食らっているあいだに車に戻り、一方通行を四十メートル逆走し、そこから幹線道路を抜けて環状線《ペリフェリック》に乗ってしまえばしめたものだ。それで片がつくならこの程度はわけもないし、あとは狙いどおりの展開で金が向こうからやってくる。

この二案は女が早々に出てくることが前提で、それが無理ならほかの手を考えるしかない。たとえば配達人のふりをする。花屋でも菓子屋でもいい。花束かマカロンを持って部屋まで上がっていき、礼儀正しくノックし、入り、一発お見舞いし、出る。この場合はタイミングが勝負だ。逆に、派手に撃ちまくりながら入っていく手もある。どちらも捨てがたい。狙いを定めるほうは腕がものをいうだけに満足も大きい。だが自己陶酔めいたところがあり、あくまでも自分が主役だ。その点、撃ちまくるほうははるかに心が広く、博愛精神に近いと言ってもいい。

だが実際は好きなように選べるわけではなく、状況で行動が決まることが多い。だから計算し、先を読む必要があるわけだ。トルコのやつらに欠けていたのはそれだ。段取りはよかったが、先を読む脳みそを持ち合わせていなかった。わざわざヨーロッパの大都会まで出てきてひと勝負するからには、それなりに頭を使うのが当然だろう。ところがあいつらはそうしなかった。黒々した眉をひそめ、いかにも大物ギャングという風貌でロワシー（シャルル・ドゴール空港）に降り立ったのはいいが、実のところポルト・ド・ラ・シャペル界隈でカモになるのがせいぜいのただの田舎者だった。彼らの大仕事とは、要するにアンカラ郊外の食料品店に押し入ったとか、ケスキンでガソリンスタンドを襲ったとか、その程度だったわけだ。いや、もちろん今回の仕事に大物など必要なかったが、それにしてもあんな薄のろを雇うはめになるとは、いささか屈辱的でさえある。

まあいい、すんだことだ。あいつらも死ぬ前に少しはパリ見物ができたわけだし、ありがたいと思っているだろう。

と、そこにチビの刑事が現れた。果報は寝て待てとはこのことか。せかせかした足どりで駐車場を横切って救急病棟に入っていく。こっちのほうが三歩先にいるわけで、このリードは最後まで譲らない。カウンターで一瞬足を止めたが、すぐまたうろつきはじめた。受付係には禿げ頭が通り過ぎるのしか見えないだろう。『ジョーズ』のサメと同じだ。見るからに苛立っていて、地団駄でも踏みそうだ。と思ったらとうとうカウンターを回り込んでなかに入った。

小さいくせに大胆だ。

だがどうってことはない。いずれ決着をつけてやる。

おれは車を降りて下見にいく。大事なのはぐずぐずしないことだ。

十八時十五分

アンヌは眠っていた。頭部の包帯に止血剤の黄色っぽい染みが広がり、そのせいで顔がますます青白く見え、閉じた瞼は相変わらずふくれていて、口は……。カミーユはあとで描くために形や線を記憶に刻もうとしたが、その途中でドアが開き、誰かがのぞき込んで自分の名を呼んだ。

廊下に出ると若い研修医が立っていた。小さい眼鏡をかけた生真面目そうなインド人で、名札にある名前があまりにも長くて読めない。改めて身分証を見せると、相手はそれをじっと見つめた。どういう態度をとったらいいのか考えているのだろう。救急病棟には警官が頻繁に出入りするが、犯罪捜査部の刑事が来ることはあまりない。

「フォレスティエさんの容態を知りたいんですが」カミーユは病室のほうに顎をやった。「予審判事が話を訊きたいと言っていて、それが可能かどうか……」

だが研修医によれば、そのあたりのことは医長が判断するという。

「そうですか……。ところで、どうなんです？　ひどいんでしょうか？」カミーユは訊き方を変えた。

研修医はレントゲン写真やカルテを持ってきていたが、それを見るまでもなく、よどみなく説明してくれた。鼻骨が折れ（〝きれいに〟折れているので手術の必要はないと考えている）、鎖骨にひびが入り、肋骨が二本折れ、捻挫《ねんざ》が二か所あり（左手首と左足）、指の骨が二本折れ（これも〝きれいに〟折れている）、両手、両腕、両脚、腹部に無数の切り傷がある。右手にはかなり深い傷があるが、神経は無事で、それでも若干のリハビリが必要と思われる。顔の長い傷は少々厄介で、傷痕が残るかもしれない。打撲傷は数えきれないほどだが、レントゲンを見るかぎり深刻な問題はないと思われる。

「あれほどの外傷にもかかわらず、中枢神経系にも末梢神経系にも損傷は見られません。頭蓋骨に骨折はありませんが、歯科手術は必要になるでしょう。ギプスも必要かもしれませんが……まだわかりません。明日の検査ではっきりすると思います」

「痛みはどうです？　苦しんでいるんでしょうか？」カミーユはそう訊き、慌ててつけ加えた。「いや、その、予審判事の件があるので……」

「最小限のものです。痛みの緩和についてはこちらもそれなりに経験を積んでいますから」

カミーユは無理やり微笑み、ぎこちなく礼を言った。だが研修医は刑事がなぜこんなに感情的なのかと不思議に思ったようで、カミーユをじっと見つめた。医師の深い目は、本当に警察官だろうか、もう一度身分証を見せてもらうかと迷っていたが、結局は同情に徹することにしたようで、穏やかに言った。

「治癒には時間を要しますが、あざや傷は徐々に消えていきます。若干傷痕が残るかもしれませんが、でも基本的に患者さんは、ええと……」カルテの名前を見た。「フォレスティエさんはもう危険な状態ではありませんし、障害を負うこともありません。問題は治療というより、むしろ心のケアのほうでしょう。あと数日はこちらで経過を見ようと思っています。そのあとは、誰かの支えがあるといいのですが」

カミーユはもう一度礼を言った。もう引き揚げるしかない。これ以上ここにとどまる理由がない。だがアンヌを残して帰ることなど考えられなかった。カミーユにはできなかった。

建物の右側がなんの役にも立たないのに比べると、左側はまだましだ。非常口がある。自慢じゃないが、非常口についておれが知らないことなどない。ここのドアはパサージュ・モニエの公衆トイレの非常口とほぼ同じ作りで、両開きの防火扉の内側に棒状のハンドルが水平に取りつけられている。このタイプは弾力性のある薄い金属板があれば簡単に開けられるので、侵入者のためにあるようなものだ。

なかの様子を探ろうと耳を当てたが、扉が厚くてなにも聞こえなかった。しょうがない。ちらりと左右を確認し、金属板を戸のあいだに差し込み、そっと開けて入ると、そこは廊下だった。その先にももう一本廊下がある。誰かとすれ違ってもいいようにあえて自信に満ちた足りで行くと、エントランスホールの奥の、あの受け付けカウンターのすぐ後ろに出た。非常口といい、ここといい、まったくもって侵入者への配慮が行き届いた病院だ。

右手の壁に避難経路図がある。増築、改築を繰り返してきた複雑な構造で、警備員はさぞかし頭が痛いだろう。しかも誰もこの図を見ちゃいないだろうから、避難訓練でもやらないと後悔することになる。とはいえ来館者にとってはこれが貼ってあるだけで安心だ。職員がどれほど忙しそうでも、いざというときのために誰かがきちんと準備しているという印象を受ける。ついでに言うとこういう館内図にはもう一つ別の用途があり、ショットガンを隠し持った男にとっては非常にありがたいのだが、そのことは誰も知らない。

まあ、そんなことはどうでもいい。

携帯を取り出し、館内図を写す。エレベーターと給排水管でだいたいの配置が決まってしまうので、どの階も似たようなものだ。

車に戻り、また考える。リスクを見誤って、あと一歩というところでしくじるようなことはしたくない。

十八時四十五分

カミーユは電気もつけず、薄暗い病室で椅子に腰かけて（病院の椅子は高すぎる）心を静めようとした。なにもかもがめまぐるしく、気持ちがついていかない。

アンヌは軽くいびきをかいている。いつものことで、そのときの姿勢によってかいたりかかなかったりする。そして自分で気づくと恥じ入る。今は傷だらけだから無理だが、いつもは恥じ入ると頬を染め、それがまた美しい。アンヌの肌にはかすかにそばかすがあるのだが、小さくて薄いので普段はわからない。それが頬を赤らめたときだけふわっと浮き上がる。「全然違うよ」「いびきじゃなくて、呼吸が深いだけだ」とカミーユはいつも安心させる。

するとアンヌはますます赤くなり、動揺を隠そうとして髪をいじる。そしてはにかんでこう言う。

「あなたがいつかわたしの欠点を欠点として認める日がきたら、それが幕を引くときね」

アンヌは普段からそんなふうに別れをほのめかす。二人が一緒にいるときと、いずれそうでなくなるときをほとんど区別せず、そんなのはわずかな違いでしかないように話す。カミーユにとってもそのほうが気が楽なのだが、それは鬱の傾向がある男やもめだからだろうか。今もまだ鬱なのかどうか自分ではわからないが、男やもめは変わっていない。ただ、アンヌと出会ってからあらゆることが少しあいまいに、不確かになった。二人は未来への道をともに歩んでいるが、その道は途切れたり、消えかかったり、また延びたりして、どこまで続くのかどちらにもわからない。

「カミーユ、ごめんなさい」

いつの間にかアンヌが目を開けていて、一音一音に時間をかけてそう言った。唇が重くても、息が漏れても、手で口元を隠していても、カミーユにははっきり聞きとれた。

「なんのことだい？」

アンヌはベッドに寝ている自分と病室を指差したが、その指が示すものにはカミーユ、二人の人生、世界のすべてが含まれていた。

「全部」

と言って宙を見つめるのは、悲劇をからくも生き延びた人々によく見られるうつろな目だ。カミーユはアンヌの手を取ったが、添え木をつかんだことにしかならなかった。ゆっくり休むんだ、もう心配いらない、おれがここにいるからと声をかけながら、こんな言葉に意味があるのだろうかと不安になる。と同時にまたしても刑事としての勘が首をもたげ、あの問いが浮かんだ。パサージュ・モニエの男はなぜ三度もアンヌを狙ったのか。犯行時の緊張や思いがけぬ展開で説明はつくが、それにしても……。

「あそこで、あの宝石店で、なにかほかに見たり聞いたりしなかったか?」

アンヌは質問の意味がわからなかったようで、また懸命に口を動かした。

「ほかにって、なんのほかに?」

いや、なんでもない。カミーユは安心させようと微笑んでみたがうまくいかず、代わりにアンヌの腕をなでた。今は眠らせてやるべきだ。だがなるべく早く話を聞かなければならない。すべてを詳しく聞く必要がある。アンヌは自分でも気づいていないなにかを見聞きした可能性がある。それを見つけなければならない。

「カミーユ」

カミーユはかがみ込んだ。

「ごめんなさい」

「おい」カミーユは優しく言った。「もうやめてくれ」

薄闇のなか、包帯と、腫れて黒ずんだ傷と、穴のような口のせいで、アンヌはひどく醜く見えた。今朝からの時の経過で早くも傷に変化が表れていて、黒が少し薄れ、紫と黄色が混じったような青へと変わりつつある。帰りたくないが帰るしかないとカミーユは思った。正直なところこれ以上アンヌの涙を見ていられない。眠っていても、アンヌの涙は泉のようにわき出てくる。

意を決して立ち上がり、部屋を出てドアをそっと閉めた。子供部屋を出るときのように。

十八時五十分

受付係は忙しそうだ。人の波がくると息つく暇もない。それだけに、波が引くとすぐ煙草を吸いにいく。病院では癌が同僚のようなものだから驚くことじゃないが、とにかく女は今もまた外に出て腕を組み、一人寂しく煙草を吹かしはじめた。

絶好のチャンスだ。おれは建物の左手に回り、非常口を開け、ちょっと戻って受付係の様子を確認する。まだ外にいて、こちらに背を向けて煙草を吸っている。急いでなかに入り、カウンターまで行って手を伸ばす。それだけで入院台帳が手に入る。

医薬品は鍵のかかるところに保管されているが、患者の記録は手の届くところにある。病院の職員にとって危険とはあくまでも疾病《しっぺい》と薬であり、強盗ではないということだろう。

出動先　パリ八区、パサージュ・モニエ
救急隊員　ＳＡＭＵ／サミュ（緊急医療救助サービス）　ＬＲ－４５３
到着時刻　午前十時四十四分
患者氏名　アンヌ・フォレスティエ
病室　二二四号室

生年月日　確認待ち
住所　フォンテーヌ＝オー＝ロワ通り二十六番地
退院／転院　未定
検査　Ｘ線、ＭＲＩ
請求先　確認待ち

非常口まで戻って様子を見ると、受付係が二本目の煙草に火をつけるのが見えた。おかげで台帳を丸ごと写真に収める時間ができた。

二二四号室。三階だ。

車に戻り、モスバーグを膝に乗せ、ペットのようになでながら考えた。女がしばらくこの病棟にいるのか、それともほかの部局に移されるのかを知りたかったが、その点では無駄足だった。

リスクを甘く見ちゃいけない。これは一か八かに近い。ここまでかけた手間を思えば、こんなところで気を抜いてすべてをぶち壊しにするわけにはいかない。

携帯で撮った館内図をじっくり見る。かなり複雑だ、全体が頭に入っている人間などいないだろう。子供の絵のように見る角度によって違った印象を受ける。ある方向から見ると星型の腕の一部が曲がったような恰好で、別の方向から見れば妙な多角形で、ひっくり返すとドクロのようにも見える。医療施設としてはどうかと思う。

まあ形などどうでもいい。この図から見るかぎり、非常階段で三階に上がると二二四号室は十メートル以内の位置にある。だが戻るときはあえて遠回りして追っ手の目をくらますべきだ。四階に上がり、廊下を抜け、さらにもう一階上がり、神経外科病棟を過ぎて、三つの両開きドアを通り、反対側のエレベーターで受け付けに降り、そこから約二十歩で非常口で、あとは駐車場をぐるりと回って車に戻る。三階でちょっとした騒ぎになったとしても、これなら簡単にはつかまらない。

もちろん女が移送される可能性も残っていて、その場合はここで待つほうがいい。患者の名前はわかっているんだし、さっさと確認するべきだ。

病院の番号を調べてかけることにする。

1を押して、2を押して……ったく、モスバーグのほうがずっと手っ取り早いんだが、ここは我慢だ。

十九時半

一日中オフィスに戻らなかったので、カミーユはルイに電話を入れて状況を聞いた。今ヴェルーヴェン班が抱えているのは、異性装者が絞殺された事件、ドイツ人観光客の死体が発見された事件（自殺と考えられる）、ドライバーが別のドライバーに刺された事件、ホームレスの男性が体育館の地下で出血多量で死んでいた事件、若い麻薬中毒患者が十三区の下水渠《きょ》から引き上げられた事件、痴情殺人で七十一歳の男性が自首してきた事件といったところだ。カミーユは捜査状況を聞き、ルイの対応を承認し、新たに指示も出したが、実は上の空だった。ありがたいことにルイが日常業務をこなしてくれている。

電話を終えたときにはなにを指示したかも覚えていなかった。ただ、自分がなにかとんでもないことをしでかしたという自覚だけは残った。

そこで少し頭を冷やして自分の立場を整理し、これはまずいと思った。すでに抜き差しならない事態に陥っている。自分の愛人である女性の事件を担当したいがために、たれこみ屋がいると嘘をついて部長や予審判事をだまし、警察署にも偽名を名乗った。

さらにまずいことに、アンヌはこの事件の直接の被害者であり、事件解決の鍵を握る重要な目撃者でもある。

カミーユは今朝からの出来事を振り返り、経験を積んだ警察官にあるまじき軽率な行動の連続だったことに気づいて愕然とした。自分で自分の首を絞めている、あるいは自分で自分の怒りの虜《とりこ》になっているようなもので、とりわけ馬鹿げているのは、自分を信じることができずにいるくせに、まるで自分だけを信じているようにふるまっていることだ。しかも結局は自分を超えることができず、いつもどおりのやり方に甘んじている。頼りの直感も今回は的をはずし、ただ怒りへ、無分別へと向かっただけだった。

そのうえ、考えてみればそれほど難解な事件とも思えないだけに、ばかばかしさがいっそう際立つ。要するに、三人組の強盗が宝石店を襲おうとしたが、偶然アンヌに顔を見られたためとっさに殴り、逃げると困るので店の前まで引きずっていった。すると案の定逃げようとしたので見張り役が撃ったが、慌てたせいで弾がはずれ、もう一度狙ったときには仲間が邪魔をした。そこで時間切れとなって盗品を持って逃げた。ダミアーニ通りで最後のチャンスがあったが、またしても仲間が邪魔をしたので仕留められなかった、そういうことだ。

三度も発砲したのは驚きだが、異常な緊張からきたものと考えられるし、アンヌだから狙ったわけではない。

それに、犯行そのものは完結していて、あとはお決まりの仕事が待っているだけだ。

三人組はすでに遠くへ逃げただろう。ぐずぐずしているはずがない。宝石類なら持ち運びに苦労はないし、どこへでも逃げられる。

となると、連中の逮捕はアンヌが顔を覚えているかどうかにかかっている。覚えているとすればあとは単純作業で、限られた人員をどれくらい投入できるかの問題になる。事件が多発する昨今の状況から考えれば、短時間で逮捕できる可能性は三十分の一といったところで、しかも確率は時間とともに急速に下がり、少し経つと百分の一になり、その後は千分の一となって、偶然か奇跡を待つしかなくなる。いずれにせよ、ある意味ではこの事件はもう終わっている。

だから、とカミーユは自分に言い聞かせた。だからなおさらのこと、ル・グエンがなんとかできるうちに軌道修正するべきだ。今ならなんとかしてくれる。ちょっと嘘をついたくらい警視長のル・グエンならもみ消せる。だがその上まで知れてしまったら手の打ちようがない。この段階でル・グエンにすべてを打ち明ければミシャールにうまく言ってくれるだろう。そしてミシャールは、これで上司に貸しを作れると喜ぶだろう。彼女はそういうチャンスを待っているのだし、むしろ一種の投資と考えるはずだ。とにかくペレイラ判事が嗅ぎつける前にこの愚行を止めなければ。

つい感情に流されて、かっとなって、わけがわからなくなって、逆上してしまってとかなんとか言えばいいし、もともと怒りっぽいから周囲の誰も驚くまい。

そうしようと決めたら自分でもほっとした。

そうだ、ここまでだ。

優秀な刑事はたくさんいるんだし、誰かが犯人を追ってくれる。自分は捜査ではなく、アンヌを支えるほうに回るべきで、それこそが彼女のためではないだろうか。そもそも自分が捜査を担当するメリットなどどこにある？

「あ、刑事さん！」

受付係のオフェリアだった。

「お願いが二つ。まず入院誓約書だけど、ポケットに突っ込んでなかった？　どうでもいいと思ってるんだろうけど、ここの事務はけっこううるさいの。だからお願いします」

カミーユは紙を引っぱり出した。アンヌの社会保障番号がわからないので、入院手続きが完了していないらしい。オフェリアはガラスの間仕切りにセロテープで留めたポスターを指差し、標語を読み上げた。かなり古そうな破れかけのポスターだ。

「《病院では社会保障番号が文書の要《かなめ》》。わざわざ研修まで受けさせられてるくらいなのよ。未払いが毎年何百万にもなってるらしくて」

カミーユはうなずいてみせたが、となるとアンヌに番号を訊かなければならない。正直なところこの種の手続きにはうんざりだ。

「それからもう一つ、反則切符なんだけど……」とオフェリアは若い娘のようにしなを作ったが、かえって老けて見えた。「なんとかならないかしら。こんなこと頼んじゃいけない？」

因果な商売だ。

疲れていたので、断るのも面倒で手を出した。オフェリアは飛びつくように引き出しを開け、ため込んでいた反則切符を取り出し（四十枚はありそうだ）、トロフィーでも渡すようににっこり笑って差し出した。歯並びががたがただった。

「今日は夜勤なんだけど、いつもってわけじゃなくて……」

「わかった」とカミーユは言った。

まったく因果な商売だ。

反則切符は片方のポケットに収まりきらず、仕方がないので左右に分けた。エントランスホールのガラス扉が開くたびに冷気が顔を打つが、それで眠気が飛ぶわけでもない。

もうぐったりだった。

転院の予定はなく、少なくとも一日二日はこのままだと電話口の女は言った。あと二日もこの駐車場にいるなんてまっぴらだ。もうさんざん待った。

八時が近い。警官がいつまでも粘れる時間ではない。小男もようやく出ていこうとしているが、また立ち止まって考え込んでいる。エントランスホールのガラス扉の前でじっとしている。まあ、あと数分で出ていくだろう。

いよいよ出番だ。

おれはエンジンをかけ、車を駐車場の奥に移動させる。エントランスホールから離れた塀沿いで、ここなら車もまばらだし、非常口にも近いから逃げるときすぐ飛び乗れる。無事に出てこれるかどうかは神のみぞ知るだが、ぜひとも加護を願いたいところだ。こんなところでつまずいてたまるか……。

静かに車を降り、ほかの車の陰を伝って駐車場を横切り、非常口まで行く。なかに入る。通路には誰もいない。

途中で遠くに小男の後ろ姿が見えた。ガラス扉のところでまだ考え込んでいる。

物思いにふける時間ならいずれたっぷりくれてやる。遠からず地球から放り出してやるから、そのつもりで待ってろ。

十九時四十五分

駐車場に出ようとガラス扉に手をかけたとき、カミーユは今朝の警察署からの電話のことを思い出し、自分はアンヌの最近親者と思われたのだと今ごろ気づいた。偶然による勘違いだが、いずれにしても警察は〝フェルヴェン〟がほかの近親者に知らせるものと思っただろう。

近親者？　弟のナタンの話は聞いている。だがそれ以外にアンヌが口にしたことがあっただろうか？　記憶を手繰《たぐ》ったが一人も出てこない。職場の同僚なら数人見かけたことがある。そのうちの一人、四十代の女性の姿が目に浮かんだ。髪が薄く、大きな目の下に隈《くま》があり、凍えたように小股でせかせか歩いていた。名前はなんだったろう。シャラス、シャロン……シャロワ、そうシャロワだ。マリンブルーのコートを着ていた。二人で大通りを歩いていたときにその女性が前からやってきて、アンヌと笑みを交わした。そのときのアンヌの笑顔が印象的だったので覚えていたのだ。シャロワが通り過ぎてからアンヌは「同僚よ」と言い、くすりと笑ってささやいた。「すっごく嫌な女……」

アンヌとはいつも携帯でやりとりしていたので勤め先の番号がわからない。カミーユはその場で番号を調べ、かけてみた。もう八時近くだが、ひょっとしてまだ誰かいるかもしれない。

音声が流れた。

「もしもし、こちらはヴェルティヒ&シュヴィンデル社です。弊社の営業時間は……」

一瞬アンヌの声かと思い、アドレナリンがカミーユの体内を駆けめぐった。以前そういう経験をしたことがあるからだろう。イレーヌが殺された一か月後にうっかり自宅にかけたら、イレーヌの声で「もしもし、ヴェルーヴェンです。あいにく留守にしています……」とメッセージが流れたのだ。そのときカミーユは雷に打たれたような衝撃を受け、泣き崩れた。

一応メッセージを残すことにした。口ごもりながら、「アンヌ・フォレスティエさんのことでお電話しました。今入院していて、すぐには……（なんだ？）仕事に戻れません。事故にあって……重傷ではありませんが、その、軽傷でもなく（どう言えばいいんだ？）、できるかぎり早く本人からご連絡差し上げます……もちろん起き上がれるようになったらですが」。なんとも要領を得ない説明だ。

反省しつつ電話を切ると、自己嫌悪で胸がいっぱいになった。

二十時

右手に階段があるが、病院では誰もがエレベーターを使う。自分をいたわる場所なのだから当然だ。

モスバーグの銃身は四十五センチ少々で、ピストル型の握りがついている。レインコートの内側に深いポケットがあればうまく納まるサイズだ。銃身を腿に押しつけておく必要があるから、いささかぎこちないロボット歩きになるが、しょうがない。とにかくいつでも撃てるように、あるいは逃げられるように気を抜かないことが肝心で、場合によっては両方同時ということもありうる。撃つなら的をはずさないこと。あとはやる気の問題だ。

女は病室にひとりのはずだ。小男がまだ病院を出ていないとしたら、騒ぎがあればすぐに上がってくるだろう。そうでなければ刑事失格で、キャリアもふいになる。

おれは二階でエレベーターを降りる。この階でフロアを横断し、反対側の階段から三階へ上がる。

公共病院のいいところは、職員があまりにも多忙で侵入者に気づかないことだ。二階の廊下には心配顔の家族や待ちくたびれた友人がたくさんいて、礼拝堂のようにつま先立ちで病室を出入りしていた。時折看護師が速足で通り過ぎるが、誰もあえて声をかけない。

一方、三階の廊下には誰もいなかった。がらすきの大通り。

二二四号室は非常階段に近い隅のほうにあり、長期療養にもってこいだ。もちろん手を貸してやれば〝長期〟を〝永遠〟にすることもできる。

部屋に近づく。

ドアを開けるときはショットガンを落とさないように注意する。こんなところで落としたら音が響いて厄介なことになる。ものわかりの悪い連中しかいないから大パニックになるだろう。ドアの取っ手は音もなく回った。一歩前に出て、レインコートの前を開けてモスバーグを持ち替える。女の足先が見えるが、死人のようにぴくりとも動かない。少し身を乗り出して全身を見る。

うわ、なんて顔だ！

すっかり模様替えしてやったわけだ、このおれが。

女は横向きに寝ている。よだれが垂れ、瞼が革袋みたいにふくれていて、これじゃどうしたって誘う気になれない。〝ボコボコにする〟という表現が浮かんだが、まさにこれのことで、顔の形をとどめていない。ボール箱のような感じもするが、それは包帯と肌の色のせいだ。血の気がなく、羊皮紙か麻布のようで、しかもふくれ上がっている。外出の予定はかなり先に延ばすしかなさそうだ。

戸口にとどまること。そして銃をよく見せること。

手ぶらじゃないとわからせること。

ドアを大きく開けているのに女は目覚めない。せっかく来てやったのに、出迎えもなしとはがっかりだ。だが人間は重傷を負うと少しばかり獣に戻り、感覚が鋭くなるはずだから、この女もじきに気づくだろう。生存本能が働くまであと数秒待ってやる。目を開ければモスバーグと再会だ。今日何度も対面したショットガン、もう仲間のようなものじゃないか？

モスバーグとおれに気づいたとたん女は縮み上がるだろう。当たり前だ。慌てて身を起こそうとし、ボール箱みたいな頭を振りまわす。

　そして叫ぼうとする。

　顔の下半分がこの状態なら、叫ぶといっても「助けて」とは言えず、せいぜい「あうええ」という程度だろう。だが発音できない分を音量で補おうとするかもしれない。喉を目いっぱい広げて大声を出し、人を呼ぼうとするだろう。だとしたら、本題に入る前に合図しなければ。人差し指を唇に当て、しーっと。それでも叫びつづけるかもしれない。しーっ、ここは病院だってのに。

「あの……」

　廊下の後ろのほうから聞こえた。看護師だ。

　だが距離はある。

　振り向くな、じっとしてろ。

「どなたかお探しですか？」

　普段なら廊下に誰がいようと無視するくせに、銃を忍ばせているときに限っておせっかいを焼いてくる。

　おれは部屋番号の札を見上げ、間違いに気づいたふりをした。看護師は後ろから近づいてくる。おれは背を向けたまま、患者に謝るふりをする。

「すみません、部屋を間違えました」

慌てない、うろたえない。宝石店を襲うときも入院患者を見舞うときも、冷静でいられるかどうかが鍵になる。避難経路図は頭に入っている。階段で四階へ上がって左に行けばいい。急ごう。追いつかれて振り向くことになれば撃たざるをえず、それでなくても人手不足の公立病院で貴重な看護師が一人減ることになる。だが万一に備えて装塡も必要だ。

弾を薬室に送り込むには両手を使うし、独特な音もする。いかにも不穏な金属音が廊下にこだますることになる。

「エレベーターならあちら……」

銃がカチリと鳴り、声が途切れる。看護師の若く張りのある声が口から出たところで断ち切られ、緊張が走る。

「ちょっと！」

これでいつでも撃てるから、あとは落ち着いていこう。絶対に振り向かないこと。レインコートで隠していても棒状のものがあるというのはわかってしまう。義足を着けているように見えるかもしれない。出した。数歩進んだところでレインコートの前が割れ、ほんの一瞬銃の先端が顔を出した。ガラス片が陽光をきらりと反射したような束の間の出来事だ。まずわかるまい。銃を映画でしか見たことがない場合、自分の目がとらえたものを銃と認識するのはなかなか難しい。なにか見たぞと思っても脳が拒否するし、もしかしたらと思っても、いや、ありえないと脳が否定する。

だから看護師が認識する前に逃げればいい。

その看護師は二十二歳で、髪をほぼ刈り上げて下唇にピアスをしているところは挑発的だが、根は小心者で、慎重すぎるところもある。このときも頭が混乱して思い切った行動に出られなかった。

そこで自分が見たものを頭のなかで整理してみた。さっきの人はこちらに背を向け、うつむいたまま間違えましたと言った。そしてレインコートの前をかき合わせ、階段のほうへ行った。音からすると、下りるのではなく上がっていったような気がする。つまり逃げたわけじゃなくて、やっぱり階を間違えただけなんだと自分に言い聞かせた。

でもあの突っ張ったような歩き方……なんだかおかしい。それにちらりと見えたあれはなに？　銃みたいに見えたけど……え、銃？　病院で？　まさか、ありえない。

看護師はそれでも階段まで走っていった。

「あの、ちょっと……あなた！」

二十時十分

さあ帰ろう。刑事として来ている以上、一般人のようにふるまうことはできない。犯罪捜査官が被害者の枕元で夜を明かすなどとうてい考えられない。それに、今日はもうさんざん馬鹿なことをしでかしたのだから。

そう思ったときに携帯が震えた。ミシャールだった。カミーユはそのまま携帯をポケットに戻し、受付係のほうを振り返ってあいさつ代わりに手を振った。するとオフェリアが目配せをして人差し指を曲げた。ちょっと来ての合図だ。カミーユは気づかなかったことにしようと思いながらもふらふら舞い戻った。疲れすぎて抵抗する気力もない。反則切符の次はなんなんだ？

「ようやく帰れるってわけ？　警察官ってみんな寝不足なんじゃない？」

またがたがたの歯を見せて笑ったところをみると、言外の意味があるらしい。こんなジョークのために呼び戻されたのかと思うとがっくりだ。カミーユは大きなため息をつき、力なく微笑んだ。眠くてたまらない。そして今度こそと踵《きびす》を返そうとしたとき、オフェリアが言った。

「電話があったのよ。知りたいだろうと思って」

「いつだ？」

「ついさっきよ、ええと、七時半くらい」

　そして訊かれる前に追加した。

「弟さんから」

　ナタンから？

　カミーユは面識はないが、声だけはアンヌの留守電に入っているのを何度か聞いたことがある。いつも神経質な興奮気味の若い声だった。二人は十五も年が離れていて、そのせいかアンヌはとても弟想いで、難しい研究をしている科学者なのよと自慢していた。フォトンとか、ナノサイエンスとかいったたぐいの、カミーユには言葉の意味さえわからない専門分野だった。

「でも弟さんにしちゃ感じが悪くてね。あんなの聞いたら一人っ子でよかったと思っちゃうわよ」

カミーユははっとした。ナタンはアンヌが病院にいることをなぜ知ったのだろう？　眠気が吹き飛び、カミーユはまた《関係者以外立入禁止》のドアを開けてカウンターのなかに踏み込んだ。オフェリアは訊かれる前に答えた。

「なんて言ったらいいか……」大きな目をぐるりと回す。「ぶしつけな感じ？」と言って相手の口調をまねしはじめる。「フォレスティエ……そう、Fで始まるフォレスティエですよ。ほかにどう書きようがあるっていうんです？」だんだん演技過剰になり、「で、姉の容態は？　医者はなんと？　え？　わからないって、どういうことなんだ？」と最後は食ってかかるようだった。

「訛りは？」

オフェリアは首を横に振った。カミーユは目をあちこちに向けながら考えた。脳がなにかをつかみかけている。あと数秒でニューロンがつながる……。

「若々しい声だったか？」

オフェリアは眉をひそめた。

「すごく若いって感じじゃ……。四十代とか？　あたしには……」

それ以上聞く必要はなかった。カミーユは転がるようにそこを出て、人を突き飛ばす勢いで走った。

階段だ。踊り場に出るドアに飛びつき、短い脚が許すかぎりのスピードで駆け上がる。勢いよく開けたドアが大きな音を立てて閉まった。

二十時十五分

三階の看護師はまだ考えていた。足音からすればさっきの人は上の階に行ったんだから、逃げたわけじゃない。でも……。

どこかの階で踊り場のドアが音を立てた。不意に、さっきの人は結局どこにでも行けるんだと気づき、また迷いが生じた。もっと上の階へも、下へ降りることも、あるいは神経外科を通り抜けてどこかへ……。どうしよう？　でもこの程度で非常ベルを鳴らすわけにはいかないし……なにか確証がないと。

看護師はナースステーションに戻ったが、どうしても気になった。病院に銃を持ってくるなんてことはありえないし、だったらあれはなに？　義肢？　見舞客が腕の長さくらいあるグラジオラスの花束を持ってくることもあるけど、今ってグラジオラスの季節？　あの人は部屋を間違えたと言ったけど……

そこでちょっとひらめいた。看護学校でDVのことも勉強したので、世の中には暴力を振るう夫がいて、奥さんを追いかけて病院まで押しかけてくることがあると知っている。そこで心配になり、二二四号室に戻ってなかをのぞいてみた。患者さんは眠っていた。また涙を流している。本当に泣いてばかりいる人だ。それに顔の状態が気になるみたいで、昼間も指で触ってばかりいたし、しゃべるときは手で口元を隠そうとする。しかも二回も鏡の前に立っているところを見つかった。立つのもやっとなのに。

それにしても、と看護師はナースステーションに戻りながらまた首をひねった。レインコートの下にあったものはなんだろう？　あの人が箒《ほうき》の柄みたいにして持ってたもの。ほんの一瞬見えたのは金属みたいに思えたけど。でも銃なんてありえないし、銃に似てるものってほかになにがあったっけ？　松葉杖？

そこまで考えたとき、音がしたので振り向くと、階段からあの小さい刑事が出てきた。午後早くから何度か見かけた刑事だ。一メートル六十センチもなさそうで、禿げていて、整った顔立ちだけど愛想が悪い。そのまま二二四号室まで駆けてきて、ドアを乱暴に開けて叫びながら飛び込んだ。

「アンヌ、アンヌ！」

あら？　刑事のはずだけど、これじゃ夫みたいと看護師は驚いた。

なにかあったら大変と病室に戻ってみると、患者はびっくりして起き上がり、きょろきょろしていた。いきなり質問攻めにあって当惑し、ちょっと待ってと片手を上げた。でも刑事はやめない。

「無事か？　だいじょうぶか？」

看護師は割って入り、落ち着いてくださいと声をかけた。患者は上げた片手をだらりと落とし、こちらを見てだいじょうぶとうなずいた。

「誰か見たか？」刑事が訊いた。「誰か入ってこなかったか？　顔を見たか？」

真剣な声だ。刑事はこちらを向いた。

「誰かこの部屋に入りませんでしたか？」

いや、入ったってわけじゃ……。

「部屋を間違えた人がいて、男性ですけど、その人がドアを開けて……」

刑事は最後まで聞かずにまた患者のほうを向き、目で問いかけたが、患者は首を振った。なんのことかさっぱりわからないようだ。なにも言わず、ただいいえと首を振っている。そしてベッドに倒れ込み、上掛けを顎まで引き上げてまた静かに泣きはじめた。この刑事が怖がらせたからだと看護師は思った。こんなふうにたたき起こしていきなり質問攻めにするなんて。しかもまだ興奮状態で、ノミみたいに落ち着きがない。なんとかしなきゃ。

「ここは病院ですよ！」

刑事はわかっているとうなずきながらも、なにかほかのことを考えている。

「それに、面会時間はとっくに過ぎています」

刑事はまたこちらを向いた。

「その人はどっちへ行きました？」

そしてこちらが答えようとしているのにすぐまた訊いた。

「その男ですよ、部屋を間違えたっていう。どっちへ行ったんです？」

そんなことわたしには関係ないわと看護師は思った。大事なのは患者さんだ。女性をめぐる男のいさかいなんてどうでもいい。だから患者の脈をとり、それからゆっくり答えた。

「階段です、あっちの……」

刑事はまた最後まで聞かずに部屋を飛び出した。廊下を走り、ドアに飛びつき、階段に出たのが聞こえたが、上に行ったのか下に行ったのかはわからなかった。

それにしても、と看護師はまた首をかしげた。あの銃みたいなもの、あれは目の錯覚だったのかしら？

コンクリートむき出しの階段は大聖堂のように響く。カミーユは手すりをつかんで数歩駆け下り、足を止めた。

その男が殺し屋だとしたら、まっすぐ下りずにまずは上がっただろう。

そこでUターンして上がりはじめた。階段は規格サイズではなく、一段が普通より少し高い。だから十段で疲れ、二十段でへとへとになる。カミーユの脚では余計にきつかった。

四階に着いたときには文字どおり息が切れていた。さて、殺し屋ならどうする？　もっと上に行くだろうか？　いや、この階で迷路を抜けていくだろうとカミーユは読んだ。そしてドアを開けて飛び出したところで医者とぶつかりそうになった。

「おい、なんだ！」と相手が叫んだ。

ぱりっと糊のきいた白衣を着て（折り目が見える）、髪は白髪まじりだが年齢不詳の医者で、両手をポケットに突っ込んで仰天したままの間抜け面でこちらを見ている。

「誰かとすれ違いませんでしたか？」カミーユは叫んだ。

医者は息を吐くと、まず姿勢を正して胸を張り、それからようやく口を開こうとした。

「男ですよ！」とまたカミーユが叫んだ。「見ませんでしたか？」

「いや……その……」

それで十分だ。カミーユはまたUターンし、ノブを引きちぎる勢いでドアを開け、もう一階上がって廊下に出、右に行き、左に曲がり、そこで息が切れた。誰もいない。少し戻り、また別の方向へ走ったが、頭のなかでなにかが（おそらくは疲労が）こっちじゃないと言い、そのとたんに足がゆるみ（いやもう体力的に走れないだけなのだが）、そこで突き当たりを右に曲がったら目の前が大きな配電盤で、稲妻マークと《感電注意》の大きな文字が迎えてくれた。

こういう仕事では、入るときより出るときのほうが難しい。出るときも人目につかないのがプロだ。

それには決断力、集中力、注意力、分析力が必要だが、全部兼ね備えている人間は多くない。店に押し入るときも同じで、しくじるとすれば引き揚げるときと決まっている。最初は平和にいこうと思っていても、抵抗されると頭に血が上り、気づいたら銃を撃ちまくっていたりする。ほんの少し自制心が足りないばかりに現場に死体が転がることになる。

幸い誰にも邪魔されずに下りられた。階段でぼうっとしていたあの医者を除けば（いったいあんなとこでなにしてたんだ？）、誰ともすれ違わなかった。

一階を速足で行く。病院は走るような場所じゃないから足を速めると人目につくが、ここまで来ればもう問題ない。誰かがおかしいと思っても、そいつが行動に出る前に余裕で逃げられる。そもそも行動といったってなにができる？

駐車場に出ると外気が心地よかった。ポケットのなかの銃を垂直に保って歩く。救急病棟に来る患者たちはそれでなくても不安なのだから、それ以上不安を与えてはいけない。

一階も駐車場も静かなものだが、上のほうはそうはいくまい。あの小男がプレーリードッグよろしく鼻を突き出し、なにがあったのか嗅ぎまわっているはずだ。

あの看護師は結局のところ銃だと見抜けなかっただろう。同僚に話したとしても、せいぜいからかわれるのがおちだ――冗談でしょ？　こんなところに銃があるなら、ミサイルがあってもおかしくないわよ。まさか仕事中に飲んだんじゃないでしょうね。それともなにか吸ったとか？　――もしかしたら一人くらいは、報告だけはしといたほうがいいんじゃないのと言うかもしれないが、そうこうしているあいだにこっちは余裕で出ていける。車に戻り、静かに発進し、病院を出ていく車列に加わり、通りに出るまでに三分。右折し、すぐに赤信号。

例の救急車を襲える場所だ。

あるいはほかの場所だって。

その気になれば方法はいくらでも見つかる。

配電盤の行き止まりにはがっくりしたが、カミーユはそれでもまた廊下を走り、エレベーターに乗ったところでようやく息を整えた。拳で壁をたたきたかったが、ほかに乗客がいたので深呼吸で我慢した。

エントランスホールに戻ってから頭を冷やし、状況を分析した。この時間になっても待合室にはけっこう人がいて、患者、職員、救急隊員がひっきりなしに出入りしている。右手の廊下は非常口に、左手の廊下は駐車場に通じている。だがこっそり出ていく方法ならほかにいくつもある。

誰かが逃げていく男を見たかもしれない。だが誰に訊けというんだ？　こんなところで目撃証言を集める？　そんなのは無意味だ。チームを呼んでいるあいだに患者の三分の二が入れ替わってしまう。

カミーユは自分を張り倒したかった。

気を取り直してまた三階に上がり、ナースステーションに行った。唇がぷっくりふくれたフロランスがカルテの上にかがみ込んでいたので、ピアスの看護師はどこかと訊いたが、さあ、知りませんと目も上げない。それでもしつこく聞くと、ぴしゃりと言われた。

「みんな忙しいんです」

「ということはあの看護師も近くにいるはずだな……」

カミーユはそう言い捨ててナースステーションをあとにし、三階の廊下をうろうろし、病室のドアが開くたびに駆け寄ってみたが別の看護師で、あとは女性用トイレだろうかと覚悟を決めたところへようやく探していた相手が現れた。

ピアスの看護師はカミーユに気づくなりちょっと眉をひそめ、刈り上げた頭に手をやった。

カミーユはその整った顔立ちを目でデッサンしながら、短髪のせいではかなげな印象になるなと思った。そのせいで怯えているようにも見えるが、実は気が強いところもありそうな……。

その読みが当たり、相手は質問に答えながらもすたすたと歩きだし、カミーユはその横を小走りについていかなければならなかった。

「その人は部屋を間違えて謝ってました」

「声を聞いたんですね？」

「いえ小さい声だったのではっきりとは……。ただ謝ったのはわかったんです」

それにしても、アンヌを守るためにぜひとも必要な情報なのに、こんなふうに小走りで追いかけながら訊くしかないとは情けない。そう思ったらまた腹が立ち、思わず相手の腕をつかんでいた。しかもかなり怖い顔になっていたようで、振り向いた看護師ははっと目を見開いた。カミーユは意識して顔をゆるめ、怒りを抑えた声で言った。

「集中して、よく考えてください」

名札に《シンティア》とある。両親がメロドラマばかり見ていたのだろう。

「頼みます、シンティア。しっかり思い出してください。大事なことなんです」

シンティアは話した。病室のドアが開いていて、その前に男が立っていた。うつむいたままこちらに背を向け――たぶん部屋を間違えたので当惑して――歩きだした。レインコートを着ていて、歩き方がぎこちないような気がしたし、なんだか棒状のものをちらりと見たような気もするが、たぶん気のせいだと思う。男は階段のほうに出ていった。

「上がったのか下りたのかまではわかりません」

カミーユはため息をついた。

二十一時半

「今持ってこさせますが……」

病院の警備主任は機嫌が悪かった。遅い時間に呼び出され、着替えて戻ってこなければならなかったからだ。しかもサッカーの放映がある晩に！　元憲兵で、横柄で、太鼓腹で首がなく、牛肉と赤ワインで育ったとわかる顔色で、監視カメラの映像を見るには令状が必要だとしつこく言う。それも判事の署名入りの正式なものが。

「電話ではお持ちだということでしたよね」

「いえ」カミーユは平然と答えた。「あとでお持ちしますという意味で言ったんです」

「そうは思えませんでしたよ」

強情だ。こういうとき普段なら交渉するのだが、今はその気になれず、その時間もない。

「じゃあどう思われたんです？」

「え、だからあなたが裁判所の令……」

「いや」カミーユは遮った。「令状のことではなく、この病院に銃を持った男が侵入したことをどう思ったかと訊いているんです。その男は入院患者を撃つつもりで三階に上がったんですよ。誰かが止めようとしたら発砲していたかもしれない。そいつがまた現れて乱射事件でも起こしたら、あなたが責任を問われることになるんですがね」

残念ながら監視カメラがとらえていたのはエントランスだけで、男がエントランスから出入りした可能性は低い。銃を持った侵入者なら（本当にそうだったとして）そこまで不用心なはずはない。

やはり、男が出入りしたと思われる時間帯にこれといって変わったものは映っていなかった。カミーユは念のためにもう一度見た。警備主任は何度も足を置きかえ、わざとらしくため息をついている。それにはかまわず画面にかじりつき、車と人の流れをじっと見る。救急車、その他の緊急車両、自家用車、けがをしている人、していない人、歩く人、小走りの人……。ない。

気になるものはなにもない。

カミーユは立ち上がって警備室を出た。だがすぐ戻り、ボタンを押してDVDを取り出し、それを持ってまた出た。

「人をこけにするつもりですか！」主任は大声を上げた。「令状は？」

それはあとでと片手で制し、そのまま駐車場に出た。

カミーユは建物の周囲を見てまわりながら考えた。おれだったら横手の非常口を使う。そこで非常口に近づき、眼鏡をかけて防火扉をじっくり見たが、こじ開けた形跡はない。

ふと疑問が浮かんだ。あの受付係はヘビースモーカーで、院内は禁煙。外に出て吸うとしたらそのあいだ誰が受け付けに立つのだろう？　カミーユは気になってまたエントランスホールに戻り、受け付けの先まで行って左手を見ると、あった、細い廊下が非常口まで伸びていた。

受け付けに戻って訊くと、オフェリアは黄色い歯を見せて笑った。

「煙草休憩のときの代わり？　いるわけないじゃない。産休だって代わりがいないのに」

ということは、殺し屋がここを通った可能性もある。

本当にあのモスバーグの男が来たのだろうか……。

車に戻ってメッセージを聞いた。

「ミシャールです」高飛車だ。「電話を寄こしなさい。何時でもいいから。いったいどうなってるの？　とにかく明日朝一番で報告書を出してちょうだい。いいわね？」

カミーユは孤独を感じた。あまりにも孤独だった。

二十三時

病院の夜はほかの場所の夜とは違う。ここではいろいろなものが〝お預け〟になるけれど、夜になると静けさも〝お預け〟になる。ストレッチャーや台車が行き交うし、遠くで叫び声がすることもあるし、不意にわき起こる話し声や、慌ただしい足音、ナースコールのチャイムなどが頻繁に聞こえる。

アンヌは不安なまどろみを繰り返していた。それは痛みと血に満ちた悪夢で、パサージュ・モニエの床のタイルの感触から始まり、ガラス片が雨のように降ってくるスーパーリアリズム並みの映像へと移り、ショーウィンドーにたたきつけられたときの全身の衝撃へと展開し、次いで背後で銃声が轟いたところでアンヌはあえぐ。すると看護師がやってくるが、起こされるまでもなく、フィルムが最後まで回るとアンヌは悲鳴とともに飛び起きる。その繰り返しだ。だが目が覚めても消えない映像もある。目の前に立った目出し帽の男、そして顔をめがけて突き出される銃床。

アンヌは夢のなかでも自分の顔を指先でなぞりつづけた。ここが縫ってあって、ここが唇で、ここは歯が折れていて、残った歯が歯茎から切り株のように出ているだけで……。

あの男はわたしを殺したがっている。

あの男は戻ってくる。わたしを殺したいのだ。

二日目

六時

一睡もできなかった。だがそのあいだずっとドゥドゥーシュが横にいてくれた。ドゥドゥーシュは飼い主の心を察知する第六感を備えている。

昨晩カミーユはオフィスに寄って日中できなかったことを片づけ、へとへとになって帰宅し、服を着たままソファーに倒れ込んだ。するとドゥドゥーシュがやってきて、身を寄せてうずくまり、そのまま一人と一匹は朝まで動かずにいた。餌をやるのを忘れていたが文句も言わない。飼い主が不安を抱えていると知っていて、喉をごろごろ鳴らしている。カミーユのほうもその〝ごろごろ〟の微妙なニュアンスを知り尽くしている。

同じように眠れぬ夜が続いたのはそれほど前のことではない。緊張と、苛立ちと、憂鬱の夜。それはイレーヌのための夜、イレーヌの面影《おもかげ》とともに過ごす夜だった。そのころカミーユは、二人の過ぎ去った日々やつらい思い出をかきまわしつづけていた。イレーヌの死以外に考えることなどなにもなかった。

では今はどうなのかとカミーユは自問する。今自分を苦しめているのはなんだろう？　アンヌの容態、アンヌの損なわれた顔、アンヌの苦しみだろうか。それよりむしろ、日を追い週を追っていつの間にかアンヌが自分の心を占めていたと気づいたことではないだろうか。カミーユには、こんなふうに一人の女性から別の女性へと気持ちを移すことがえげつなく思え、自分が低俗に堕したような気がした。新しい暮らしを始めることなど考えもしなかったのに、カミーユの意に反して暮らしのほうが勝手に新しくなりつつある。だがその一方でイレーヌの思い出は薄れることなく残っている。胸を引き裂くようなその思い出は決定的なものであり、いくら時が経っても、どれほど出会いがあっても、決して消すことはできない。といってもアンヌを除けば女性との出会いなど皆無だったが。

カミーユがアンヌを受け入れたのは彼女自身が〝かりそめの〟関係だと言ったからだ。カミーユと同じように、彼女もまたつらい経験をし、未来を描くことができないと言っていた。だがそうは言いながら、アンヌはすでにカミーユの人生の一部になっている。そして、愛する者と愛される者という昔ながらの分類を考えるとき、カミーユは自分がどちら側なのかわからずにいる。

二人が出会ったのはこの春、三月初めのことだ。イレーヌを失ってから五年、カミーユがどん底を抜け出し、少しは生きているという状態に戻ってから四年経っていた。そして孤独を約束された男として、リスクをとらず、望みももたない日々を送っていた。そもそもカミーユの身長では出会いを求めること自体が難しいが、それを苦に思うことさえなくなっていた。つまり、もう女性など必要ないと思っていた。

出会いというのはいつでもちょっとした奇跡だ。

その日たまたまアンヌが〈シェ・フェルナン〉で店のオーナーと口論し、それが派手な騒ぎに発展しなければ、そしてたまたまカミーユが二つ離れたテーブルで食事を終えたところでなければ、二人の出会いは成立しなかった。しかもアンヌは癇癪《かんしゃく》持ちなどではなく、レストランで暴れるなど一生に一度のことだった（と彼女は胸に手を当てて誓った）。

口論はののしり合いになり、やがて皿がひっくり返り、フォークやナイフが床に散らばる騒ぎとなり、ほかの客は席を立って出ていき、誰かが警察に通報した。オーナーのフェルナンは大損害だとがなり立て、次々と損害額をはじき出し、それが天文学的数字に達したところでアンヌが叫ぶのをやめた。そして周囲の惨状を見て、吹き出した。

そのときカミーユとアンヌの目が合った。

カミーユは一度目を閉じ、深呼吸し、それからゆっくり立ち上がって警察の身分証を出した。そして自己紹介。パリ警視庁犯罪捜査部のヴェルーヴェン警部です。

どこからともなく警察官が現れたことで、アンヌの笑いは消え、その顔に不安が浮かんだ。

「ちょうどよかった！」とオーナーは喜んだものの、ふと戸惑い、「え……犯罪捜査部？」と訊いた。

カミーユはげんなりしながらうなずき、オーナーの腕を取ってわきに連れ出した。

その二分後、カミーユはぽかんとしているアンヌを連れてレストランを出た。アンヌは喜ぶべきか、胸をなで下ろすべきか、礼を言うべきか、心配するべきかわからないという顔をしていた。自由を手にすると、今度はその自由をどう使ったらいいのか戸惑うことがあるが、このときのアンヌもそれに近かったようだ。そして、女性ならではのことだろうが、自分はどういう借りを負ったのか、それをどう返済すればいいか考えているのがカミーユにはわかった。

「あの、店長になんと言ったんですか？」少ししてからアンヌが訊いた。

「あなたを逮捕すると言っておきました」

もちろん嘘だった。本当は、毎週のように手入れを受けてもいいのかと脅したのだ。そうなれば客が寄りつかなくなり、閉店に追い込まれますよと。露骨な職権乱用で少々気が引けたものの、もう少しましなプロフィトロール（小さいシュークリームを使ったデザート）を出してもらいたいと思っていたのでちょうどよかった。

アンヌはカミーユの返答を嘘だと見抜き、面白い警察官だと思ったらしい。

通りの端まで来たところでパトカーが〈シェ・フェルナン〉のほうへ向かうのとすれ違うと、アンヌはとっておきの笑顔を見せた。口のわきに小さいえくぼができ、緑の目の下にわずかな笑い皺が寄る、男をノックアウトする笑顔だ。カミーユの頭のなかで〝借り〟の問題が急に重みをもちはじめ、地下鉄の入り口に着いたときはむしろほっとした。

「地下鉄ですか？」

アンヌは少し考えた。

「今日はタクシーにします」

助かったと思ったが、相手が地下鉄と言えばこちらがタクシーにするつもりだったのだから同じことだ。カミーユは軽く手を上げて別れを告げ、すぐに階段を駆け下りた。アンヌにはゆっくり下りていくように見えただろうが、実はそれが目いっぱいだった。

その翌日、二人はベッドをともにした。

帰宅途中、地下鉄の駅を出たところにアンヌが立っていたのだ。カミーユは気づかないふりをして通り過ぎたが、声をかけてこない。そのまま少し歩いたがどうしても気になり、振り向いた。するとアンヌはまだ同じ場所に立っていて、こちらを見て笑った。やられたと思い、カミーユも笑った。見事にはめられた。

二人は食事に行った。平凡なデートで、前日のあいまいな〝借り〟のせいでどこか気詰まりな、だが刺激的な雰囲気が漂っていなかったら、いささか期待はずれでさえあっただろう。四十の女と五十の男が出会ったときにしゃべることなどたかが知れている。お互い人生の失敗を隠しはしないが、最小限しか語らない。自分が負った傷についても言葉少なに触れるだけで、ひけらかしたりはしない。カミーユも大まかなことを二言《ふたこと》三言《みこと》ですませた。そして母のモー・ヴェルーヴェンの話になったとき……。

「あら、やっぱり」とアンヌが言った。カミーユがなにがやっぱりなのかと目で問うと、「いくつか作品を見たことがあるんです」と言って少し考え、「モントリオールにもありませんでした？」と言った。

カミーユは驚いた。母の絵を知っているとは。

アンヌのほうはリヨンでの暮らしと、離婚、すべてを捨ててパリに出てきたことを語った。すべてとっくに終わったことだというのは顔を見ればわかった。カミーユはその相手のことをもっと知りたかった。どんな夫だったのか、なにがあったのかと気になるが訊けなかった。女性の心のなかはいつでも謎に満ちている。

カミーユはアンヌをからかい、今すぐ店のオーナーを平手打ちにしたいか、それとも勘定をすませていいかと訊いた。するとアンヌは軽やかで女らしい笑いで応じ、それがすっかり雰囲気を変えてくれた。

カミーユは何年も女性に触れていなかったが、だからといって無理に誘ったわけではない。アンヌのほうから身を委《ゆだ》ねてきて、あとはごく自然な成り行きで、言葉もいらなかった。それはどうしようもなく悲しく、だがとびきり幸せな夜だった。それが愛というものかもしれない。

また会おうと約束したわけではなかったが、たまに会うようになった。指先だけで触れ合うような不定期のデートだ。アンヌは旅行会社の会計担当で、地方の代理店を回って管理体制や会計処理など、カミーユにはよくわからないものを監督したりサポートしたりしている。だから週に二日以上パリにいたことがない。数日パリを離れてまた戻るという慌ただしさのせいで、二人のデートも予測不能な混沌としたものになり、毎回偶然出会ったような気分になる。だからだろうか、これがどういう関係なのかどちらにもよくわからなかった。それでも会って、出かけて、食事して、ベッドインしてを繰り返すうちに、少しずつ心が通うようになっていった。

アンヌがかけがえのない存在になっていると気づいたのはいつだったろうか？ カミーユには思い出せない。

ただアンヌのおかげで、イレーヌの死という耐えがたい悲しみから少し距離を置くことができたのは確かだ。とうとうイレーヌなしで生きる力がわいてきたのかと思うこともある。だが、忘却はむしろ必然であって、忘れたからといって傷が癒えるわけではない。

今、カミーユはアンヌの身に起きたことに打ちのめされている。そして責任を感じている。起きたことに対してではない。それはどうしようもない。だがこれから起きることに対して、それが自分の意志と決断と力量にかかっているように思えて、責任の重さに打ちのめされている。

ドゥドゥーシュはようやく眠ったようでいつの間にか静かになっていたが、カミーユが起き上がると支えを失って転がり、抗議の鳴き声をもらした。書斎まで行き、《イレーヌのスケッチブック》を手に取った。イレーヌばかりを描いたもので、何冊もあったのだが、ある晩怒りと絶望にかられて捨ててしまい、今は一冊しか残っていない。いちばん最後の一冊だ。イレーヌの姿で埋め尽くされたスケッチブック。食卓のイレーヌ、うれしそうにグラスを持ち上げるイレーヌ、まどろむイレーヌ、物思いにふけるイレーヌ、どれもこれもイレーヌばかり。

最後まで見てからカミーユはスケッチブックを戻した。彼女を失ってからの五年間は人生でもっともつらく、みじめな時間だったが、それにもかかわらず、一方でそれはもっとも興味深く、もっとも感情的でいられた時間だったように思える。過去が遠ざかったわけではない。過去が少しだけ……（カミーユは言葉を探した）和らいだ？　静まった？　弱まった？　ユークリッドの互除法で最大公約数を求めるときのように——といってもカミーユにはちんぷんかんぷんだが——剰余が次第に減ってきたのだろうか？　アンヌはイレーヌとはまったく違っていて、二人は何万光年も離れた別の銀河を形成している。だがどちらも同じ一点に収束する。ただしアンヌはここにいて、イレーヌはもういない。

といってもアンヌの〝ここにいる〟は危ういものだ。カミーユはアンヌが別れを決意しながら、結局思いとどまった日のことを思い出した。八月のある晩、かなり遅い時間だった。アンヌは裸で窓際に立ち、腕を組んで考え込んでいたが、唐突に「もう終わりよ」とこちらを振り向きもせずに言った。そして黙って服を着はじめた。小説なら一分で終わる場面だろうが、実際は長い。裸の女が服を着て身支度を整えるまでにはとんでもなく長い時間がかかる。そのあいだずっと、カミーユは座ったまま動かなかった。雷に打たれたように運命に打たれ、早々にあきらめていた。

アンヌは出ていった。

カミーユは引きとめようともせず、ただ理解した。アンヌが出ていくことは悲劇というより大きな落胆であり、鈍い痛みだった。もちろん別れたくなどなかったが、いずれこうなると思っていたので理解できた。身長のせいで自分には資格がないと常々思っていたからでもある。カミーユはそのまま動けなかったが、しばらくしてようやくソファーにひっくり返り、寝そべった。もう真夜中に近かった。

そのあと起きたことは、カミーユには説明がつかない。

アンヌが出ていってから一時間以上経っていたのに、不意になにかがカミーユを突き動かした。カミーユは立ち上がり、なんの迷いもなく玄関まで行き、なんのためらいもなくドアを開けた。するとアンヌが階段に腰かけていた。こちらに背を向け、膝を抱えて。

その数秒後、アンヌは立ち上がり、カミーユのわきをすり抜けてアパルトマンに入り、服を着たままベッドに横になり、壁のほうを向いた。

アンヌは泣いていた。イレーヌもこんなふうに泣いたことがあったなとカミーユは思い出した。

六時四十五分

その建物は外観はまあまあだが、一歩入ると荒廃が進んでいるのがわかる。アルミ製のレターボックスの列は腐食が進み、すでに崩壊への一歩を踏み出している。その列の端のほうに手書きで《七階　アンヌ・フォレスティエ》とあり、例のごとく大きな字なので右端のスペースが足りなくなり、最後のEとRがくっついて読めなくなっていた。

カミーユは狭いエレベーターを無視して階段で上がった。

まだ七時にもなっていなかったが、向かいの部屋を控え目に三回ノックするとすぐにドアが開いた。アンヌの部屋の家主のマダム・ロマンがノブに手をかけたまま顔を出し、カミーユだと気づいて頬をゆるめた。身長のせいで一度会えば覚えてもらえる。

カミーユは嘘をついた。

「アンヌが急に出張になって……」面倒見のいい友人を演じ、困って助けを求めにきましたという顔で微笑んでみせた。「あまりにも急だったので、案の定いろいろ忘れ物をしまして」

〝案の定〟という男目線の表現が受けたようだ。マダム・ロマンは独り身で、引退間際という年齢だが顔がぽっちゃりして血色もいいので、うっかり年とってしまった子供のように見える。腰が悪いせいで少し足を引きずっている。カミーユが知るかぎり、この家主はひどくきちょうめんで、細かいところまできっちりしている。説明を聞くとわかったと目を細めてうなずき、一度引っ込んでからスペアキーを持って戻ってきた。

「まさかトラブルじゃないでしょうね？」

「いやいや違いますよ」とカミーユは笑顔で応じ、鍵を受けとった。「じゃあ彼女が戻るまでわたしが預かります」

それが宣言なのか質問なのか要請なのかわからなかったようで、家主は一瞬ぽかんとし、カミーユはその隙を逃さずにっこり笑って話を切り上げた。


簡易キッチンは相変わらず清潔そのものだし、狭いアパルトマンのなかはなにもかも片づいていた。女がみんなきれい好きなのは一種の強迫観念だろうかとカミーユは思う。リビングをパーティションで仕切って半分をベッドルームにし、ソファーベッドを置いてある。ソファーの背もたれを倒すとダブルベッドになるのだが、真ん中に大きな溝が口を開けているので、右半分か左半分に二人で折り重なって眠るしかない。ある意味では都合がいいベッドだ。書棚にはペーパーバックが百冊くらいと置物がいくつか並んでいる。本の選択基準は謎のままだし、置物のほうは安っぽくて趣味が悪い。初めてここに来たとき、カミーユがちょっと寂しげな部屋だねと言うと、アンヌは冷ややかにこう答えた。

「お金がなかったから。でも文句は言えないわ」

カミーユは謝ろうとしたが、アンヌが先手を打った。

「離婚の代償よ」

なにか深刻なことを言うとき、アンヌは相手を正面から見る、挑戦的な目で、どんな対決も辞さない構えで。

「リヨンを出るとき全部置いてきて、ここにあるものはみんなこっちで買ったの。どれも中古品よ。でもなにも欲しくなかった。今もそう、なにも欲しくない。いつかは変わるかもしれないけど、今はこれがちょうどいいの」

ここは〝かりそめの〟場所だから、とアンヌは言った。このアパルトマンも二人の関係もかりそめのもので、だからうまくいっているのだと。またこうも言った。

「離婚のあとでいちばん時間がかかるのは、洗い流すこと」

ここでもまたきれい好きが顔を出す。

青い病衣は下着のようで心もとないので、カミーユは何枚か服を持っていってやるつもりだった。着慣れた服のほうが元気が出るだろう。それに、傷の治り具合がよければ廊下を少し歩けるかもしれないし、一階の売店まで下りられるかもしれない。

なにを持っていくかは頭のなかにメモしておいたのだが、いざとなると出てこない。そうだ、あの青紫のトレーニングウェア。一緒に履いていたスニーカーは……たぶんこれだ。ジョギング用の履き古したやつで、靴底にまだ砂がついている。さて、あとは？　ここからが難しい。

カミーユは小さい衣装だんすを開けた。女にしては服が少ない。ジーンズはどうだ？　でもどれを？　とりあえず一本選んだ。それからTシャツにニット。あとはややこしくてわからない。カミーユはあきらめ、手に取ったものをスポーツバッグに詰めた、下着類も適当に。

そうだ、保険証を忘れちゃいけない。

カミーユは整理だんすに移った。その上の壁には鏡がかけられているが、くもっていて、建物と同じくらい古そうだ。フレームの角のところに弟のナタンの写真がはさんである。平凡な顔立ちの若者で（アンヌの話ではまだ二十五歳）、微笑んではいるが内気そうだ。アンヌからいくらか話を聞いたからそう思うのかもしれないが、どこか浮ついた、現実離れした顔に見える。ナタンは科学者だそうだが、だらしないところがあって何度も借金漬けになり、そのたびにアンヌが尻拭いしているらしい。母親のように。「そうなの、ずっと母親役なのよ」と彼女は言う。いつも助けてきたと笑って言うが、悩みの種であることは隠せない。下宿代も、学費も、休日の遊びのための小遣いまで、アンヌがすべて面倒を見てきた。彼女の口ぶりからはそれを自慢にしているのか嘆いているのかわからない。写真はどこかの広場で撮られたもので、太陽が照りつけていて周囲の人々もシャツ一枚だから、イタリアあたりかもしれない。

カミーユは引き出しを開けた。右は空《から》だった。左には開封済みの封筒が数枚、ブティックやレストランの領収書が数枚、それから旅行用のパンフレットがたくさん入っていた。どれも勤め先の旅行会社のスタンプが押されている。だが肝心の保険証が見つからない。バッグに入れていたのだろうか。下の段はスポーツ用具だった。カミーユは一段目に戻ってもう一度探した。どういうわけか給与明細とか、銀行の取引明細書とか、水光熱の請求書といったものがまったくない。

お手上げだと振り向いたら、「泳ぐ乙女の形のスプーン」が目に入った。古代エジプトの木製の化粧用装飾スプーンのレプリカで、柄の部分が乙女の裸像になっている。バタ足で泳ぐときのようにうつぶせになって体を伸ばし、ボリュームのある髪が三角形に広がっている。注目すべきはヒップラインで、完璧な曲線を描いている。それはルーブル美術館でカミーユが買い、アンヌに贈ったものだった。その日はルーブルに展示されているダヴィンチを全部見ようと二人で出かけていって、そのすべてについてカミーユが熱弁を振るった。ダヴィンチについてならいくらでも話せる。そのあと美術館のなかの売店に寄ったら、このエジプト第十八王朝の〝完璧なヒップライン〟の乙女の像が待っていた。これを見つけたときカミーユは思わず言った。

「君のにそっくりだ。いや、本当だって」

アンヌはお世辞ととり、冗談でもうれしいわと笑った。カミーユが本当だと何度言っても冗談でしょと譲らない。そこでカミーユは身を寄せて言った。

「本当だ。神に誓って」

そしてアンヌが口を開く前にさっと手を伸ばし、この像をレジに持っていった。

その晩、カミーユはプロの目でヒップラインの比較を始め、アンヌは最初笑いころげていたが、やがていい加減にしてと言ったかと思うと、急に思い悩むように顔をくもらせ……そのあと泣いていた。アンヌは愛を交わしたあとにも泣くことがあり、カミーユはそれもまた〝洗い流すこと〟と関係があるのではないかと思っている。

今、壁に立てかけられたその小像はなにやら罰でも受けているように見えた。そこからかなりのスペースを空けてＤＶＤを並べた棚が置かれている。カミーユは大きく首を回して部屋全体を見渡した。カミーユのデッサン力を支えているのは観察力だが、それがここでものをいった。

誰かがこの部屋に入った。

整理だんすに戻ってもう一度右の引き出しを開ける。ここが空なのは丸ごと持っていかれたからだ。それから玄関に行って鍵穴を調べたが、傷はない。ということはプロの仕事、つまりあの連中だ。アンヌの住所を見つけてバッグのなかの鍵でここに入った。バッグはあの見張り役がパサージュ・モニエから逃げるときに持ち去ったのだから。

病院に来たのもあいつだろうか？　それとも数人で手分けして動いているのだろうか？　それにしても馬鹿げている。なぜここまで執拗にアンヌを狙わなければならないのか。なにかを見落としているんだとカミーユは改めて思った。この事件のなにかを自分の目が、あるいは脳がつかみそこねている。

連中は個人情報を手に入れてアンヌのすべてを知った。パリでもリヨンでも、アンヌが立ち寄りそうなところ、身を隠しそうなところを全部知っている。

たとえアンヌが逃げても連中は造作なく見つけ出せる。

あとは赤子の手をひねるようなものだ。

つまりアンヌが一歩でも外に出れば、命はない。

だがカミーユは、このアパルトマンに誰かが入ったことを部長のミシャールに伝えることができない。伝えるためにはアンヌ・フォレスティエは愛人ですと言わなければならない。カミーユが令状もなしにここに入れたのは鍵を手に入れる方法があったからだし、アンヌに保険証を取ってきてと頼まれたからだし、要するにカミーユがアンヌの愛人だからだ。マダム・ロマンもカミーユがだいぶ前から何度も来ていたことを証言するだろう。だが最初にミシャールに嘘をついてしまったので、今さらアンヌとの関係など持ち出せない。

アンヌの命が狙われているというのも相変わらず一つの可能性でしかなく、なんの証拠もない。部長や予審判事を説得するのは無理だ。鑑識をここに呼んだところで無駄だろう。あの連中が手がかりを残すとは思えない。

嘘が嘘を呼ぶとはまさにこのことで、危険な沼に足をとられていく感覚が自分でもわかる。だが恐ろしいのはそれではない。アンヌの命が狙われていると知ることこそが恐ろしい。しかもカミーユは情けないほど無力だった。

七時二十分

「いいえ、早すぎるなんてことはありません」

仕事仲間に朝の七時に電話をかけてこう言われたら、そいつは危険なやつだから、それ以上なにも質問しないほうがいい。相手がミシャールならなおさらだ。

というわけでカミーユはすぐに報告を始めた。

「報告書は？」とミシャールが口をはさんだ。

「今まとめています」

「それで？」

カミーユはまた最初に戻り、言葉を選びつつ、感情を声に出さないように気をつけながら説明した。暴行を受けた目撃者が入院しているが、どうやらその病院に強盗犯の一人が侵入したと思われ、目撃者の病室まで行き、殺害しようとしたと。

「ちょっと待ってちょうだい、警部。それじゃ話がおかしいでしょ」高い知性がコンクリートブロックにぶつかったようで、ミシャールは一語一語を大げさに言った。「その目撃者のフォレスティさんは……」

「フォレスティエです」

「あ、そ。とにかくその目撃者は誰も見ていないと言っている、そうよね？」と訊きながらカミーユの答えを待たず、「それから看護師も誰かいたのは見たけれど、結局のところ怪しい人物とは思えないと言っている、そうよね？　まずその誰かとは誰なんです？　次に、それが強盗犯だったとして、その男は病室に入ったの？　入らなかったの？」

これがミシャールではなかったらなどと思うまでもない。ル・グエンでも同じことを言っただろう。カミーユがこの事件を担当したいと言ったときからもう歯車が狂いはじめていたのだが、今やその歯車がばらばらになりそうだ。

「強盗犯は病室にいたんです！」カミーユは断言した。「それに看護師は銃のようなものを見たと言っています」

「まあ、すばらしい！」ミシャールは感嘆の声を上げた。「の、ような、ものを見たわけね。で、病院は被害届を出したの？」

カミーユは電話をかけたときからこういう展開を予想していた。やれるだけやってみようとは思ったが、ミシャールに真っ向勝負を挑むつもりはない。ミシャールは実力で上がってきたのであって、たまたま昇進したやわな上司とはわけが違う。それに、ル・グエンという切り札をこの事件を担当するために使ってしまったので、この先は頼れないし、むしろこの切り札が不利に働く恐れもある。

こめかみが痙攣し、顔が熱くなってきた。

「いえ、被害届は出ていません」落ち着け。辛抱強くいけ。冷静に、丁寧に。「しかし男が侵入したことは間違いありません。しかも相手は銃を持って病院に入ることをためらわないような男です。看護師の話からすれば、その銃が昨日の強盗で使われたショットガンだとしてもおかしくありません」

「だとしてもおかしくない、かしくない、かしくない……」

「なぜ信じてくれないんです？」

「被害届がなく、侵入の明白な証拠がなく、はっきりした目撃証言もなく、要するに確実なものが一つもない。そんな状況でただの強盗犯がわざわざ目撃者を殺すために病院に侵入したなんて信じられるわけないでしょ！　それが理由です」

「ただの強盗犯？」カミーユは言葉を喉に詰まらせた。

「ええ、もちろんいささか乱暴なやり口だったことは認めますよ。でもね……」

「いささか乱暴な？」

「警部、いちいち人の揚げ足をとらないで！　あなたの話を聞いていると、まるでマフィアの情報提供者を守ってほしいと言ってるみたいじゃありませんか！」

カミーユは反論しようと口を開けたが、相手のほうが早かった。

「警護に一人出しましょう。二日間だけ」

ずるい手だ。一人も出さなければなにかあったときに責任を問われる。だが殺し屋に対して警官一人など、ハリケーンをついたて一枚で守るようなものだ。

「そもそも強盗団にとってフォレスティエさんがなんの脅威だというんです？　目撃したのは強盗であって殺人じゃないでしょう？　それにその連中はフォレスティエさんに暴力を振るったけれど殺したわけじゃない。むしろフォレスティエさんが助かってほっとしているはずじゃないの？」

それはそのとおりだが、どこか釈然としないところがある。問題はそれがなんなのかわからないことだ。

「それで、情報屋はどうなりました？　なんと言ってるの？」

人の判断とは不思議なもので、いつどういう理由で判断したのか自分でもわからないことがある。どんな無意識が働いたのか知らないが、とにかくカミーユは間髪を入れずこう答えていた。

「情報屋というのは、実はムールード・ファラヴィのことです」

言った本人がいちばん驚いた。その名を口にしたとたん、ジェットコースターで壁に向かって急降下するところが目に浮かび、胃が浮いた。

「あら、仮釈放になってたの？」そしてまたカミーユに隙を与えず、「そもそもファラヴィになんのかかわりがあるの？」とミシャールが訊いた。

いい質問だ。医者と同じで犯罪者にも専門がある。武装強盗、密売、空き巣、偽造、詐欺、恐喝と、各人が特定の分野で仕事に精を出している。ファラヴィの専門は売春斡旋で、その名が武装強盗がらみで出てくることなど考えられない。

しかも密告するようなタイプではない。どちらかというと大胆で、こそこそするタイプではない。カミーユはファラヴィとは数度顔を合わせただけなので詳しくは知らないが、かなりの悪党で、力にものをいわせてなわばりを広げ、そのためには人も殺すと聞いている。狡猾で、警察の手に負えず、長く法の網の目をかいくぐってきた。ようやくつかまったのはあずかり知らぬことで罠にはまったからだ。車から三十キロの幻覚誘発剤《エクスタシー》が入ったバッグが見つかり、しかもファラヴィの指紋だらけだった。言い逃れようのない状況で、本人はジムにいつも持っていくバッグだと主張したが認められず、やり場のない怒りとともに刑務所に放り込まれた。

「はい？」

「ファラヴィですよ！　今度の事件となんの関係があるのか訊いてるの。それにしても、あなたがファラヴィとつながってるなんて知らなかったわ」

「いや、つながってるというか……もっとややこしい、つながりのつながりのつながりで……〝六次の隔たり〟のような」

「意味がわかりません」

「とにかく、この件はわたしが責任をもって対処し、ご報告しますから」

「あなたが責任をもって？」

「今度は部長が揚げ足をとるつもりですか？」

「馬鹿にしないでちょうだい！」

ミシャールはそう叫んでから慌てて通話口を手でふさいだようで、かすかに「あ、ごめん」と誰かに言う声が聞こえ、カミーユは目をしばたたいた。ミシャールは子持ちだったろうか？　いくつだろう。女の子だろうか。だが子供に話しかけるような声でもない。電話に戻ったミシャールは前より静かな声だったが、怒りの度合いは増していた。これまでは苛立っていただけだが、今や長く抑えてきた怒りが爆発しかけていて、ただ大声を出せないので我慢しているようだ。声の具合で別の部屋へ移ろうとしているのもわかる。

「詰まるところあなたの問題はなんなんです?」

「わたしの問題じゃありません。それに、わたしにとっても今は朝の七時です。わたしだって全部ご説明したいところですが、とにかくもう少し時間を……」

「警部……」と言ってからしばらく沈黙があった。「あなたがなにをしているのか知りません。あなたがなにをしているのか理解できません」急に怒りの気配が消え、別件に移ったような口ぶりだった。いや、ある意味では別件に移ったのだ。「とにかく夕方までに報告書を出してちょうだい。わかったわね?」

「わかりました」

気温が高いわけでもないのにカミーユは汗をかいていた。熱いのか冷たいのかわからない嫌な汗が背中を伝った。あの日以来忘れていた感触だ。イレーヌを助けようとして走りまわった日。そしてイレーヌが殺された日。あの日、カミーユは頑なだった。自分がやるのがベストだと思い……いや、深く考えもせず、とにかく自分にしかできないと思い込んで行動したのだが、それが間違いだった。ようやく見つけたとき、イレーヌは死んでいた。

ではアンヌは?

女に逃げられる男はいつも同じ失敗で逃げられるのだと人は言う。それが恐ろしかった。

八時

あの兄弟は自分たちが取り逃がしたものを知らずに旅立った。宝石が詰まった二つの袋は、故買屋がピンはねして減ったとしても、まあまあの金額になるはずだ。すべて順調だし、あと少し運があればもっと大金が手に入る。

ただし残っていればの話だ。

残っていないとしたら、そのときは血なまぐさい話になる。

それをはっきりさせるためにも順序立てて進めること。根気強く。

その合間に、さあ、ライトをつけてショータイムといこう！　ル・パリジャン紙の三面。

《サン＝トゥアン　不審な大火災……》

すばらしい！　通りを渡って〈ル・バルト〉に入る。コーヒーを一杯、ブラックで。コーヒーと煙草、これぞ人生。ここの豆は安物で、駅なかのカフェみたいだが、まだ朝の八時だから贅沢は言うまい。

さあて、と新聞を開く。太鼓の連打で幕が上がる。

サン＝トゥアン
不審な大火災——二人死亡

昨日正午ごろシャルトリエ地区で大きな爆発があり、火災が発生した。消防隊がただちに出動して消火に当たったが、何棟もの工場やガレージが焼け落ちた。一帯は再開発予定地で、どの建物も使われていなかったため、当初なぜ爆発が起きたのか不審に思われた。その後の警察の捜査で、ガレージの焼け跡のなかからポルシェ・カイエンの車体の残骸と二人の焼死体が発見された。またセムテックスと呼ばれるプラスチック爆薬の痕跡も確認され、爆発があったのはこの場所だと判明した。同時に見つかった電子部品のかけらから、科学捜査官は携帯電話を使った遠隔操作による爆発と考えている。火の勢いが激しかったため遺体の身元確認はほぼ不可能と思われる。あらゆる要素から見て、この爆発炎上は用意周到な謀殺とその証拠隠滅と考えられ、警察は現在、被害者が爆発時に生存していたかどうかを調査中……。

これで一件落着。カフェを出て、車で環状線《ペリフエリック》に乗る。《調査中》が笑わせてくれる。賭けなら喜んで乗るところだ。あのトルコ人兄弟はどこの記録にも載っていないし、警察が二人の身元を割り出せたら、あいつらの分け前を警察の遺児育英基金に寄付してやってもいい。

もうすぐだ。環状線をマイヨ門で出て、側道でヌイイ＝シュール＝セーヌに入る。

金持ちの暮らしぶりはいつ見ても飽きない。連中がもう少しまともなら、こっちも仲間入りしたいくらいだ。中学校の近くに車を止める。門を入っていく小娘たちは十三歳くらいだが、最低賃金の十三倍くらいしそうな服を着ている。最近ではモスバーグが格差解消の道具と見なされないのが残念だと思うこともしばしばだ。

中学を通り過ぎて右に曲がる。目指す家は両隣より小さく、庭も狭いが、毎年驚くほどの盗品がこの家を経由し、その結果ラ・デファンス地区に高層ビルが建つというしくみになっている。ここに住む故買屋は用心深い猫かぶりで、しょっちゅうやり方を変える。今回は北駅の手荷物預かり所が引き渡し場所だった。すでに使い走りが宝石の袋二つを回収してきているはずだ。

引きとる場所、値踏みする場所、そして交渉する場所。

こいつは取り引きの安全のためには出し惜しみしない。

九時半

カミーユは話を聞きたくてうずうずしていた。アンヌがパサージュ・モニエでなにを見たのか、その正確なところを知りたかった。だがこちらがどれほど案じているか態度に出せば、アンヌに身の危険を知らせ、恐怖を煽り、身体的苦痛に加えて精神的苦痛まで負わせることになる。

とはいえ、やはり訊かないわけにはいかない。

「え？　見たかって、なにを？　なんのこと？」

アンヌは苛立ちを隠さなかった。よく眠れなかったようで、昨日よりもっとやつれて見える。ひどく神経質で、すぐ泣きそうになり、声も心なしか震えている。だが発音は昨日よりましで、だいぶ聞き取りやすくなっている。

「それがなにかはおれにもわからない」

「どういうこと？」

カミーユは両手を広げ、肩をすくめてみせた。

「だから念のためさ、わかるだろう？」

いや、アンヌにはわからない。それでも思い出してみるから具体的に質問してみてと言い、カミーユの顔をのぞくようにじっと見た。カミーユは目を閉じた。落ち着け、焦るな。

「連中が話しているのを聞いたか？」

アンヌは動かない。質問の意味がわからないのかと思いかけたころ手を動かしたが、そのしぐさの意味もわからない。カミーユはアンヌの顔をのぞき込んだ。

「セルビア語、じゃないかしら……」

カミーユは驚いて背を伸ばした。

「セルビア？　セルビア語を知ってるのか？」

まさかと思った。最近パリにはスロベニア、セルビア、ボスニア、クロアチア、コソボなどから続々と人が流れ込んできていて、カミーユは職業柄話を聞くことが多いが、それでもこの地域の言葉の違いを聞き分けられたためしがない。

「自信はないけど……」

アンヌはそこで記憶をたぐるのをあきらめ、またぐったりと枕に背をもたせかけた。

「待ってくれ、そこは大事なんだ」カミーユは粘った。

アンヌは目を開け、だるそうに口を動かした。

「クラーイ……って言ってたと思う」

カミーユはますます驚いた。ペレイラ判事のあの女性書記官が不意に流暢《りゅうちょう》な日本語を話しはじめたら仰天するだろうが、それと同じくらい驚いた。

「クラーイって、セルビア語なのか？」

アンヌは少し迷いながらうなずいた。

「〝やめろ〟っていう意味よ」

「おい……なんでそんなこと知ってるんだ？」

アンヌはあきれたという顔で目を閉じた。この人ったら、何度繰り返せば覚えてくれるのかしらと言いたげに。

「三年も東欧行きツアーの手配をしてたんだから……」

そうだったとカミーユは縮こまった。何度もそう聞いた。旅行会社で十五年のキャリアをもち、管理部門に移る前は世界各国への観光ツアーを受け持っていた。東側の国々も、それこそポーランドからアルバニアまで、ロシアを除いてほとんど担当したことがある。

「二人ともセルビア語だったか？」

アンヌは首を振ったが、カミーユがそれだけでは納得しないと知っていて、またダるそうに口を開いた。

「声は一人しか聞いてない……あそこのトイレで。あとはわからないわ。ほんとにわからない」

だがカミーユはこれで三人組の構成が確認できたと思った。アンヌが声を聞いたのは宝石をかき集めた男、仲間の肩を押した男で、そいつがセルビア人だ。そして店の前で見張りに立っていたのがヴァンサン・アフネル。

アンヌの顔をたたきつぶしたのはアフネルだ。病院に電話してきたのも、この病室まで来たのも、おそらくはアンヌのアパルトマンに入ったのもアフネルだろう。

アフネルには訛りがない。受付係は訛りはなかったと言った。

ヴァンサン・アフネルだ。

MRI検査の時間になると、アンヌは松葉杖で行くと言いだした。アンヌの言葉はまだ看護師には聞き取りにくいのでカミーユが通訳し、自分の足で行きたがっていると伝えたが、男性看護師たちはまさかと天井を仰ぎ、アンヌを両側から抱えて車椅子に移そうとした。するとアンヌが暴れだし、身を振りほどいてベッドに座り、腕を組んだ。全身で〝いやです〟と言っている。

見間違えようのない意志表明だったので、この階の主任看護師のフロランスが呼ばれた。唇が魚のようにふくれたあのベテラン看護師だ。フロランスは事情を聞くと背筋を伸ばし、「フォレスティエさん、それは無理です。MRIは下の階なので車椅子でお連れします。すぐですから」と言って返事も待たずに出ていこうとした。明らかに〝忙しいのよ。患者さんのわがままにつき合ってる暇はないの〟という態度だったが、するとアンヌが今度は言葉で対抗した。その発音にやや難があるものの、誰にでもわかる声で「この足で行くか、検査に行かないか、そのどちらかです」と。

フロランスは足を止めて振り向き、カミーユは弁護しようと一歩出たが、ベテラン看護師の〝あなた誰でしたっけ？〟というきつい視線に射すくめられ、すごすごと下がって壁に張りついた。だがカミーユにはわかっていた。フロランスは平和的解決の最後のチャンスをふいにしたのだ。その結果がどうなるかはすぐにわかる――。

フロア全体に大声が響き、ほかの病室から次々と人が顔を出した。看護師たちが慌てて走り出て、なんでもありません、部屋にお戻りくださいと伝えてまわり、アンヌの病室には医者が呼ばれてきた。名前が長すぎて読めないあのインド人の研修医で、昨夜当直だったが今朝もまだいたのだ。名前と同じように勤務時間が長く、それでいて清掃作業員ほどの給料しかもらっていないのだろう。医者はアンヌのほうにかがみ込み、熱心に話を聞きながら切り傷や打撲傷の状態を観察した。あざというのは治る前にひどい色になる。今のアンヌも醜いが、これから数日の変化でもっと醜くなり、本人にはつらいことになるだろう。医者はそれを案じているようだ。それから優しい声でアンヌを説得しはじめたが、急ぐ様子もなく、胸に聴診器を当てている。看護師たちはわけがわからず、検査の時間はずらせないのにどうしようと目を見合わせた。だが医者はゆっくり時間をかけて診察し、終わるとアンヌににっこり笑ってみせ、松葉杖をと言った。看護師たちは裏切り者を見るように医者を睨んだ。

カミーユはアンヌが両側から男性看護師に支えられ、松葉杖を頼りに歩いていく後ろ姿を見送った。

ゆっくりだが、アンヌは歩いていた。自分の足で立っていた。

十時

「ここは警察の出張所じゃないんですがね」

外科医の執務室はぞっとするほど乱雑で、カミーユは不安になった。せめて頭のなかは整然としていてほしいと願うばかりだ。

ユベール・ダンヴィル、外傷科の部長。昨日カミーユが謎の侵入者を追っていたとき、非常階段の出口でぶつかりそうになった相手だった。そのときはちらりと見ただけで年齢がよくわからなかったが、今日は五十前後とはっきりわかる。年を重ねた男の魅力の象徴として、白髪まじりの髪が誇らしげに波打っている。ダンヴィルにとってそれは単なるヘアスタイルではなく世界観の表出なのだろう。手も爪の先まで手入れが行き届いている。ブルーのクレリックシャツを着て、スーツの胸ポケットにハンカチを挿《さ》すタイプだ。老いゆくドン・ファン。おそらく女性スタッフの半分を口説こうとしただろうし、うまくいったときは、それが統計上の変則にすぎなくても、自分の魅力のせいだと思ったに違いない。今日も白衣は完璧に糊がきいているが、表情は昨日不意をつかれて見せた間抜け面ではない。偉そうに構えていて、カミーユのほうを見ないし、仕事の手も休めようとしない。その件はもう片がついていて、こっちは忙しいんだという態度だ。

「わたしもです」とカミーユは言った。

「え？」

ダンヴィルは書類をひっかきまわす手を止め、額に皺を寄せて顔を上げた。なにか理解できないことがあると癪に障るらしい。めったにないからかもしれない。

「わたしもですと言ったんです。わたしにも時間がない。あなたが忙しいのはわかりますが、わたしもです。あなたの責任が重いこともわかりますが、わたしもです」

ダンヴィルは屁理屈だと言わんばかりに顔をしかめ、また机にかがみ込んだ。それでもカミーユが立ち去ろうとしないので、面倒くさそうに言った。

「あの患者さんは安静第一です。ひどいショックを受けていますから」ここで目を上げ、カミーユをじっと見た。「今の容態は奇跡といってもいいんですよ。昏睡状態になっていてもおかしくなかったし、助からなかった可能性もあるんです」

「それを言うなら今家にいたっておかしくないし、職場にいたっておかしくない。あのパサージュで買い物もできたかもしれませんよ。ところが彼女は〝忙しい〟男に出くわしてしまった。あなたのようにね。自分の関心事がほかのなにより大事だと思っている男です」

ダンヴィルはカミーユを睨みつけた。この医者が相手では、どんな会話もすぐ口論になるなとカミーユは思った。雄鶏のとさかの上に白髪をのっけたようなやつなんてうんざりだ。しかも闘鶏よろしく威嚇的で、こっちをじろじろ見ている。

「警察官というのはどこでもわがもの顔ですね。しかし病室は取調室じゃありません。それに、ここは病院であって練兵場じゃない。ところがあなたときたら廊下を走りまわったり看護師を怯えさせたり……」

「運動してたわけじゃないんですがね」

ダンヴィルはその反論を無視した。

「あの患者さんの身が危険だとか、病院にとって危険だとかおっしゃるなら、あなたがもっと安全な場所に移せばいい。そうでないならこんなふうに騒ぎ立てず、われわれに仕事をさせてもらいたい」

「ここの霊安室には何体収容できます？」

ダンヴィルは驚き、また雄鶏のように頭を小刻みに動かした。

「いいですか」カミーユは続けた。「あの女性の事情聴取ができないかぎり、判事も移動許可を出せないわけです。あなただって診断がはっきりしないのに手術したりはしないでしょう？　司法警察も同じです。しかもわれわれは同じ問題に直面する。対応が遅れれば遅れるほど傷は深くなるという問題ですよ」

「なんのたとえです？　わけがわかりませんな」

「はっきり言いましょう。犯人が口封じのためにあの患者を狙っている可能性がある。わたしがここで仕事できず、そのあいだに犯人がやってきてひと騒動起こせば、あなたは二つの問題を抱えることになります。一つ、霊安室に十分な空きがない。二つ、あなたは公務執行妨害に問われる。あの患者が質問に答えられる状態にあるのに、許可を出さなかったという理由でね」

ダンヴィルはおかしな男で、どうやらスイッチと同じらしい。電気が流れるか流れないかのどちらかで、中間がない。そしてこのとき突然電気が流れた。こりゃ面白いという顔でカミーユのほうを向くと嘘偽りのない笑みを見せ、完璧な歯並びまで披露した。カミーユはなるほどと思った。要するにこの男は論争好きなのだ。無愛想で横柄だが、それは相手とやり合うのが好きだからだ。しかも喧嘩腰でありながら、実のところはがつんとやられるのが好きらしい。カミーユはこの手の男を何人も見てきた。殴っておいて、相手が倒れると介抱するタイプと言ってもいい。それはどこか女性的な面があるからだろうか。だから医者になったのだろうか。

二人の目が合った。頭のいいダンヴィルはもう事情を察したようだ。

「ということで」カミーユは静かに言った。「具体的にどうするか相談させてもらえませんか?」

十時半

そんなことを考える心の余裕があったわけではないが、それでもカミーユは、これはミシャールの冗談か挑発だろうと一瞬思った。なんと、ミシャールがアンヌの警護のために送り込んできたのは、よりによって昨日パサージュ・モニエで見かけた、あの目の下にくまのある、墓から出てきたような骨と皮だけの警官だったのだ。迷信深い人間なら不吉だと思うだろう。実はカミーユもそうで、悪運避けのまじないを唱えることがあるくらい不吉なものが苦手だ。だからアンヌの病室の前に死人のような警官が立っているのを見て、これは参ったと思った。

警官はカミーユを見るなり敬礼しようとしたが、それを制してカミーユが言った。

「ヴェルーヴェンです」

「警部殿」というあいさつとともに、骨張ってひんやりした手が差し出された。

身長百八十三センチ、とカミーユは目測した。

要領のいいやつだ。すでに待合室からいちばんいい椅子をこの廊下まで運んできている。すぐ横にはマリンブルーのナップザックが壁に立てかけてある。奥さんがサンドイッチとコーヒー入りの魔法瓶でも用意したのだろう。だがカミーユがなにより敏感に嗅ぎとったのは煙草の臭いだった。これが昼ではなくて夜の八時だったら、即刻この男を放り出してやるところだ。なぜなら、煙草休憩のたびに持ち場を離れて外に出るからだ。最初の休憩で殺し屋に見つかり、二度目の休憩で時間の間隔を知られ、三度目の休憩で殺し屋が上がってきてアンヌを撃つことになる。ミシャールはいちばん背の高い警官を送ったということかもしれないが、こいつはいちばん間抜けかもしれない。だが、まあいい、今はこれでよしとしようとカミーユは思った。殺し屋が昼日中に戻ってくるとは思えないからだ。

問題は夜の交替要員で、そちらはなんとかしなければならない。

それでも念のために言った。

「ここから動くなよ。わかってるな？」

「もちろんです、警部殿！」と警官は勢いよく答えた。

その答えを聞いて背筋が寒くなった。

十時四十五分

「手術の必要はないんですって」とアンヌが言った。

その言葉をカミーユの脳が処理するのに数秒かかった。大声で喜びたかったが、ここは静かにいこうと決め、励ますように言った。

「それはよかった」

レントゲンでもＭＲＩでも、昨夜研修医が言っていたとおりの結果が出たようだ。つまり、歯科手術は別として、それ以外は自然に治る。ただし唇と左頬に若干の傷痕が残るかもしれない。〝若干の〟ってどういう意味かしら、複数？　それとも目立つ傷っていうこと？　と心配そうにアンヌが鏡を見ている。だが唇は裂けてふくれ上がったままなので、治りそうなところと傷として残りそうなところの区別もつかないし、頬の傷のほうも抜糸してみないことには素人には見極めがつかない。

研修医は時間はかかるがだんだん治ると言ったそうだ。だがアンヌは信じていないようだし、カミーユにとってはその〝時間〟とやらが問題で、ぐずぐずしてはいられなかった。

カミーユは大事なことを伝えにきたのだ。ちょうど二人きりになれたので、ひと呼吸置き、まずは昼ごろ写真選別のために専門の捜査官が来ることを伝えた。

「犯人を見分けられるといいんだが……」

アンヌは軽く肩をすくめたが、それはいろんな意味に解釈できた。

「きみを撃とうとした男はかなり背が高かったと言ってたね？　どんな男だった？」

今こんなことを訊くのは馬鹿げている。あとで専門家が一から訊くとわかっているのに、これではむしろ逆効果だ。

「魅力的」

アンヌがはっきりそう言ったので、カミーユは慌てた。

「え……魅力的って、どういうことだ？」

信じがたいことに、アンヌの口元には微笑みとおぼしきものが浮かんでいて、ふくれ上がった唇がめくれて三本の欠けた歯が顔を出した。アンヌはあたりを見まわし、誰もいないのを確かめてから言った。

「魅力的だったのよ……あなたみたいに」

アルマンの最後のころにもこんなことがあったなとカミーユは思い出した。ほんの少しでも調子がいいと、針が一気に強気に振れる。アンヌが冗談を一つ言っただけで、もうナースステーションに飛んでいって退院を要求しそうになる。希望とは厄介なものだ。

カミーユは笑いを返してやりたかったが、不意打ちだったのでうまく反応できず、ようやくもごもご言ったときにはアンヌはもう目を閉じていた。それにしても冗談とは……。アンヌは頭がいいし、こちらが言ったことは理解しているはずだ。カミーユはもう一度訊こうとしたが、今度は携帯に邪魔された。ナイトテーブルに置かれたアンヌの携帯が震え、カミーユが取ってアンヌに渡した。ナタンからだった。

「心配しないで」アンヌは目をぎゅっと閉じてすぐにそう言った。

いかにも年の離れた姉らしく、苛立ちを抑え、辛抱強く答えている。カミーユにもナタンのうろたえた声が少し聞こえた。

「それは留守電メッセージで説明しておいたでしょう？」

アンヌはカミーユと話すとき以上にはっきり発音しようと努力していた。相手に理解させたい、なによりも落ち着かせたい、安心させたいという気持ちが表れていた。

「ううん、今は知らせることはなにもないわ」と相手を励ますように言う。「それに一人じゃないし、心配いらないから」

弟は心配性なのよと言いたげに、アンヌはカミーユを見上げた。

「いいえ、違うわよ！　あのね、これからレントゲンだから。またあとでかけるから。ええ、わたしも愛してるわ」

アンヌは通話を終えると携帯の電源も切り、ため息とともにカミーユに渡した。いつまで二人きりでいられるかわからないので、カミーユはこのタイミングをとらえて大事なことを伝えた。

「アンヌ……おれは本来この事件を担当できない。どういうことかわかるか？」

アンヌはうなずきながら「ん」と言った。わかっているという意味だ。

「本当にわかってるか？」

「ん、ん」

カミーユはゆっくり息を吐き、落ち着こうとした。自分のために、アンヌのために、二人のために。

「少し先走ったからな、それで……」

アンヌの手を取り、包帯から出ている指先をなでてやった。カミーユの手のほうが小さいが、アンヌよりはごついし、静脈が浮き出ている。そして、いつも熱を帯びている。カミーユはアンヌを怯えさせないようにと慎重に頭のなかを整理した。

言わないほうがいいこと——きみをたたきのめした男はヴァンサン・アフネルという凶暴なやつで、本気できみを殺そうとしたのだし、また殺しにくるだろう。
言うべきこと——おれがここにいるから安心してくれ。
避けるべきこと——アフネルは恐れを知らないいかれたやつだが、そのことをおれの上司は信じちゃくれない。
むしろ言うべきこと——あいつはきっとすぐにつかまって決着がつく。そのためにもきみの助けが必要なんだよ。できる範囲でいいから。
忘れるべきこと——警官が一人病室の外で見張りに立つが、そんなのはなんの役にも立たない。あいつが自由の身でいるかぎり、きみの命は危ない。誰にもあいつを止められない。
触れてはいけないこと——きみのアパルトマンに押し入ったやつらがいて、書類を持っていった。なにがなんでもきみを逃すまいとしている。ところがこっちはほとんど、いやまったくなすすべがなく、しかもそれは大方おれのせいなんだ。
結局こう言うしかない——なにもかもうまくいくから、心配はいらないよ。
「わかってるわ……」
「アンヌ、協力してくれるだろう？　うまくやってくれるな？」
アンヌはうなずいた。
「おれたちが親しいことは誰にも内緒だ、いいな？」
アンヌはまたうなずいた。だがそのまなざしには一抹の不安が宿っていて、二人のあいだに気まずい空気が流れた。

「外にいる警官は……なんなの？」

カミーユが入るときに、廊下に立っているのが見えたらしい。カミーユは眉を上げた。こういうとき、カミーユは平然と巧みな嘘で切り抜けるか、八歳の子どものようにおろおろするかのどちらかだ。最善と最悪のどちらかでしかなく、あいだがないのだから、〝スイッチ男〟を笑える立場ではない。

「あれは……」

アンヌにはそれだけでわかる。いやひと言もいらなかったかもしれない。カミーユの目の動きからほんの一瞬の迷いを読みとってしまう。

「あの男が来ると思ってるのね？」

そしてカミーユが反応するより早く、

「なにか隠してるの？」と訊いた。

カミーユはまたほんの一瞬迷い、そのせいで〝いや〟と言う前にアンヌに〝そうだ〟と悟られてしまった。アンヌはこちらをじっと見た。カミーユは自分の無力さを嚙みしめた。今こそ支え合うべきときなのに、二人はばらばらで、どちらも孤独だった。

「あの男が来たのね」とアンヌが言った。

「いや、正直なところおれにはわからない」

本当に正直なところわからないなら、そんな答え方はしない。しまったと思ったが、そのときにはもうアンヌが震えていた。まず肩が、それから腕が震え、顔が青ざめた。アンヌはドアのほうを見て、それから部屋全体を見た。ここが最期の場所だよ、おまえはここで死ぬんだよと宣告されたように怯えている。カミーユはどうしていいかわからず、考えもなしにつけ足した。

「ここなら安全だ」

それはアンヌを馬鹿にしたのと同じことだった。

アンヌは窓のほうを向き、泣きはじめた。


こうなったらアンヌを休ませるのが最優先だとカミーユは思った。アンヌに力をつけさせること、そこに集中しよう。

写真選別でアンヌが犯人を特定できなければ、捜査の先行きは見えなくなる。逆に一人でも特定できれば、カミーユには今からでも巻き返しをはかる自信があった。

とにかくけりをつけたい。なるべく早く。

酒を飲んだわけでもないのにめまいがして、膚《はだ》がぴりぴりする。現実が宙に浮いているような気がする。

おれはいったいどんな迷路に入り込んだんだ?

どういう結末が待っているんだ?

十二時

写真選別のためにやってきた人物特定の担当技官はポーランド系の名前で、まわりからクリストコヴィアクとかクリストニアクとか呼ばれているが、カミーユだけは正しい発音でクリスツトフィアクと呼んでいる。頰ひげをたくわえた、懐かしのロック歌手といった風貌の男だ。いつものように四隅をアルミで補強した小型のスーツケースに仕事道具を詰め込んできていた。

ダンヴィル医師が許可したのは一時間だったが、二時間程度かかると見込んではいるようだ。だがカミーユは四時間と見込んでいたし、数えきれないほど写真選別をこなしてきたクリスツトフィアクによれば、場合によっては六時間、いや二日間かかることさえあるそうだ。

技官は膨大な数の写真を持っているが、そのなかから慎重に選び出したものを目撃者に見せる。そこが難しいところで、あまり多すぎるとしばらく見ているうちにどれも同じに見えてしまい、なにもかも無駄になる。クリスツトフィアクが今日用意してきたのはセルビア人を中心とした写真で、そのなかにヴァンサン・アフネルと、その仲間とわかっている三人の男の写真も入っていた。

技官はアンヌのほうに身をかがめた。

「はじめまして」

いい声だ。しかもやわらかい。その動きはゆっくりだが無駄がなく、相手に安心感を与える。アンヌは上半身を起こし、クッション代わりの枕にもたれていた。顔は相変わらずどこもかしこも腫れている。一時間ほど眠れたので少しは元気があり、協力の意思を示そうと微笑みらしきものを浮かべた。でも歯が折れているのを見られたくないのか、口元を引き結んでいる。技官はスーツケースを開けていくつものファイルを取り出しながら、口に馴染んだ説明を淀みなく述べた。辛抱強い繰り返しのなかで身につけてきた手際のよさだ。

「すぐに終わることもあります。だとしたらラッキーですね」

と言ってにっこり笑う。アンヌを励ますためだ。人物特定を担当する技官はいつもこうして雰囲気を少しでも明るくしようとする。なぜなら、彼が呼ばれたということは、写真を見せる相手は暴力を受けたか、誰かが暴力を振るわれるのを見たか、目の前で人が殺されるのを見たか、女性ならレイプされたといった経験をしているわけで、くつろいだ雰囲気になることはめったにないからだ。

「でもそれ以外の場合は」と真剣だが穏やかな顔で続ける。「時間がかかります。ですから途中で疲れたらそう言ってください。いいですね？ 無理しなくていいんですよ」

アンヌはうなずいた。そして横目でちらりとカミーユを見た。わかってるからと。そしてもう一度うなずいた。

それが合図となり、技官が仕事を始めた。

「はい、ではどういうふうに進めるか説明します」

十二時四十五分

その階の反対側の端に、使われていない小さい待合室があった。見舞客が気づかないような場所で、なぜこんなところにあるのかわからない。フロランス——豊かな唇で人生に祝福のキスをしているようなあの主任看護師——の話では、事務室に変えようとしたが許可が下りなかったそうだ。なにかの規則でこの部屋はこのままにしておくしかない。なんの規則だか知らないが、ＥＵがどうのこうのという話らしい。となると、ごく自然に倉庫代わりになってしまう。どこも手狭なうえに物があふれているので、誰もが置き場所に困るとここに運んでくる。安全点検の日だけ全部台車に載せて地下の倉庫に運ぶが、終わるとまた戻す。査察官は大いに満足して書類に合格印を押す。

カミーユは包帯類の箱の山を押しのけ、コーヒーテーブルの前に椅子を二つ引っぱってきてルイと座った。さっそくルイからほかの事件の状況報告を受けた（今日のルイはチフォネリのダークグレーのスーツ、スワン＆オスカルの白いシャツ、マサロの靴、すべてあつらえもの。自分の年俸相当の服を着て仕事をしているのは犯罪捜査部でもルイだけだ）。ドイツ人観光客はやはり自殺だった。ドライバーを刺したドライバーは身元が割れ、現在逃走中だが数日でつかまるだろう。自首してきた七十一歳の男の犯行動機は嫉妬だった……。カミーユはそれらをさっさと片づけ、今自分の頭をほぼ百パーセント占めている事件に戻った。

「フォレスティエさんがアフネルを犯人と特定できたら……」とルイが切り出した。

「できなくてもアフネルじゃないということにはならん！」とカミーユが遮った。

ルイが小さくため息をついた。しまったとカミーユは目を伏せた。こんなに苛立っていては疑われてしまう。それに、こんな当たり前のことをルイに言う必要はない。

「もちろんです」とルイがうなずいた。「アフネルと確認できなくても、アフネルかもしれないことに変わりはありません。その一方で、アフネルが完全に姿を消していたというのも事実です。一月の強盗事件を担当したメンバーに話を聞きましたが……あ、余談ですが、今回なぜ自分たちが担当にならないのか首をかしげていて……」

カミーユはそんなことはどうでもいいと手で払いのけ、話を続けさせた。

「一月以降どこにいるのか誰も知らないそうです。国を出たとか、地中海だといった噂はあるものの、確実な情報は一つもありません。一月の事件では死者が出ましたし、アフネルも年が年ですから足を洗ったとしても驚きませんが、それにしても、ごく身近な連中さえ知らない様子で……」

「様子だと……」

「ええ、わかっています、誰かが知っているはずです。こんなふうにぷっつり消息を絶つなんて実際には無理なことです。でももっと驚くべきことは、今回また急に現れたということです。むしろ身を隠して静かにしていたかったはずですよ」

「とっておきの情報が入った可能性は?」

情報経路はまったくわかっていなかった。けちなこそ泥がちょっとした情報を流し合うことはよくあるが、本物のプロは確実な情報がないかぎり動かない。考えられるリスクに見合うだけの戦利品が期待できなければ手を出さない。だから警察は〝確実な情報〟をどうやって手に入れたかに着目し、そこから探りを入れていく。パサージュ・モニエの事件でも遅刻した宝石店の店員がまず疑われたのはそのせいで、だがその後の調査で事件とは無関係だと判明している。となると次は当然……。

「フォレスティエさんにも、パサージュ・モニエでなにをしていたのか訊かなきゃならんな」

とカミーユは言った。

もちろんカミーユが自分で訊くという意味で、形式的に訊くだけだ。事件に関係するような答えが返ってくるはずもないし、ただ警察が訊くべきことだから訊く、それだけのことだ。答えを知っていればわざわざ訊くまでもないが、カミーユはアンヌの予定をほとんど知らない。いつパリにいて、いついないのかも知らない。最近いつどこへ出張したかも覚えていないし、誰と会っているかも知らない。ただ今晩、あるいは明日、彼女が来るかどうかがわかればいいので、明後日以降は神のみぞ知るだ。

一方、ルイは昨日からのヴェルーヴェン班長のごまかしに当惑していた。

ルイ・マリアーニは優秀な刑事だ。頭が切れ、勘が鋭く、教養も必要以上にあり、そして……ある意味で疑り深い。そう、刑事ならそうでなくてはならない。

いい意味で〝疑り深い〟ルイが強盗事件に巻き込まれた女性について調べるとしたら、まずその女性がちょうどその時刻に、その場所にいた理由をはっきりさせる。昨日は平日で、時間はパサージュの店舗の開店直後だった。つまりまだほとんど通行人がおらず、客は彼女だけだったかもしれない。ルイはそのあたりの事情をアンヌ・フォレスティエに訊きたかったのだが、なぜか彼女の事情聴取はヴェルーヴェン班長が一手に引き受けていて、直接訊くことができなかった。

そういうとき優秀なるルイはどうするか。もちろん別の手を使う。

カミーユは自分がフォレスティエさんに訊くと言ってこの問題を片づけた。一応問題は提起したし、やるべきことはやっているのだから問題ない。そして次に移ろうとしたとき、ルイが手をちょっと上げたので話を止めた。ルイは無言のまま床に置いたかばんに手を伸ばし、少し探してから一枚の紙を取り出した。最近ルイは書類を読むとき眼鏡をかける。そのたびにカミーユは、老眼ってのはもうちょっと年とってからじゃないかと思い、ところでルイはいくつだったっけと思う。息子がいたら同じだったかもしれないが、カミーユにはルイの年齢がすぐわからなくなってしまう。今年ももう三回くらい訊いたような気がする。

その紙はなにかの書類のコピーで、デフォッセ宝石店のレターヘッドが見えた。今度はカミーユが眼鏡をかけた。改めて見ると、注文書をファクシミリしたもので、《お名前　アンヌ・フォレスティエ》とあり、《お品物　高級腕時計》とある。値段は八百ユーロ。

「フォレスティエさんは十日前に注文した品を取りにきたんです」

十日間待ったのは名入れ加工のためだった。彫刻する文字も注文書に書かれている。綴りの間違いなどあってはならないので――安い買い物ではないのにそんなことになったら客はどんな顔をするだろう――記載は大文字で、しかも店側は客本人に書かせる。そうしておけばなにかあっても文句を言われないからだ。というわけで、その紙にはアンヌの手書きの大文字でこう書かれていた。

裏蓋に彫刻するお名前　CAMILLE《カミーユ》

二人ともなにも言えなかった。

少ししてから二人とも眼鏡をはずした。それが同時だったので、余計気まずい雰囲気になった。カミーユは目を伏せたまま、その紙をそっとルイのほうに押し返した。

「つまり……友人だ」

ルイがうなずいた。友人。なるほど。

「それも親しい」

親しい。なるほど。


ルイは今まで気づかなかった自分に驚いていた。すっかり遅れをとり、ヴェルーヴェン班長の身の回りに起きていることを見逃していたと思った。そこで超高速で頭を回転させ、遅れを取り戻すべくこの五年間を振り返ってみた。

ルイはイレーヌ・ヴェルーヴェンをよく知っていた。二人は気が合い、よく話をした。イレーヌはルイのことを「ルルー」と呼んでかわいがってくれたし、女性関係についてきわどい質問をしてルイをからかうこともあった。だがそのイレーヌはもういない。五年前のイレーヌの死後、ルイは入院した班長を何度も見舞ったが、あるときもう来なくていいと言われた。

一年ほどしてカミーユ・ヴェルーヴェンは職場に戻ったが、二人はたまにすれ違う程度で、一緒に仕事をする機会はなかった。その機会が訪れたのは、さらに数年経って、班長がようやくハードな仕事に戻ったときのことだ（『その女アレックス』）。ル・グエン前部長のはからいで半ば強制的に、それまで避けていた第一級殺人、誘拐、監禁、暗殺といったハードな事件に戻され、そのとき、班長がまた一緒に組もうと言ってくれた。

あの療養所の日々から今までのあいだ、ルイはカミーユ・ヴェルーヴェンがどんな私生活を送ってきたのか知らない。だが、班長のような仕事中心の男の生活に突然女性が入り込んだら、なにかしら変化が表れるはずだ。態度や時間配分など、ちょっとしたところにサインが表れるし、そうしたサインにルイは敏感なほうだ。それにもかかわらずなにも気づかなかったし、なにも感じなかった。だからたった今まで、班長のそばに女性が寄り添うことなどまずありえないと思っていた。鬱傾向にある男やもめが恋に落ちるとしたら、それはとんでもない大事件になるはずだ。でも今日のこの興奮状態、この落ち着きのなさはまさに……。そこがどうもしっくりせず、ルイにはうまくのみ込めなかった。

ルイは無意識のうちに、テーブルに置いた自分の眼鏡を見つめていた。眼鏡をかけても状況がはっきり見えるようになるわけではないが……。とにかくヴェルーヴェン班長には〝親しい友人〟である女性がいたわけだ。それがアンヌ・フォレスティエ。

カミーユは咳払いし、ようやく口を開いた。

「ルイ、おまえを巻き込むつもりはない。こっちはもうどっぷり浸かってる。規則違反は指摘されるまでもないし、これはおれの問題だ、おれだけの。おまえがこの問題に足を踏み入れる必要はない」そしてルイを見つめた。「ただ少しだけ時間がほしい。おまえに頼みたいのはそれだけだ」

ルイは黙ったままだ。カミーユは続けた。

「とにかくこれを片づけたい。この事件を担当するために嘘をついたから、そのことにミシャールが気づく前になんとかしなきゃならん。連中を早急に逮捕できれば、嘘のほうはなかったことにできる。それが無理でも交渉の余地はある。だが捜査が長引いてそのあいだに嘘がばれたら……。おまえもミシャールの性格は知ってるだろう。とんでもない騒ぎになる。だがな、おまえがその巻き添えを食う理由はなにもない」

ルイは魂がどこかに飛んだように無表情なまま、ちょっと首をかしげたり、周囲を見まわしたりしていた。ウエイトレスが注文をとりにくるのを待っている客のようだ。だがやがて寂しげに微笑むと、注文書のファックスを指して言った。

「これ、大した意味はありませんね」掘り出しものだと思ったのに、そうじゃなかったとがっかりしたような口調だ。「そうでしょう？　カミーユってよくある名前だし、そもそも男か女かもわからない……」

カミーユはなにも言えなかった。

「これ、どうします？」

ルイはそう言ってネクタイを締め直した。そして前髪を左手でかき上げ、ファックスをそのままにして席を立った。

カミーユはファックスを取ってくしゃくしゃに丸め、ポケットに突っ込んだ。

十三時十五分

技官はファイルをスーツケースにしまうと、「ご協力ありがとうございました。ずいぶん仕事がはかどりました」と言って出ていった。結果がどうであれ、いつもそう言うのだろう。

ひどく疲れていたが、それでもアンヌは立ち上がってユニットバスの洗面台まで行った。鏡で傷の具合を確かめずにはいられないのだ。頭の包帯はとれたが、今度は短くてみっともない髪が丸見えだった。縫合のために髪を二か所剃ったので、そこに穴があるように見える。顎の下も縫われている。顔のふくらみは昨日よりひどい。最初の数日は腫れがひどくなっていきますよと言われた。それが普通です、ふくらむんですと何度も。だからそれはわかっている。でも実際どれほどふくらむのか誰も教えてくれなかった。こんなにはちきれそうになるほどふくれるなんて。しかも赤くなって大酒飲みみたいだし、顔があざだらけの女なんて、まるでホームレスだ。アンヌはやり場のない怒りを感じた。

指先でそっと頬を押してみると、得体の知れない鈍い痛みが顔全体に走り、この傷は永遠に治らないのではないかと思えてくる。そして口を開けると歯が欠けていて……このみじめな気分はなんだろう？　もしかして、乳房を切除したらこんな気持ちになるのかしらとアンヌは思った。本来の自分ではなくなったような気分。もう以前の自分ではなく、完全な自分でもないという気分。たとえ義歯をつけてもこの気分からは抜け出せないような気がする。

でもまあ、とにかく写真選別は終わった。何十枚もの写真を見た。そして言われたとおりにした。手順に従い、落ち着いて、その顔が出てきたところで指差した。

この人です、と。

これからどうなるのだろう？　どんな結末が待っているのだろう？

カミーユだけではどうにもならないだろうとアンヌにはわかっていた。でもほかに誰に頼れるだろうか。あの男はわたしを殺すと決めているのに……。

あの男もけりをつけたいのかもしれない。わたしと同じように。誰もがそれぞれの方法でけりをつけようとしている。

アンヌは涙をぬぐい、ティッシュを探した。鼻をかみたいけれど、鼻骨が折れているから簡単にはいかない。

十三時二十分

経験のおかげで、欲しいものはほぼ例外なく手に入る。今回は思い切った方法をとることにしたが、それは急いでいるからでもあり、性に合っているからでもある。そう、それがおれだ。短気で、手っ取り早いのを好む。

金は必要だし、誰だって苦労して稼いだものを失いたくない。あの金はおれのものだ。年金保険みたいなものだが、こっちのほうがずっと確実だ。先への備えを巻き上げるようなことは誰であろうと許さない。

だから、仕事はてきぱき進める。

まず足で、それから車で、また足で周囲をくまなく見てまわってから、二十分じっと動かずに見張った。誰もいない。念のためさらに十分ほど双眼鏡であたりを警戒した。到着したことをメールで伝え、閉鎖された工場を足早に抜けて大型のバンに近づき、バックドアを開け、乗り込んですぐにドアを閉める。

ここは工場跡地だ。どうやっているのか知らないが、あの男はこういう場所を見つけるのがうまい。武器の密売より映画のロケハンのほうが向いてるんじゃないだろうか。

車内はシステムアナリストの頭のなかみたいに整理されていて、すべてがあるべきところにある。

故買屋からちょっとした前金をもらった。状況からして悪くない額だ。買取率は両目のあいだに弾を撃ち込んでやってもいいレベルだったが、こっちも選択肢がないし、こっちの取り引きが控えていたのでしょうがない。しばらくモスバーグを休ませることにして、七・六二ミリのスナイパーライフル、レミントンM40A3を選んだ。ボルトアクションの六連発。付属品も忘れない。サイレンサー、シュミット&ベンダーのスコープ、弾丸二ケース。それから拳銃だ。十連発のワルサーP99コンパクトモデルに高性能サイレンサー。ついでにバックのハンティングナイフ、刃渡り十五センチ、持っていて損はない。

女はすでにおれの力を一度見ている。

だからここでギアを一段上げて、もっとスリルを味わわせてやる。

十三時半

やはりヴァンサン・アフネルだった。

「フォレスティエさんに迷いはありませんでした」倉庫と化した待合室に顔を出したクリストフィアクが言った。「なかなかの記憶力です」と満足そうだ。

「でも、顔を見たのは一瞬のはずですよね」とルイが口をはさんだ。

「状況によりますが、一瞬で記憶できる場合もあるんです。何分も見ていたのに一時間後にもう覚えていない目撃者もいれば、一分も見ていなかったのに細部まで覚えている目撃者もいるんです。そのあたりは不思議です」

カミーユは自分のことを言われたような気がしたが、あえて反応しなかった。カミーユなら地下鉄でちらりと見た顔を、二か月経ってから皺の一本まで描くという離れ業もできる。

「時には目撃者が無意識のうちに記憶を封じてしまうこともあります」クリスツトフィアクが続けた。「ですが、ひどい暴行を加えられたとか、至近距離で撃たれそうになったとしたら、その相手を忘れることはないんじゃないですかね」

それが半ば冗談なのかどうかはカミーユにもルイにもわからなかった。

「年齢や身体的特徴が似ている写真を並べて確認してもらいましたが、それでも迷いは見られませんでした。間違いなくこの人だとアフネルの写真を指しました」

そう言ってクリスツトフィアクはノートパソコンを開き、六十歳くらいの背の高い男の写真を画面に出した。逮捕されたときの全身写真だ。身長は百八十センチといったところだろうか。

「百八十一センチですね」ルイが資料を見て言った。カミーユの思考まで読んでいる。

カミーユは目の前の画面の男と、パサージュ・モニエの目出し帽をかぶった男の姿を頭のなかで重ねてみた。ショットガンを構えて撃とうとした男、そしてその前に――つまり監視カメラに写ってはいないが――銃床でアンヌの頭や腹を殴った男、それがこいつか……。思わず唾をのんだ。

写真の男は肩幅が広く、顎が張っていて、髪は霜降り。眉が細くて白いせいか、正面を見つめるうつろなまなざしが妙に目立っている。年季の入った大悪党といった風貌だ。カミーユは自分の手が震えるのを止められなかった。

「あとの二人についてはどうでしたか？」とルイが訊いた。

いつものことながら、こちらが考え込んでいるときはルイがカバーしてくれる。

クリストフィアクが別の男の顔写真を画面に出した。毛深い赤ら顔で、濃い眉の下から怒ったような目がのぞいている。

「この男についてはフォレスティエさんも少し迷いました。当然でしょう。わたしたちから見ればこの地域の人々は皆同じように見えてしまいますからね。でも何枚も見たあとでこの写真に戻ったんです。もっと見たいと言うのでさらにほかの写真を見せましたが、でも結局これに戻るんです。ですから確率は高いんじゃないでしょうか。名前はドゥシャン・ラヴィッチ。セルビア人です」

それはまさしく、一月の事件の四軒目の店で店主を殺したと目されている男だった。カミーユが顔を上げたときには、ルイがもうキーボードにコマンドを打ち込んでいて、三人は画面に顔を寄せた。

「一九九七年にフランスに移住」ルイがどんどん画面をスクロールする。「抜け目のない男です」音速で読みながら要点をまとめる。ルイの得意技だ。「逮捕歴が二回、いずれも証拠不十分で釈放。今回またアフネルと組んだとしてもおかしくはありません。ちょっとした押し込みを働く連中はどこにでもいますが、強盗のプロとなるとそうはいません。狭い世界です」

「で、そいつはいまどこだ？」

ルイがわずかに首を振った。

「この男も一月以来消息を絶っています。なんの情報もなく、完全に姿を消しています。一月の件で殺人容疑がかかっているし、しかもたんまり儲けがあったはずですからね、しばらくは雲隠れするのが当然でしょう。それだけに、今回また現れたとすればむしろそちらのほうが驚きですよ。しかも同じ手口とは。つかまえてくれと言わんばかりで……どうも納得しかねます」

班長の様子がおかしいので、ルイは一人で話をつなぎ、ラヴィッチの話のあとは目撃者のほうに話を戻した。

「どの目撃証言の信頼性はどの程度ですか？」

「どの目撃者でも同じですが、信頼性は漸減します。最初の一人はかなり高く、二人目がまあまあで、三人目があればもっと下がりと、順に落ちていくんです」

班長はもう上の空で、話を聞いていないようだ。冷静になってほしいと願いながら懸命に話をつないでいるのに……。

だがその努力は無駄だった。捜査官が話を終えて立ち去るなり、班長はテーブルの上に両手をついてこう言った。

「こいつらを見つけるんだ。すぐに見つけなきゃならん」

かなり感情的になっている。ルイは相槌を打ちながらも、この無分別な怒り、片意地のようなものはどこからくるんだろうかと不思議に思った。

班長は二人の写真を見ている。

「こいつ」とアフネルの写真を指した。「おれはまずこいつを追う。危険なのはこいつだ。おれがやる」

こういう断固たる言い方を聞くと嫌な予感しかしない。カミーユ・ヴェルーヴェンをよく知るルイには、悲劇の足音が聞こえるような気がした。

「しかしですね……」

思い切って口をはさんだが、無視された。

「おまえはセルビア人のほうをやれ。判事とミシャールにはおれが話をして許可をとる。そのあいだに手の空いている連中を集めてくれ。おれからだと言ってジュルダンに電話して部下を回してもらえ。アノルにも電話しろ。みんなに当たれ。人手がいる」

雪崩《なだれ》のように指示が出たが、どれも判然としないのでルイは前髪をかき上げた。左手で。すると班長はうつむき、少ししてからまた口を開いた。

「指示したとおりにしてくれないか」急に力の抜けた声になっていた。「文句が出たらおれがなんとかするから。おまえはなにも心配せず……」

「心配なんかしていません。ただ、事情が理解できないと仕事がしにくいので」

「もう全部わかってるじゃないか。これ以上なにを言えっていうんだ？」

そこからますます小声になり、耳を澄まさなければ聞こえなくなった。班長はルイの手に自分の熱っぽい手を重ねてもごもごとしゃべりつづける。

「やりそこねるわけにはいかない……わかるだろう？」冷静になろうと努力しているようだ。

「だから情報網全体に揺さぶりをかける」

ルイはわかりましたとうなずいた。いや、全部はわかりませんが、とにかく指示に従いますと。

「たれこみ屋、客引き、売春婦、そして……」班長が続けた。「もちろん不法入国者」

班長が言うのは警察が存在を知りながら目をつぶっている不法入国者のことで、あらゆる面で貴重な情報源になっている。情報を出せ、さもなければ強制送還だという脅しが効くからだ。もしドゥシャン・ラヴィッチがこの国で同胞の組織とつながりを維持しているとすれば（そうせずにどうやって生きていく？）、それを突き止めるのは何日ではなく何時間という単位の問題になる。

二十四時間前にパリのど真ん中で騒ぎを起こしたのがアフネルとラヴィッチだとすれば、一月の事件で死者まで出しながらフランスに残っていたことになり、それには相応の理由がありそうだ。

ルイは前髪をかき上げた。右手で。

「急いで人数を集めてくれ」班長が指示をまとめた。「ゴーサインが出たらすぐに電話する。おれもあとから合流するが、いつでも連絡がつくようにしておくから」

十四時

カミーユはオフィスに戻り、コンピューターでヴァンサン・アフネルの資料を見ていた。

六十歳。種々雑多な罪状で十四年近く刑務所にいた男。若いころはいろいろ手を出したが（空き巣、恐喝、売春斡旋《あっせん》）、一九七二年に二十四歳で天職と出会い、ピュトー（パリ西郊外）で現金輸送車を襲った。少々荒っぽい仕事になり、警察が駆けつけて一人負傷。アフネルは禁錮八年を食らい、五年勤めて仮釈放となり、この経験から教訓を得た——この仕事は楽しい、今回はちょっとした不注意でつかまったが、二度と同じことは繰り返さない、という教訓だ。とはいえその後も数回つかまったが、いずれも軽罪で、本職の大仕事で尻尾を出したことはない。犯罪歴全体を見れば、大成功を収めてきたと言っていい。

一九八五年以降は逮捕歴もない。アフネルは円熟期に入り、技にますます磨きがかかった。アフネルがかかわったと思われる強盗は十一件にのぼるが、逮捕されなかったばかりか重要容疑者にさえならなかった。なんの証拠もなく、アリバイも完璧で、証言にも疑わしいところがなかったからで、もはや芸術の域に達していたようだ。

こうした結果からわかるように抜かりのない男だが、冷酷なボスでもある。完璧な情報収集と綿密な計画があって初めて行動に移るが、やるとなったら強引にやる。だから暴行による被害者が出る。それもかなり荒っぽいので、障害が残った例も一人や二人ではない。死者こそ出ないものの、アフネルが通ったあとには松葉杖をつく人や顔をつぶされた人が残されることになる。暴力を振るう理由は単純で、一人痛めつけると残りが抵抗しなくなり、仕事が楽になるからだ。

そして昨日の場合、その一人というのがアンヌ・フォレスティエだった。パサージュ・モニエの事件はアフネルのやり口とぴったり合う。

カミーユはメモ帳にアフネルの顔をスケッチしながら、過去の事件の調書を見ていった。長いあいだアフネルは十人ほどの仲間を頼りにし、そのなかから仕事のたびに能力やスケジュールに合わせて数人選んでいた。カミーユがざっと見たところ、平均するとそのうちの三人前後がいつも服役中か予防拘禁、あるいは仮釈放の状態にあった。

まともな仕事と同じように、犯罪の世界でも頼れる人材を確保するのは難しい。しかも裏の世界では落伍者が出る確率が高い。アフネルの場合も、絶頂期のあとの数年で初期のメンバーの少なくとも六人を失っている。二人は殺人罪で終身刑を食らい、二人は撃たれて死亡（いつも一緒にいた双子で、死ぬときも一緒だった）、五人目はオートバイの事故で車椅子生活になり、六人目は乗っていたセスナがコルシカ沖に墜落して行方不明になった。アフネルにとってはかなりの痛手だったようで、その後表舞台から姿を消した。やがて十分な金をため込んで引退したのだろうという噂が流れ、フランス中の宝石店の店員が守護聖人に感謝のローソクを捧げた。

ところが今年の一月、唐突にアフネルがカムバックした。しかも一日に四か所という派手なカムバックだったので誰もが驚いた。強盗が連続で複数の店を狙うことはめったにない。一か所でも肉体的、精神的にかなり消耗するし、特にアフネルのやり方は消耗の度合いが激しい。準備も同様で、四か所となると四倍の情報が必要なうえに、それぞれをベストの時間帯に襲うための時間配分や、それを可能にする移動距離など、多くの要素を詰めなければならない。すべての条件が揃う保証はなく、最後までうまくいったらむしろ奇跡だ。

カミーユは一月の被害者の写真を見た。

まず、二軒目のレンヌ通りの宝石店で一味が立ち去ったあとに倒れていたという若い店員の写真。二十五歳くらいだろう。ひどい殴られようで、顔が……これに比べたらアンヌは天使の顔だ。この店員は四日間昏睡状態だった。

続いて三軒目の男性客の写真。こちらもひどい顔で、ルーブルのアンティーク・センターの客というより第一次世界大戦の帰還兵のようだ。調書にも《重傷》と書かれているが、顔がゆがんでしまっていて(アンヌのように銃の台尻で殴られたのだが、こちらは複数回やられている)、誰が見ても重傷だとわかる。

そして四軒目、セーヴル通りの店で自分の血の海に沈んだ店主。ある意味ではきれいな死に方で、胸に二発浴びていた。

連続四か所もさることながら、死者が出たという点もアフネルらしくなく、これが初めてのことだった。ただしこのときは以前のチームではなく、新たに駆り集めてきたメンバーだったから、その選択に難があったのかもしれない。セルビア人は勇敢だが、短気だ。

カミーユは手元のメモ帳に目を落とした。中央にヴァンサン・アフネル。逮捕時の写真からスケッチした顔。そのまわりに被害者たちの顔のラフなスケッチ。いちばん目立つのはアンヌの顔で、最初に病室で見たときの記憶から描いたもの。

カミーユはそのページを破りとって丸めてごみ箱に捨てると、代わりに文字を書いた。それは一月と今回の事件から浮かんでくる一つの言葉、この状況をひと言で表わすとしたらこれしかないという言葉――《切迫》だった。

なぜなら、第一に、よほど切迫した事情がなければ、一度引退したアフネルが一月に唐突に

——それもわざわざ新たなメンバーを揃えて——復帰するはずがないからだ。なにかの事情で急に金が必要になったとしか思えない。

第二に、アフネルがただ復帰しただけではなく、一日に四か所という無謀な賭けに出たからだ。つまり、相当の額の金が必要だったと考えられる。

そして第三に、一月に成功したにもかかわらず（一人当たりの取り分は二十万から三十万ユーロになっただろう）、およそ半年でまた戻ってきたからだ。アフネル再復活！　今回さほどの金額を奪っていないということは、またすぐ戻ってきて、ふたたびなんの罪もない市民が巻き込まれるかもしれない。だから、その前に逮捕しなければならない。

この二つの事件にはどこか腑に落ちないところがある。その胡散《うさん》臭さのようなものは誰でも感じとれるだろうが、それがなんなのかカミーユにもわからない。ただ、なにかあることは間違いない。

アフネルのような男が簡単につかまると思うほどカミーユは単純ではない。だからまずラヴィッチを探すことにした。とりあえずはそれがいちばんの近道で、あとはラヴィッチからその先へ糸が手繰れるように祈るしかない。

そしてアンヌが生き延びられるかどうかは、正しい糸を手繰れるかどうかにかかっている。

十四時十五分

「それであなたは……その方法がいいと思うんですね？」ペレイラ判事は電話口で戸惑ってい

た。不安気な声だ。「しかしそれは、要するに一斉検挙じゃないですか」

「いえ、判事殿、違います」

ここは笑い飛ばすのも手かとカミーユは思ったが、思いとどまった。ペレイラは鋭いところがあるのでその程度ではごまかせないだろう。だが幸いなことに、判事殿はひどくお忙しい。だからベテラン刑事の提案をむやみに却下したりはしない。

「むしろその逆で」と真剣な声で説得にかかる。「これは狙いを定めて網を打つということです。一月の事件のあとラヴィッチは姿をくらましましたが、その逃亡を助けた可能性があるセルビア人三、四人の居所《いどころ》を押さえてあるんです。ですから、あとはヤシの木を揺すって実を落とすようなもので、それほど大がかりなものではありません」

「ミシャール部長はなんと?」

「了解しています」とカミーユは言い切った。

ミシャールにはまだ話していないが、これでいい。まず片方にもう片方が了解していると言っておいて、続いて逆をやればいい。大昔からあったに違いない方法だ。いい加減使い古されているが、なぜかいまだに有効で、うまく使えばまず失敗しない。

「わかりました。ではそれで進めてください」

十四時四十分

警官は携帯でトランプゲームをやっていて、目の前を通り過ぎた女性が警護する相手であることにもすぐには気づかなかった。慌てて立ち上がり、「あ、マダム！」と呼びながら走り出したが、情けないことに名前も忘れてしまっていて「マダム」としか言えない。

女性は振り向きもせず、ただナースステーションの横で一瞬足を止めて言った。

「出ていきます」

さようなら、また明日、と同じくらいさらりとした言い方だった。警官は足を速め、声を張り上げた。

「あ、ちょっと、マダム！」

そこへ後ろから誰か走ってきたかと思うと、あっという間に警官を追い抜いていった。小柄な看護師だった。


シンティアは二二四号室の患者のことを気にかけていた。昨日は銃を見たような気がしながらも、そんなことはありえないと思い、結局否定した。でもどこかすっきりせず、無意識のうちに神経を尖らせていた。だからその患者が通り過ぎたのにすぐ気づいたのだ。

シンティアはなにも言わずに全速力で走り出し、警官を追い抜いた。慎重を期して動けないこともあるのに、逆になんとかすると決めたらまっしぐらだ。看護学校では精神を鍛えられたが、問題対処能力は実務で身に付く。病院に半年勤務しただけで、シンティアはどんな患者のトラブルにも対処できるようになっていた。

患者に追いつくと、シンティアはそっと腕をつかんだ。患者はまだ走れる状態ではないからだろうか、すなおに立ち止まって振り向いた。二人の目が合った。両足を踏ん張って立っている相手を見て決意のほどを感じとり、シンティアは困ったと思った。しかもこの患者は心底なにかに怯えている。この人は出ていきたいんじゃない、逃げたいんだ。

一方アンヌのほうはというと、二人の目が合ったとき、看護師の説得力のあるまなざしを見てくじけそうになった。ピアスをした唇、短く刈り上げた髪。顔立ちはむしろ優しく、もろさえ感じさせるが、小犬のようにうるんだ瞳はどんな頑なな心も溶かしてしまう。しかもこの看護師はその使い方を知っているとアンヌは感じた。

真っ向からの否定も、叱責も、説教もなかった。看護師はのっけから別の作戦をぶつけてきた。

「病院を出たいのなら、抜糸しないといけませんね」

アンヌは頰に手をやった。

「いえ、そこはまだ早すぎます。そうじゃなくてこっちの二か所」

看護師はアンヌの頭に手を伸ばし、縫ったところを指差した。傷を見る目は真剣だったが、そのあと微笑み、もう同意を得たかのように自然にアンヌの手を取って戻りはじめる。警官も一歩離れてついてきたが、なんだかおろおろしていて、上司に報告すべきかどうか迷っているようだ。

看護師はナースステーションの向かいにある狭い処置室にアンヌを案内した。

「座ってください」そう言ってなにか道具を探している。「さあ、座ってください」

警官は廊下に立ったままそっぽを向いている。二人がトイレにでも入ったかのように、遠慮してこちらを見ないようにしている。

「あっ……痛……」

アンヌは飛び上がりかけた。看護師が指先でそっと触れただけだったのに。

「痛いですか？」

看護師は首をかしげ、おかしいですねと言った。ここはどうですか？　こっちは？　抜糸は先生に診てもらってからのほうがいいですね。もしかしたらもう一度レントゲンをとるかもしれません。熱はありませんか？　と言ってアンヌの額に手を当てる。頭痛はありませんか？

アンヌは看護師にうまく誘導されていると気づいた。こうして座らされ、あれこれ言われ、また病室に戻るしかない状況に追い込まれている。そこでとっさに反発した。

「いえ、診察もレントゲンもけっこうです。もう出ていきますから」と言って立ち上がった。

警官が無線機に手をかけた（実はこの警官はなにがあってもまず無線機に頼る。上司の指示がなければなにもできない。今この瞬間、廊下の端に武器を手にした殺し屋が現れたとしても、まずは無線機を手に取るだろう）。

「それはどうでしょう」看護師は真剣な声になった。「もし感染症を起こしたら……」

本当にその危険性があるのか、それとも単に思いとどまらせるためなのか、アンヌには判断できなかった。

「あ、そういえば」と看護師はいきなり話題を変えた。「まだ入院誓約書に空欄があったんでしたね？　どなたか保険証を持ってきてくださることになりましたか？　とにかく先生に早く診てもらいましょう。わたしから頼んでみます。必要ならレントゲンも急いで撮って、なるべく早く出られるようにやってみますから」

その口調は嘘のない協力的なものだったし、解決策もそれしかないように思えた。アンヌは少し無理をしたので疲れてしまっていて、「ええ」とうなずき、病室に向かうしかなかった。足が急に重くなったように感じられ、頭がふらついてすぐに息が上がる。でも脳は働いていて、ふとあることを思い出し、それが気になりはじめた。レントゲンとも入院誓約書とも関係のないことだ。アンヌは足を止めて振り向いた。

「銃を持った男を見たのはあなた？」

「男の人は見ましたが、銃は見ていません」看護師は即座に答えた。こちらの質問を待っていたような答え方だ。「銃を見たのならとっくにそう言っています。そしたらあなたはもうここにいなかったはずですよ。そうでしょう？」

この看護師は若いのにしっかりしている。いや、しっかりしすぎている。だからアンヌはその言葉を信じなかった。そして相手の心の動きを読むようにじっと見つめて言った。

「いいえ、あなたは自分が見たものに自信がもてなかった、それだけですよね」

でもとりあえずは部屋に戻るしかない。ひどくめまいがする。少しは体力が戻ったと思っていたのに全然だめで、もうへとへとだった。今は横になるしかない。そして眠るしか……

シンティアは病室のドアを閉めた。そしてまた考え込んだ。あの見舞客のレインコートの下にあったもの、長くて、そのせいで歩きにくそうだった……あれはなんだったんだろう？

十四時四十五分

ミシャールは一日のほとんどを会議に費やしている。カミーユは日程表に会議予定がびっしり並んでいるのを見てしめたと思った。それから一時間のあいだに携帯に七回かけ、メッセージを残した。「重要」、「急ぎ」、「緊急」、「火急」と煽り、ほかにも紋切型の表現を駆使して最大限のプレッシャーをかけ、ミシャールが苛立った口調で電話してくるのを待った。ところがようやくかけてきたミシャールは落ち着いていた。この上司は思った以上にそつがないようだ。会議をちょっと抜けて廊下に出たのだろうか、ささやくような声だった。

「それで、予審判事はその一斉検挙を許可したの？」

「はい。というのもそもそも一斉検挙などではないからで、厳密に言えばこれは……」

「警部、正確なところターゲットは何人なんです？」

「三人です。でもおわかりですよね。一人締め上げればまた別の一人につながるわけで、それを一気に……　〝鉄は熱いうちに打て〟です」

カミーユがことわざを持ち出すときは、それがなんであろうと、行き詰まりを意味している。

「鉄ねえ……」とミシャールは考え込んだ。

「大人数というほどじゃありません」

問題はいつも同じところに行き着く。人手だ。ミシャールは長い息を吐いた。誰もが求めるものとは、つまり足りないものなのだから。

「それにせいぜい三、四時間です」

「三人のターゲットに？」

「いや、ですから……」

「ええ、そう、〝鉄を打つ〟ためね……。でも警部、リスクがあることはわかってるんでしょうね」

さすがはミシャールだ。山狩りは騒がしいので獲物が逃げる恐れがあり、そうなったらかえってつかまえにくくなる。

「だからこそ人数がいるんです」

今のところ平行線だが、このまま続くことはないとカミーユは思った。ミシャールにとってみれば、部下が手入れをするかしないかはどうでもいいことだ。大事なのはそれなりに抵抗しておくことで、そうすればうまくいかなかったときに「だから言ったでしょう」と言える。

「判事がいいと言うなら……」とうとうミシャールが折れた。「人員についてはほかの班長と直接話をしてちょうだい」

強盗という商売は映画俳優に似たところがあり、一日のほとんどが待ち時間で、仕事そのものはほんの数分の勝負になる。

というわけでおれは待っている。そのあいだに計算し、予測し、経験に照らして考えている。女の容態がよければ、警察は写真選別を求めるはずだ。今日でなければ明日。作業は数時間で終わる。そして、あの女がまともで、少しばかり記憶力がよければ、警察は戦闘態勢に入ることになる。さしあたり手っ取り早いのはラヴィッチをあぶり出す作戦だろう。おれならそうする。いちばん簡単で、しかも確実。廊下に罠をしかけておいてドアを蹴破り、騒ぎ立てて駆り出す。警察始まって以来の古い手だ。

だとしたらタンジェ通りの〈リュカ〉を見張るのがベストだ。この店は裏社会のセルビア人の溜まり場になっていて、小物がやってきては日がな一日カードか競馬に興じ、せっせと煙草を吹かしている。そのせいでいつも煙が充満していて、まるで養蜂家が煙を吹きかけた巣箱かと思うほどだ。しかも彼らは情報通で知られていて、どこかでなにか変ったことがあれば電話より早くここに知らせが届く。

十五時十五分

犬を放て、総がかりでいけというカミーユの指示を受けて、まさかの大作戦が始まった。

すでにカミーユは部長の了解を拡大解釈し、一時的に動ける人員をすべて駆り集めていた。不安気なルイを横目に何本も電話をかけ、急場しのぎでこちらの班から一人、あちらの班から二人と集めるうちに、思った以上の人数が集まった。駆り出されたほうはヴェルーヴェンがなんの資格でなにをしているのかよくわからなかったが、まあいい、あれだけ堂々と采配を振ってるんだからこっちは従うまでだと思ったし、正直なところこういう仕事は愉快でいいやと喜んだ。車に回転灯をのせてパリを自在に走り抜け、売人、すり、売春宿の主人、ぽん引きを締め上げればいいわけで、そもそも鬼ごっこが嫌いなら警察に入らないよなと今さらのように自覚する。それにヴェルーヴェンは数時間の仕事だと言った。気合いを入れてさっさと片づければ、今日は早く帰宅できる。

なかには疑いの目を向ける同僚もいて、今日のヴェルーヴェンはやけにぴりぴりしているし、御託を並べるばかりで説明がないと首をかしげた。疑いはもっともで、カミーユが実際にやっていることと、やっているはずのことは必ずしも一致していない。人を出してくれと頼まれたほうは三か所のターゲットを同時に急襲する作戦と聞いていたが、カミーユがやろうとしているのはもっと広範囲の一斉手入れで、だからもっともっと人を要求し、もはや何人集まったのか誰にもわからない。

「いいか」とカミーユは押しまくった。「今探してるやつが見つかればみんな得をする。上は鼻高々、班長クラスには表彰メダルが出るぞ。それにせいぜい二時間ちょっとの仕事だ。ぐずぐずしなけりゃ、あいつどこ行った、どっかで一杯やってるんじゃないかと思われる前に戻ってこれる」

そのあたりで同僚は観念して部下を回し、カミーユを先頭に刑事が次々と車に乗り込み、ルイは電話の前に陣取った。

被疑者に気づかれないように追い詰めるといった配慮はなされない。騒ぎ立てることこそが目的なのだから。

一時間後には、警察がラヴィッチという男を探しているという知らせはパリ中に行き渡り、特にザグレブ（クロアチアの首都）からモスタル（ボスニアヘルツェゴビナの都市）にかけての地域の出身で、パリでなんらかの犯罪に手を染めている人間は、一人残らずこのことを知っていた。ラヴィッチはどこかに隠れている。だからあらゆる通路や地下道をいぶり出し、売春婦に脅しをかけ、不法入国者を中心に怪しいやつを連行する。

ショック療法だ。

サイレンがうなり、回転灯が周囲の建物を青く染める。十八区ではある通りが丸ごと封鎖され、三人の男が逃げようとして捕まった。カミーユは車のわきに立ってその現場を見守りながら、電話で二十区の売春宿に突入するチームと連絡をとった。

カミーユに思い出にふける余裕があったら、郷愁を感じたかもしれない。ルイ、アルマン、マレヴァルとパリを走りまわったころを思い出し、ヴェルーヴェン班の栄光の時代を懐かしく思ったかもしれない。アルマンが資料室に閉じこもり、事件簿と首っ引きで大きな方眼紙に何百人もの名前を書き込んでいき、二日かけてそのなかからたった二人を洗い出し、それが事件解決の糸口になったあのころ。そのあいだルイとマレヴァルは今日のように手入れに回り、頭を使うルイとすぐに手が出るマレヴァルのコンビがなかなかうまくいっていた。ルイが背を向けたとたんに売春婦が動こうとすると、その尻をマレヴァルが蹴り上げる。ルイは顔をしかめるが、マレヴァルはこっちのほうが効果的だと肩をすくめ、素っ裸の女たちに一発お見舞いし、それだけで捜査が三日分はかどるような証言を手に入れる……。

だがカミーユにそんな余裕はなかった。今進行中の作戦に集中していた。

今度は数人従えて安ホテルの階段を駆け上がる。警官たちが次々と部屋に飛び込んでお楽しみ中の客を引きはがし、その下にいた女たちを起き上がらせる。われわれはドゥシャン・ラヴィッチを探している、本人、家族、親戚、知人でもいい、なにか知らないか？　女は知らないと言い、警官は尋問を続け、そのあいだに客は大慌てでズボンをはき、目をつけられる前にこっそり出ていこうとする。半裸の女たちはあまりにも若く、体の線が細くて腰骨がわかるほどで、胸も小さい。ラヴィッチ？　知りません。ドゥシャン？　そんな名前があることさえ知らないという顔をする。だが女たちが怯えているのは明らかで、カミーユは連行しろと言う。裏社会全体の恐怖を煽りたいのだ。だが時間がない。二時間、せめて三時間でなんとかなればいいが。

もっと北のほうでは四人の刑事が郊外の一軒家に迫り、電話でルイに住所を確認してから、拳銃片手にドアを蹴破ってなだれ込んだ。家中を引っ掻きまわし、二百グラムの大麻を発見。ドゥシャン・ラヴィッチ？　大家族が首を横に振る。だが老人を除いて全員が連行された。カミーユを乗せた車はサイレンを鳴らして突っ走る。ハンドルを握る男はトップギアしか使わないのが特技で、カミーユは左右に揺られながら携帯を握りしめ、ルイと連絡を取りつづける。矢継ぎ早の指示と圧力のおかげで、カミーユの熱意が参加者全員に伝わりつつあった。

十四区の警察署にはコソボ出身の若者が三人連行された。ドゥシャン・ラヴィッチ？　知りませんと首を振る。まあいいだろう、だが脅しはかける。そうすれば警察がラヴィッチを探しているとこいつらが触れまわってくれる。

十五区の警察署にはポジャレヴァツ出身のこそ泥が二人連行された。知らせを受けたカミーユはポジャレヴァツってどこだとルイに訊き、ルイが地図を見てセルビアの北東部ですと答える。ラヴィッチの出身地のエレミルはもっとずっと北ですと。だが誰がどこでつながっているかわからない。カミーユは十五区の警官に本庁に連れてこいと指示した。恐怖を与えること。

動揺させること。

ルイはあちこちからかかってくる電話に冷静に答えていく。頭のなかのパリの地図を区分けして、情報提供者が多そうな地区に多くの人員を投入できるように計算している。

誰かが地下鉄も洗いますかと訊き、カミーユは一瞬考え、やろうと言った。警官たちはさっそくアコーディオン弾きを何人かつかまえ、尻をひと蹴りして車両から降ろし、警察のバンまで連れていく。つかまったほうは小銭が入った布袋を必死で握りしめ、ドゥシャン・ラヴィッチ？　さあ、と呆けた顔をする。警官がそのうちの一人の袖をつかんでどうなんだと問い詰めると、その男は首を振りながらさかんに瞬きした。ちょうど地下から上がってきたカミーユがそれを見て、そいつは連行しろと指示する。

地下は電波が届かなかったので、カミーユはさっそく携帯にかじりついた。とにかく今起きていることをすべて知りたいのだ。そして腕時計を見る。ミシャールがどなり込んでくるまであとどれくらい時間があるだろうか。

案の定、少し前に警官どもが〈リュカ〉に現れ（あの小人もいた）、常連のほとんどを引っ立てていった。理由ははっきりしなかったが、警官自身もわかっちゃいないのだ。要するに怯えさせるのが狙いで、これは始まりにすぎない。おれの計算では一時間以内にセルビア人社会は守る側から追う側に回り、ネズミたちは出口を求めてちょろちょろしはじめる。

といってもおれは一匹でいい。ドゥシャン・ラヴィッチだけで。

そろそろその時間だから腰を上げよう。

パリを北から南へ移動して十三区に入り、目立たないように車を止める。シャルピエ通りとフェルディナン＝コンセイユ通りのあいだの狭い通りにおんぼろアパートがある。一階の窓はレンガでふさがれていて、玄関扉はとっくの昔にどこかに行ってしまい、代わりに雨で腐りかけたベニヤ板が置かれているが、鍵もなければ取っ手もなく、風が吹くたびに音を立てる。うるさいのでそのうち誰かが下りてきて固定するが、人が出入りすればまた元に戻って音を立てはじめる。しかも人の出入りは少なくない。麻薬常習者、密売人、不法就労者、不法入国者などの巣窟になっているからだ。ここで何日も（時には夜も）張り込んだので、通りの様子はすべて頭に入っている。胸糞悪い場所だ。あまりにも不快なので、ゼリグナイト（爆薬）があったら丸ごと吹き飛ばしてやりたい。

うすのろラヴィッチを最初にここまで車で送ってやったのは、あの大襲撃の準備をしていた一月のある晩のことだった。建物の前で、あいつはでかい唇を伸ばしてにやりと笑った。

「めんどり《プル》が手に入ったら、ここに連れてくる」

なにが女《プル》だ……あほか。今時そんな呼び方をするのはセルビア人くらいのものだ。

「女って、どんな女だ」とおれは訊いた。

だが訊くまでもなかった。この通りをながめれば、こんなところに連れてくるのがどんな女か、どこでつかまえた女か、そういう女となにができるかはすぐにわかる。

「一人じゃない」とラヴィッチは言った。

こんな調子で、あいつは遊び人だと思われたがっていた。しかも詳しく話したがる。だがそれだって訊くまでもない。要するにあのうすのろがここのノミだらけのベッドを使っていたのは、手に入る女もそれに見合ったものでしかないからだ。

レベルはどうあれ、最近ラヴィッチの女遊びは振るわないようだ。というのもずいぶん前からここに来ていないからで、つまりそれがわかるほどおれがここで見張っていたという話にもなる。それに、女が手に入ろうが入るまいが、ここはただの物好きで来るような場所じゃない。ほかに行くところがなくて仕方なく来る場所だ。だから今日、警察がそれなりの仕事をしてくれて、おれに少々の運があれば、あいつはここに来る。

連中がヤシの木を揺すりだしたら、ラヴィッチは最初は迷うだろうが、そのうち状況をのみ込んで、この醜悪な隠れ家以外に逃げ込めるところはないと悟るだろう。

まだ少し時間がありそうなのでコーヒーを飲みに行くことにして、いったんサイレンサーを取りはずし、ワルサーP99をグローブボックスにしまった。だが三十分以内には戻ってきて臨戦態勢をとるつもりだ。あいつがここに来るなら、おれが最初に出迎えてやりたい。

その程度の世話にはなったからな。

警察署の取調室に背の高い男が連れてこられた。身分証を見るとブヤノヴァッツ出身で、ルイによればセルビア南端に近い町だそうだ。警官が尋問を始める。ドゥシャン・ラヴィッチを知ってるか？　その兄弟姉妹でもいいぞ。どんな情報でもいい（そう、こっちにとってはラヴィッチにつながるものならなんでも大歓迎）。男はなにを訊かれているかもわからない様子だが、警官はかまわず張り手を飛ばす。ドゥシャン・ラヴィッチだ、知らないのか？　今回は質問の意味がわかったようで、知らないと首を振る。また強打が飛んだ。カミーユがやめとけ、こいつはなにも知らんよと言う。

十五分後、通りに戻ると、今度は三人の若いセルビア人の女が捕まったところだった。そのうち二人は姉妹だ。哀れなことに三人ともまだ十七歳になっておらず、不法入国で、ポルト・ド・ラ・シャペルで客を引いていて、客が倍払うならコンドームなしで相手をする。三人とも骨と皮ばかりになっている。ドゥシャン・ラヴィッチ？　知りませんと三人とも言う。そうかとカミーユが口をはさんだ。だが、法律が許すぎりぎりまで留置場に入ってもらうよと。三人は口元をゆがめた。警察につかまったら、何時間稼げなかったかに応じて焼きを入れられると知っているからだ。「おまえたちは街角に立つためにいるんだ。それができなきゃこっちは損するんだからな」とヒモに言われたことを思い出し、三人は震えはじめる。それでもなお、ドゥシャン・ラヴィッチ？　知らないと首を振り、警察車両のほうに引っぱられていく。カミーユはその後ろから警官に、放してやれとこっそり合図した。

こうして市内の警察署に次々と不法入国者が連れてこられ、廊下でどなったり抗議したりしはじめた。少しでもフランス語が話せる連中は、領事館や大使館に電話するぞと食ってかかるが、それが意味をなさないことは承知のうえだ。だったらローマ法王に訴えたっていいだろう。

本庁ではルイが相変わらず電話に張りつき、各チームから情報を集めると同時に情報を発し、カミーユに報告し、適宜チームを移動させている。ルイの頭のなかの地図は作戦進行中の個所が点滅していて、その光は特にパリの北部と北東部に集中している。

カミーユはまた車に乗って移動する。

ラヴィッチの足取りがつかめない。まだなんの情報もない。

今日は痩せ細った女ばかりかと思いきや、そうでもなかった。十一区の荒れはてた建物にいたのは三十代の太りすぎの大女だった。子供たちが泣いていて、少なくとも八人はいる。亭主は肌着一枚で、もやしみたいに痩せていて、口ひげを生やしている（彼らはだいたいそうだ）。亭主背が高いわけではないが、それでもカミーユを上から見下ろす。亭主がたんすから引っぱり出してきた身分証を見ると、一家全員プロクプリェ出身で、電話の向こうでルイがそれはセルビアのやや南寄りにある町ですと言う。ドゥシャン・ラヴィッチ？　亭主はしばらく考えてから、知らないと言う。本当だよと。警官が連行しようとすると子供たちがすがりついて泣きわめく。お涙ちょうだいの場面だが、これは子供の仕事のようなもので、賭けてもいいが、この子供たちは一時間後には《ひもじいです》と書いたボール紙を持って（たいてい綴りが間違っている）、サン＝マルタン教会とブラヴィエール通りのあいだで物乞いをしているだろう。

情報通といえば〈リュカ〉の常連客だが、この連中も協力的ではない。彼らがここでカードとおしゃべりに興じているあいだ、女房は汗水たらして働き、上の娘は客を引き、下の娘は子守をしている。カミーユが三人連れて乗り込むと、彼らはうんざりだという顔でカードをテーブルに投げ出した。おいまたかよ、今月はこれで四回目だぜと。だが今回は変わったやつがいると瞬きする。コートに身を包み、帽子を目深にかぶった眼光鋭い小人。小人のカミーユは一人一人の目を射《い》貫《ぬ》いていく。容赦のない視線で、おれが探しているのはおまえだと脅しをかけていく。ラヴィッチ？　ああ、顔くらい知ってるけど。そして顔を見合わせる、おまえ最近あいつを見たか？　いや。どいつもちょっと口を尖らせ、悪いな、協力したいけど知らねえよという顔をする。なるほどとカミーユは言い、いちばん若いのをわきに連れていく。そいつは背が高い。よりによってでかいのを選んだなと全員にやりとするが、実はそのとおりで、カミーユはいちばん背の高い相手を選んだのだ。なぜならちょっと手を伸ばしただけで股間に届くからで、そいつが身を折ってうめいているあいだカミーユはそっぽを向く。ラヴィッチだ、どこにいる？　それでも言わないところをみると、本当に知らないようだ。たまが潰れちまったかもと誰かが言い、仲間で大笑いする。カミーユは笑わず、店を出て、全員引っ立てろと指示した。

その一時間後、数人の警官が地下室への階段を下りていく。天井が低いので背をかがめなければならない。地下は倉庫のようになっていて、かなり広いが、高さは一メートル六十センチしかない。そこに二十四台のミシンと二十四人の不法入国者が押し込められ、三十度近い暑さのなか、上半身裸で働いている。全員二十歳以下だ。段ボール箱にラコステのロゴ入りポロシャツが何百枚と積み上げてあり、親父が説明しようとするが、その言葉を遮って警官が訊く。ドゥシャン・ラヴィッチはどこだ？　この偽物工場を警察が黙認しているのは、ここの親父がかなりの情報を提供してきたからだ。今日も親父は目を細め、思い出すふりをし、ちょっと待て、ちょっと待てと言い、それを見た警官がヴェルーヴェン警部を呼んだほうがいいと言う。

警部が到着するのを待ちながら、警官たちはすべての段ボール箱をひっくり返してようやく数人分の書類を見つけた。そしてルイ・マリアーニに不法就労者たちの名前を知らせ、綴りを教える。そのあいだ若者たちは壁に張りつき、石に溶け込もうとしている。下りてきてから二十分であまりの暑さに耐えられなくなり、警官たちは全員を上がらせ、通りにずらりと並ばせた。あきらめ顔と怯え顔がほぼ交互に並んだ。

数分後にカミーユが着いた。背をかがめるまでもなく、そのまま軽快に階段を駆け下りて地下の様子を見、また上がった。親父はズレニャニン出身で、セルビアの北のほうだ。ラヴィッチの出身地エレミルからさほど遠くない。ラヴィッチ？　知らないと彼は言う。本当かとカミーユが問い詰める。

カミーユがかなり焦れていることは、周囲の誰の目にも明らかだった。

十六時十五分

あいつの到着を見逃しはしまいかと気が急いて、コーヒーをゆっくり味わう余裕はなかった。張り込みの要領は体で覚えているので、うっかり煙草を吸って換気のために窓を開けるようなへまはしない。それにしてもラヴィッチのやつ、ここに逃げ込むつもりなら早いところそうしてもらいたい。旧友がへとへとになってるんだから、少しは気を遣え。まあ警察が派手に動いているから、いくらうすのろでもいい加減顔を出すだろうが……。

と、そのとき通りの角に姿を見せたのは？　なんと、懐かしのドゥシャンじゃないか！　ずんぐりしてるから見間違えようがない。相変わらず首がなくて、がに股だ。

おれは建物の入り口から三十メートル、あいつが現れた角から五十メートルほどのところに車を止めている。だから少し前かがみで歩いてくるあいつをじっくり観察できた。今日鶏小屋に〝めんどり〟がいるのかどうか知らないが、〝おんどり〟のほうは明らかにしょぼくれている。

まったく〝おんどり〟らしくない。

十年も着古したようなダッフルコートを羽織り、踵がすり減った靴をはいていて、占い師じゃなくても懐が寂しいとわかる。

悪い予感がする。

普通に考えれば一月の稼ぎで服を新調できたはずだ。金があれば、ラヴィッチなら光沢のあるスーツにアロハシャツ、トカゲ革の靴あたりを張り込んでふんぞり返るだろう。それがホームレスのような恰好をしているとなると、これは問題だ。

一月の仕事のあとで身を隠すのにかなり金を使っただろうし、〝めんどり〟を飼うのにも金がかかっただろうが、それにしてもこのなりとは。どう見てもすっからかんとしか思えない。ということは、十中八九こいつも裏をかかれたということだ。おれと同じように。こういう事態も予測しなかったわけじゃないが、それでも肩の力が抜ける。まあしょうがない。気を取り直して行動に移ろう。

ラヴィッチはドアに体当たりして押し開け、ベニヤ板が派手に跳ね返った。相変わらず荒っぽい。いや荒っぽいだけじゃない。こいつは向こう見ずだ。そもそも血の気が多すぎるからこういうはめになった。こいつがあの宝石商に九ミリ弾を二発撃ち込んだりしなければ……。

静かに車を降り、ラヴィッチから数秒遅れて戸口に立った。重い足音が右のほうから聞こえる。天井灯はとっくに切れて廊下は薄暗く、ところどころ明るいのは、ドアが閉まらなくなったアパルトマンから光が漏れているからだ。あいつを追って階段をつま先立ちで上がっていく。二階、三階、四階。ひどい臭いで鼻が曲がりそうになる。尿、ファストフード、マリファナ。

戸をたたく音がしたので、その下の踊り場で足を止めた。つまりほかに誰かいるということで、人数によっては少々ややこしい話になるかもしれない。

すぐ上でドアが開き、閉まった。そっと階段を上がる。ドアには一応錠がついていたが、古い型なので簡単にこじ開けられる。その前に耳を当てて確認。ラヴィッチの声が聞こえる。煙草のせいでしわがれたこの声がまた聞けるとは、なんだか妙な気分だ。正直なところこいつを見つけ出すのにずいぶん苦労した。

だがラヴィッチのほうは再会の喜びが待っているとも知らず、かなり機嫌が悪いようで、どなったり物を投げたりしている。やがて女の細い声がした。泣いているようだが激しくはなく、すすり泣きに近い。そしてまたラヴィッチの声。二人だけなのかどうか知りたいので、おれは耳を張りつけて自分の心臓の音を聞きながら何分か我慢した。どうやら二人だけらしい。

よし、と縁なし帽をかぶり、その下に髪を押し込んだ。ゴム手袋をはめ、ワルサーを取り出し、スライドを引いて左手に持ち、右手で錠をいじり、はずれる音を聞いてから銃を右手に持ち替え、そっとドアを押す。二人はこちらに背を向けてなにかにかがみ込んでいたが、おれの気配に気づいてはっと振り向いた。女は二十五歳くらいで、黒髪で、ぶさいくで……

そして死んでいる。額に一発ぶち込んでやった。女は怒ったように目を丸くして倒れ、それはあまりにも安く買いたたかれたとか、あるいは下着姿のサンタクロースでも見たような顔だった。

ラヴィッチは慌てて片手をポケットに突っ込んだが、こっちが間髪入れずに左の足首を撃つと一瞬宙に浮き、それから床が燃えてでもいるように片足で跳ねまわり、苦痛の叫びとともに倒れた。

これでようやく再会を喜び合える。話し合いもできる。

アパルトマンはワンルームで、まあまあ広い部屋に簡易キッチンとバスルームがついているが、すべてが古びていて、そのうえなんといっても汚い。

「おまえの〝めんどり〟は掃除好きとは言えないようだな」

すぐ目に入ったのはコーヒーテーブルの上の注射器やスプーン、アルミホイルだ。ラヴィッチの金がすべてヘロインに化けたなんてことはあってほしくない。

九ミリ弾を受けた女は床に直《じか》に置かれたマットレスの上に倒れていて、細い腕に静脈注射の跡が見えている。はみ出た脚を持ち上げてマットレスに載せてやると、それだけで立派に棺に横たわったように見えた。マットレスの上は投げ出された衣類と掛け布団がちょうどパッチワークのようになっていて、なかなか独創的だ。女は目を開けたままだが、さきほどの怒ったような顔が少し和らいでいるから、運命を受け入れたのだろう。

ラヴィッチのほうはまだ泣き叫んでいる。床に片脚を投げ出して座り、そちら側に体重をかけて撃たれたほうの脚を曲げ、血がほとばしり出る足首に両手を伸ばし、「くそっ、この野郎」と叫んでいる。幸いなことに、この建物はいくら叫んでも誰も飛んでこない。あちこちでテレビが大音量で鳴っているし、カップルはののしり合っているし、がきどもは泣き叫んでいる。きっと朝の三時に泥酔してドラムをたたくやつもいるだろう。だからいくら叫んでもわめいてもいいのだが、話し合いには少々邪魔だ。もう少し落ち着いてもらいたい。

仕方がないのでワルサーで顔を殴ると、少し静かになった。足を押さえているが叫ぶのは我慢し、口を引き結んでうめいている。進歩だ。だがこいつはもともと騒ぎ立てる性分で、このまま大人しくしているとも思えないので、足元にあったTシャツを丸めて口に押し込み、さらに片手を背中にまわして縛りつけ、暴れられないようにした。ラヴィッチは残った手で必死に足首を押さえているが、腕が短いので、脚を折って体をねじらなければ届かず、その厄介な姿勢で苦痛にあえいでいる。経験しないとわからないだろうが、足首というのはひどく敏感な場所で、いくつもの骨が複雑に組み合わさり、それをあらゆる方向に伸びる靭帯がつないでいる。だから少しひねっただけでもひどく痛むが、そこを九ミリで撃ち抜いてやったのだから大変だ。足首から先はもはや数本の靭帯と筋肉の端くれとぼろぼろの骨でつながっているだけで、痛ましいことこのうえない。しかも身動きがとれない。試しに足首の残骸を力いっぱい蹴ってやったらこいつは泡を吹いたが、それは演技なんかじゃなかった。

「〝めんどり〟が死んだのは幸いだったな。こんな姿のおまえを見たくなかっただろうからな」

だがどういうわけか、まあ愛情などなかったのかもしれないが、ラヴィッチは女のことを気にかける様子もなく、自分のことで頭がいっぱいらしい。火薬の臭いに血の臭いが混じって息苦しくなったので、窓を少し開けた。窓の外はすぐ壁だった。これで家賃が高かったらぼったくりだ。

戻ってラヴィッチの様子を見ると、汗だくになっていた。痛みがひどくてじっとしていられないからさかんに身をよじるし、そのあいだも手で足首を押さえなきゃならないから大忙しだ。頭からも血が流れている。猿轡《さるぐつわ》をした唇の端からよだれが垂れている。おれは髪をつかんだ。

注意を引くにはそれしかなかった。

「おい、よく聞け。おれはここで夜明かしするつもりはない。チャンスをやるから協力しろ。こっちも限界にきてるからな、ぐずぐずしないほうが身のためだ。昨日から一睡もしてないし、少しはおれの身にもなってくれ。さっさと答えりゃみんな静かに眠れるんだ。おまえも、おれも、みんなだ、いいな？」

ラヴィッチはまともなフランス語を話したことがなく、文法も単語もけっこうめちゃくちゃだ。だからこいつと話すときはわかりやすく言わなきゃならない。やさしい単語を使い、意味をはっきりさせるためにジェスチャーも加えるべきだ。だからおれは注意深く言葉を選びながら、ハンティングナイフを足首の残骸に突き立てた。刃が貫通して床に突き刺さった。床に穴ができて、ここを引き払うとき敷金から修理代を引かれるだろうが、そんなのは知ったこっちゃない。猿轡をしたにもかかわらずラヴィッチはわめき、虫のように身をよじり、チョウのように片手をばたばたさせた。

これで本気だとわかっただろう。念のために少し間を置き、状況をのみ込む時間をやってから、おれはようやく本題に移った。

「最初はおまえがアフネルと組んでおれをだましたんだと思った。アフネルも、おまえも、三人は多すぎると考えたとな。そりゃそうだろう、二人なら分け前が跳ね上がる」

ラヴィッチは目に涙をためておれを見上げた。それは悲しみではなく苦痛の涙だが、言葉のほうも痛いところを突いたようだ。

「ところがおまえは救いようのない馬鹿だから……そうともさ、大間抜けだ！　そうでなきゃあのアフネルが、おまえなんか選ぶか？　おっと、ようやくわかったか？」

ラヴィッチは顔をしかめている。まじめな話、足首が痛いのだ。

「で、おまえはアフネルを助けておれをはめた……と思ったらおまえもはめられた。だからおれの診断は正しいだろ？　つまり救いようのない馬鹿だ」

だがこいつ、自分のＩＱの程度はそれほど気にならないらしい。とりあえずは健康が最大の関心事で、特に手足の数が気になるようだ。しかもその心配はもっともで、こうして話しているだけでこっちはますます腹が立ってくる。

「だがおまえはアフネルの後を追わなかった。危険すぎるからだ。アフネルから分け前をぶんどるのは自分には無理だとわかっていた。殺人容疑もかかってたし、身を隠すのが精いっぱいだった。だがな、おれにはアフネルが必要だ。だから教えてもらおうか。どうすりゃ見つけられるのか、おまえたちがなにをどう決め、それがどういう結果になったのか、全部聞かせてもらうぞ、いいな？」

至極まともな提案じゃないか。ところが猿轡をはずしてやったとたん、こいつは獣に戻り、わけのわからないことをわめきながら片手でおれの襟首をつかんだ。その腕力、握力ときたら農夫並みで、振りほどけたのは奇跡だった。これだから獣は信頼できない。

しかも獣はおれに唾を吐きかけた。

そうしたくなるのもわからなくはないが、愛想がなさすぎる。

どうやらやり方を間違えたとおれは気づいた。品よくいきたかったが、相手は田舎者だ。やんわりやってたんじゃこいつは理解できない。だがすでにかなりの痛手を負い、まともな抵抗はできなくなっているから、これ以上ハードにいくのも考えものだ。そこでとりあえず頭を二蹴りして床に倒し、こいつが足首のナイフをどうにかしようとじたばたしているあいだに考えた。

おれは掛け布団に（これがまたぞっとするようなしろものなんだが）目をつけた。その上に〝めんどり〟がひっくり返っているので、仕方なく端をつかんで思い切り引っぱると、女は転がってうつぶせになった。スカートが半分めくれて細い脚が伸び、膝の裏にも注射の跡が見えた。おれが撃たなくても、先は長くなかったってことだ。

振り返ると、ラヴィッチが足首のナイフをはずしたところだった。恐るべき怪力。

そこで今度は膝を撃ってやったが、このときのラヴィッチの反応は見ものだった。文字通り全身で空中に跳ね上がって叫んだのだ。息つく暇を与えず、相手が衝撃から立ち直る前にさっさと布団でくるんでしまい、その上に座って押さえ込む。といってもこいつが必要だから、窒息しないように場所を選んで座った。おれは痛めつけたいわけじゃない。まじめに質問に答えてほしいだけだ。

それからラヴィッチの縛ってないほうの腕をおれの前に引っぱり出した。下でやたらに動くのでバランスをとらなければならず、まるでロデオだ。ハンティングナイフを握り、ラヴィッチの手を広げて床に押しつける。ラヴィッチはますます暴れ、ロデオどころか小舟に乗って百キロの魚を釣り上げようとしているみたいになった。

まず小指を切り落とす。第二指節をざっくりと。普通なら骨がきれいに離れるように慎重に切るのだが、ラヴィッチにそんな配慮はいらない。おれの主義には合わないが、今日はただ切り落とせばいいことにする。

おれは頭のなかで十五分以内にこいつは吐くなと思いはじめていた。口では「どうなんだ、答えろ」と言いつづけたが、実は言葉は無駄だとわかっていた。こいつが今すぐ答えないのは十分集中できていないからで、布団と、その上のおれと、足首と、膝のせいで、フランス語を話すどころじゃないからだ。

だからあとはひたすら仕事を続ける。次は人差し指。そして暴れ馬を乗りこなしながら、また病院のことを考えた。

おれの勘に狂いがなければ、あと少しでこいつは最悪の知らせを口にする。

そうなったらまたあの女を使うことになる。ほかに手はないし、あの女も協力せざるをえないだろう……と願いたい。女自身のためにも。

十七時

「ヴェルーヴェン?」

〝警部〟とさえ呼ばない。ミシャールはかなりご立腹とみえて前置きも社交辞令もなかった。しかも言うべきことが多すぎてどこから始めたらいいかわからないようで、結局いつものセリフになった。

「あとで報告書を出してもらいますけどね……」

想像力のない人間はえてして形式にこだわる。

「判事には〝狙いを定めて網を打つ〟と言い、わたしには〝ターゲットは三人〟とかなんとか調子のいいことを言って、蓋を開けてみたら五つの区をしらみつぶしにしてるじゃありませんか。馬鹿にしてるの？」

カミーユは反論しようと口を開いたが、それが見えているかのようにミシャールが先に言った。

「とにかく今すぐ中止しなさい。こんなことは時間の無駄よ」

やられたとカミーユは目を閉じた。全力疾走で一気に駆け抜けるつもりだったが、ゴール一歩手前で追いつかれた。

横にいたルイが口を引き結んで宙を見上げた。ルイにもわかったのだ。カミーユはここまでだと指で合図してから全員引き揚げさせろと手を振り、ルイはすぐ携帯に番号を打ち込んだ。そばにいた連中も二人の様子を見て状況を察し、うなだれた。内心はがっかりが半分、ほっとしたが半分だろう。あとで上から小言を食らうだろうが、けっこう面白かったからいいやという顔だ。何人かは自分の車に戻りながら、おれは味方だというサインを送ってきて、カミーユもなんとなく運命論者を気取ったしぐさを返した。

ミシャールはそこで少し間をとったが、その沈黙はひどく思わせぶりで、油断のならないものに思えた。

アンヌがまた鏡をのぞき込んでいたら看護師が入ってきた。ベテランのほう、フロランスだ。ベテランといってもアンヌより若く、四十にはなっていないだろう。でも老けてみえる。十歳若く見せようとしてかえって損している。

「だいじょうぶですか？」

鏡のなかで二人の目が合った。フロランスはベッドの端に下げられたクリップボードに時間を記入してから、にっこり微笑んだ。こんな微笑みはわたしには二度とできないだろうとアンヌは思った。

「順調ですか？」

ひどい質問だ。アンヌは誰とも話したくなかったし、特にこの看護師は苦手だった。さっきはあの若いほうの看護師にうまく丸め込まれてしまったけれど、なんとしてもここを出ていくべきだった。ここは危険なのだから。でも、そうは思いながらもなかなか決心がつかない。出ていくべき理由と同じくらい、残るべき理由もある。

それにカミーユがいる。

カミーユのことを考えると体が震えてしまう。彼は一人で、無力だ。きっとうまくいかないだろう。たとえうまくいったとしても、そのときはもう遅いだろう。

ジャンビエ通り四十五番地、ミシャールは自分もすぐに向かうと言った。十三区だ。カミーユは十五分以内に行きますと答えた。

つまり、ある意味では、カミーユの派手な作戦は成果を上げたのだが、それがいい結果ではなかったところが問題だった。パリのセルビア人たちは目立たないように、波風立てないように生きている。それはここで成功するため、暮らしていくため、あるいは最低限生き延びるためにどうしても必要なことなので、彼らはその平穏を取り戻そうと、総出でラヴィッチを追い立てた。となれば警察が探すまでもない。匿名の電話がジャンビエ通り四十五番地と知らせてきた。カミーユは生きているラヴィッチをつかまえるつもりだったが、そうはいかなかった。

警察が駆けつけたとき、すでに建物はほとんど空だった。住人はパトカーのサイレンに気づいていち早く逃げていた。これでは目撃証言を集めようにも訊く相手がいない。子供たちだけ残されていたが、住人がそれで困ることはなく、むしろ戻ってきたときになにがあったか子供から聞けるから便利なのだろう。仕方がないので、子供たちを現場に近づけないように、警官が建物の外に集めて相手をしていた。全員興奮状態ではしゃいでいて、笑ったり口げんかしたりしている。学校に行っていない彼らにとっては、殺人事件も学校の休み時間のようなものだ。

現場のアパルトマンの戸口に、ミシャールがミサのように両手を組んで立っていた。鑑識チームが到着するまで、ヴェルーヴェン以外は誰も入れまいとして見張っていたようだが、今回の場合、その用心に大した意味はない。ここには大勢の出入りがあったはずで、少なく見積もっても五十人分くらいの指紋、毛髪、体液が採取されるだろう。鑑識作業を怠ることはないとしても、それはほぼマニュアル遵守のためでしかない。

カミーユに気づいてもミシャールは振り向きもせず、黙ったままゆっくり部屋に入った。一歩一歩慎重に、用心して歩いていく。カミーユもそのあとに続いた。二人はそれぞれ自分で分析し、見つけた事実を頭にメモしていく。女が先に殺された。女は売春婦で、麻薬中毒患者。ぷいとそっぽを向いたように、壁のほうを見てうつぶせになっているところをみると、ラヴィッチの死体を慎み深く覆っている掛け布団は女の下にあったものだ。それを乱暴に引き抜いたので、女は壁のほうに投げ出された。ここにあるのがこの青白い女の死体だけなら、警官にとっては見慣れた光景で、大して言うべきこともない。このあたりの売春婦の多くが似たような状況で死んでいく。ヘロインの大量摂取か、あるいは殺されるかだ。だがそこにもう一つ死体があるとなると、話は違ってくる。

ミシャールはなおも慎重に、床に広がる血溜まりを迂回して歩いていく。男の足首は骨が砕けていて、かろうじて皮膚の断片で脚とつながっているにすぎない。たたき切られたのだろうか？　カミーユは眼鏡をかけてしゃがみ込み、周囲の床を見ていった。すると少し離れたところに弾痕があった。足首に戻ってもう一度よく観察する。骨に刃物の跡がある。ナイフか短刀。さらに低く身をかがめ、敵の接近を耳で聴きとるアメリカ先住民のような恰好で床を調べた。すると、あった、短刀の先が床に突き刺さった跡がはっきり残っている。カミーユは立ち上がり、頭のなかで状況を再現した。やられたのはまず足首、それから指。

ミシャールが指の本数を数えている。転がっているのはちょうど五本、片手分だ。だが位置はばらばらで、こっちに人差し指、あっちに中指、少し離れたところに親指、どれも第二指節で切られている。指を切りとられた手は血を失って白くなり、死体に巻きつけられた掛け布団からだらりと伸びている。掛け布団には黒ずんだ血の染みができていて、ミシャールが持っていたボールペンの先でその端をそっと持ち上げると、ラヴィッチの顔が現れた。どれほど苦しんだかを雄弁に物語る顔だった。

そしてとどめは、うなじに一発。

「それで？」とミシャールが訊いた。

いい知らせを待つようなはずんだ声だ。

「おそらく犯人は……」とカミーユは言いかけたが、そこまでだった。

「前置きはけっこう。そんなことは言われなくてもわかります！　わたしが訊きたいのは、警部、あなたがいったいなにをしているのかです！」


カミーユはなにをしてるのかしら、とアンヌは思った。

看護師は二言三言交わしただけで出ていった。アンヌはむしゃくしゃしてひどい言葉をぶつけてしまったが、それに気づかないふりをしてくれた。そういうところがベテランだ。

「なにか必要なものはありませんか？」

いいえ、なにも、と首を振ったときには、アンヌはもうほかのことを考えていた。鏡を見るたびに落ち込むのに、それでも見ずにはいられない。というよりじっとしていられない。ベッドに戻って横になっても、すぐまた起きてしまう。レントゲンの結果もＭＲＩの結果もわかったのだから、もうここにいる必要はない。この場所は不安を誘うし、気力も奪ってしまう。

やはり逃げよう。今度こそ迷わずに。

アンヌは力がわいてくるのを感じた。だがそれは少女が恥ずかしくてとっさに逃げたり隠れたりするのに使う力に似ていた。そう、アンヌは恥ずかしかった。レイプの被害者の気持ちと少し似ているかもしれない。こうなってしまったことが恥ずかしい。そしてそれは、たった今鏡で見たもののことでもあった。

カミーユはなにをしてるのかしら。

ミシャールは入るときに踏んだところをミリ単位の正確さでたどりながら、後ろ向きにアパルトマンを出ていった。するとバレエの舞台のように、入れ替わりに鑑識の技術者たちが入ってきた。ミシャールは腰幅のせいでカニ歩きになって狭い廊下の端まで行き、踊り場で足を止めた。そしてカミーユのほうを振り返って腕を組み、思わせぶりに微笑んだ。さあ、話してもらいましょうか。

「一月の連続四件の強盗はヴァンサン・アフネルのグループによる犯行で、ドゥシャン・ラヴィッチもメンバーでした」

カミーユは親指でアパルトマンのほうを指した。すでに作業が始まり、鑑識用の照明で明るく照らされている。ミシャールはうなずいた。そんなことはわかってるからさっさと先を続けて。

「このグループが昨日また現れ、パサージュ・モニエで宝石店を襲いました。ほぼ作戦通りでしたが一つ問題が生じました。それがアンヌ・フォレスティエです。彼女は犯人の顔を見たのですが、それ以外にもなにかを見たと思われます。それがなにかまだわかっていませんが、とにかくなにかがあった。これについては状態を見ながら聴取を続けています。いずれにせよ、それはアフネルに何度も命を狙われるほど重要なことです。アフネルは病院にやってきてまで……」そこでカミーユは手を上げて制した。「わかっています。確たる証拠はありませんが、それでも来たことは来たんです！」

「判事は実況見分を要求したの？」

いや、それどころかカミーユはその後判事になにも報告していない。今となっては報告すべきことが多すぎて、タイミングを計るのが難しい。

「まだです」と慌てずに言った。「ですが事件の展開からして、目撃者が証言できるようになり次第……」

「それでここは？　アフネルがラヴィッチの取り分を巻き上げに来たということ？」

「まずはなにかを聞き出すためでしょう。取り分という可能性もありますが……」

「この事件は問題だらけですよ。でもね、警部、はっきり言っていちばん問題なのはあなたの態度です」

カミーユは無理に微笑もうとした。いや、もうなんでもするつもりだった。

「少し熱を入れすぎたかもしれませんが……」

「熱を入れすぎた？　あなたはすべての規則を無視し、狙いを絞った手入れだと言いながら、市内の半分近くを大混乱に巻き込んで、しかも誰の意見も聞こうとしなかった」ここで例によって間を置いて効果を高める。「明らかに判事が許可した範囲を超えています」

こうなることはわかっていたが、思ったよりも早かった。

「しかも直属の上司も無視して……」とミシャールは続けた。「いまだに報告書の最初の数行さえ受けとっていませんよ。一匹狼を気取っているようだけど、自分を何様だと思ってるの？」

「わたしは仕事をしているだけです」

「仕事？」

た。

「《市民を保護し、市民に奉仕する》ですよ。保護しようとしてるんです！」

喉元に食らいついてやりたくなり、慌てて三歩下がった。そして怒りをのみ込んでから続けた。

「部長はこの事件を過小評価しています。これは単に女性が強盗事件に巻き込まれたという事件じゃない。一味は累積犯で一月には人も殺しています。首謀者のヴァンサン・アフネルは凶悪で、使っているセルビア人たちも荒っぽいことでは引けをとりません。そしてアフネルは、理由はまだわかりませんが、目撃者の命を狙っている。あなたが耳を貸そうが貸すまいが、わたしはアフネルが銃を持って病院に侵入したと確信しています。もし彼女が撃たれたら、誰かがそのわけを説明しなきゃなりませんよ。まず最初に問われるのはあなただ！」

「つまり、その女性が捜査上計り知れないほど重要な存在なので、証明もできないリスクとやらを回避するために、パリで暮らすベオグラードからサラエボまでの地域の出身者を全部検挙したと、そう言いたいの？」

「サラエボはボスニアです。セルビアじゃない」

「なんですって？」

カミーユは目を閉じ、一歩譲った。

「確かに進め方に問題がありました。報告書も……」

「警部、もうそういう問題じゃありません」

頭のなかの警報機が点滅しはじめ、カミーユは眉をひそめた。相手がその気になればなにができるか、カミーユはよくわかっている。ミシャールはラヴィッチの死体が横たわるアパルトマンのほうに目をやった。

「あなたのどたばた作戦でラヴィッチは森から追い立てられた。つまり、あなたは殺人犯の仕事をやりやすくしたんです」

「それは飛躍しすぎでしょう」

「明らかな問題もあります。少なくとも、あなたのしたことにはちゃんと名前があります。上司の承諾もなく、予審判事の許可範囲からも逸脱したあなたの作戦は、特定の外国人だけを狙った一斉手入れでしたからね。それをなんと呼ぶか知らないとは言わせませんよ」

こういう論法は予期していなかった。カミーユは意表をつかれて青ざめた。

「人種選別捜査です」

カミーユはまた目を閉じた。最悪の展開だ。


カミーユはなにをしてるのかしら？

アンヌはトレーに並べられた食事に手をつけなかった。マルティニック生まれの女性スタッフがそのまま下げていったが、その前にこう言った。食べなきゃだめだよ、あんた。痩せちまうよ。食べ物を粗末にするなんてさ……。アンヌはまた急に腹が立ち、誰でもいいからどなりつけたくなった。

ついさっきもフロランスが「よくなりますよ。だんだんわかってきますから」と言ってくれたのに、「とっくにわかってます！」と言い返してしまった。

励まそうとして言ってくれたのに、助けになろうとしてくれているのに、その善意をこんなふうにくじくなんていいことではない。しかも、落ち着こうと深呼吸したのにどうにもならず、最後はこんな言葉までぶつけてしまった。

「あなた暴力を振るわれたことあるの？　銃で殴られたり、足で蹴られたりして殺されそうになったことは？　何度も銃口を向けられたことは？　ねえ、教えてよ。そしたらほんとに助けになるんだけど……」

フロランスが出ていこうとしたとき、アンヌはその背中に向かって泣きながらごめんなさいと言い、フロランスはいいんですよと手を振った。

この人たちにはすべてを打ち明けてしまいそうになる。

「あなたは情報屋を知っているからこの事件を担当したいと言ったけれど、いまだになんの情報もないようね。そもそもどうやってこの事件のことを知ったんです？」

「ゲランから聞いて」

とっさに口から出た。真っ先に浮かんだ同僚の名前だ。いや、一瞬考えたがいい答えが浮かばなかったので、こうなったら神の手にゆだねるしかないと思ったのだが、神はホメオパシーと同じで信じていないと効果がなく……。それにしてもゲランとは。これで行き詰まりだ。ミシャールはすぐゲランに確認するだろうし、ゲランは助けてくれないだろう、リスクが高すぎる。ミシャールは小首をかしげている。

「それでゲランは？　彼はなぜ知っていたんです？　というより、彼はなぜそれをあなたに話したの？」

話の先が見えてきているのに逃げようがない。金もないのに競《せ》り上げるしかないオークションのようなもので、それはこの事件の最初からそうだった。

「つまりこういうことです……」

と言ったものの もうなにも出てこない。ミシャールは今やこの事件に興味津々《しんしん》だ。ということは、はずされるかもしれない。いやもっとまずいことになるかもしれない。検事局に知らせますよとか、監察官の取り調べを受けてもらいますよといった言葉がミシャールの口から出るのも遠いことではないだろう。

そのとき一瞬、カミーユの目の前に、つまりミシャールの顔の手前に、切り落とされた五本の指の映像が浮かんだ。しかもそれはラヴィッチではなく、アンヌの指だとカミーユにははっきりわかった。そうだ、殺し屋はまたアンヌを狙う！

ミシャールは巨大な尻を踊り場に突き出してカミーユの答えを待っている。

カミーユはミシャールと同じことを考えた。ラヴィッチが昨日の仕事のあとで逃げ、それをアフネルが探していたとすれば、自分がその手助けをした可能性は否定できない、だが急ぐにはこうするしかなかった。アフネルはパサージュ・モニエ事件の仲間と目撃者を消そうとしている。ラヴィッチ、アンヌ、そしておそらく最後の一人、運転手も。

いずれにしてもアフネルがすべての鍵を握っている。アフネルがこの事件全体を動かしている。

監察官も部長も予審判事も後回しだ。自分にとっての至上命令は、アンヌを守ること。

カミーユはかつて運転教習所で習ったことを思い出した。カーブを切りそこなったときの対処法はブレーキかアクセルの二つしかないが、実はブレーキを踏むのはまずいやり方で、だいたい道路脇に突っ込むことになる。矛盾するようだが、アクセルを吹かすほうが効果があり、その意味では自己保存本能に抗《あらが》わなければならない。

だからアクセルを吹かすことにした。

このカーブを切り抜けるにはそれしかない。もちろん崖から飛び降りたいやつもアクセルを吹かすわけだが、それはあえて考えないことにする。

そして今アクセルを吹かすとしたらその方法は……これまた選択肢が多いわけではない。

十八時

見るたびに思うのだが、ムールード・ファラヴィという男はおよそその名に似つかわしくない。名前にはモロッコの家系の名残があるが、身体的特徴のほうは三世代にわたる意外な結婚、偶然の出会い、民族の混交を経てすっかり薄まってしまっている。いうなればこの男の顔は歴史の縮図だ。金髪に近い薄茶の髪に、長い鼻。四角い顎には傷が走っていて、さぞかし痛かっただろうが、そのせいでかなりのワルに見える。そして冷ややかな青緑の目。年は三十と四十のあいだといったところだろうが、見た目ではよくわからない。手元の資料を見ると、かなり若いときから犯罪に手を染めていたようで、まだ三十七歳だった。

ファラヴィは静かに、やや投げやりな足どりで入ってきた。動作に無駄がなく、口も必要がないかぎり開くつもりがないようだ。カミーユのほうをじっと見たまま正面に座り、その目は相手がピストルを抜くことを想定して緊張している。この男は用心深い。だがその用心が十分だったとは言えないようで、現に今、彼は自宅でくつろいでいるわけではなく、中央刑務所の面会室にいる。求刑は二十年だったが判決は十年になり、七年で仮釈放の可能性があり、今は二年経ったところだ。横柄な態度にもかかわらず、カミーユはファラヴィがかなり参っていると感じた。ここの時間の流れがあまりにも遅いからだろう。

突然刑事が訪ねてきたことでファラヴィの警戒レベルはかなり上がっているようで、椅子の上でまっすぐ背筋を伸ばし、腕を組んだ。二人はまだひと言も交わしていないが、すでに腹の探り合いは始まっていて、無言のメッセージが数えきれないほど飛び交っている。

カミーユ・ヴェルーヴェンが訪ねてきたこと自体がすでに複雑なメッセージなのだ。刑務所のなかではどんな情報もあっという間に広まる。誰かが面会室に入っただけで、その知らせが所内を駆けめぐる。犯罪捜査部の刑事がけちなぽん引きにいったいなんの用だ？　そういう疑問さえ植えつければいいので、面会の内容はどうでもいい。それだけで刑務所は巨大なピンボールとなり、次から次へと噂や仮説が転がり出てきてあちこち飛びまわる。仮説は一人一人の利害関係と刑務所内の力関係に応じて生み出されるので、道理にかなったものから馬鹿げたものまでさまざまだが、それらが錯綜しながらクモの巣のように張り巡らされていく。カミーユがここに来た目的はそれだ。だから面会室に座り、両手を前で組み、ただファラヴィを見ている。それだけでいい。指一本動かす必要はない。

だがこの沈黙は重苦しい。

ファラヴィも黙ったままじっと座っている。カミーユも動かない。

カミーユは部長に訊かれてファラヴィの名を最初に口にしたときのことを思い返していた。あのときは偶然思い浮かんだと思っていたが、今はそうではないとわかっている。あのときすでに、自分の無意識はファラヴィを使ってなにができるのか理解していた。そしてそれはヴァンサン・アフネルへの最短の道だった。

だが自分で選んだこの道を抜けて行くのはカミーユにとってひどくつらいことなので、考えるだけで不安がこみ上げてくる。ファラヴィにじっと見つめられていなければ、立ち上がって窓を開けにいきたいくらい息が苦しい。すでにこの刑務所に入るだけで、カミーユの神経はかなり参っていた。

深呼吸だ。ゆっくり息を吸う。しかももう一度ここに来なければならないと思うと……。

カミーユは自分で「玉突き作戦」と名づけたものについてもう一度考えた。脳が勝手に動いてミシャールにそう言ったが、本当のところを理解するのはいつもあとになる。そして今、はっきり理解した。

時計が秒を刻み、分を刻む。閉じられた空間のなかで、無言のメッセージが振動となって空気を震わせる。

その振動を感じながら、ファラヴィのほうは必死で考えていた。最初は先にしゃべったほうが負けの黙り比べかと思った。声を出さない腕相撲みたいなもので、警察がよく使う手だ。だがそれはおかしいと気づいた。ヴェルーヴェンが評判通りの腕利きなら、そんなくだらないことをするはずがない。ということはほかになにかある……。

カミーユは相手が視線を下げたのを見て、そろそろだなと思った。今こいつの頭脳は高速で回転している。頭のいいやつだから、そろそろ考えうる唯一の結論にたどりつき、立ち上がろうとし……。

カミーユは先手を打ち、ファラヴィのほうを見ずにちっ、と舌打ちした。これでファラヴィは自分になにが有利かを敏感に嗅ぎとり、ゲームを続けるだろう。そしてまた時が流れる。

そのまま十分。十五分。二十分。

ここでようやくサインを出す。カミーユは組んでいた手をほぐした。

「いや、退屈したわけじゃないんだが……」

と言ってカミーユは立ち上がった。ファラヴィは座ったままだ。だが口元にかすかな笑いを浮かべ、椅子の背にだらりともたれかかる。

「郵便配達しろってこと？」

カミーユはもうドアの前にいて、掌でたたいて看守を呼んでから振り向いた。

「まあそんなところだ」

「で、駄賃は？」

カミーユは憤慨した顔をする。

「おい……国の正義のためだぞ。それ以上なにがいるんだ！」

ドアが開いて、看守がカミーユを通すために一歩下がった。カミーユは戸口でもう一度振り返る。

「ところでムールード、おまえをたれこんだやつだが、ええ、なんて名だっけな……。ちくしょう、喉まで出かかってんだが……」

ファラヴィは誰が自分をはめたのか知らない、あらゆる手を尽くして答えを探しているようだが、まだつかんでいない。その名を知るためなら四年くらい刑期が延びてもいいとさえ思っていて、そのことを誰もが知っている。だが見つけたらどうするつもりかについては、誰も本当のところを想像できない。

ファラヴィはにやりと笑い、わかったとうなずいた。

これはカミーユからある人物への最初のメッセージだ。

ファラヴィに会ったということは、おれは殺し屋を雇ったという意味になる。

密告者の名を知るためならファラヴィはなんでもやる。

つまり、密告者の名と引き換えに、おれはこいつを使っておまえの息の根を止めることができるという意味になる。おまえが気づく間もなく、こいつは背後に忍び寄るだろう。

だから今このときから、残り時間を数えたほうがいい。

十九時半

犯罪捜査部は今回の大がかりな手入れとカミーユの噂でもちきりだった。〝人種選別捜査〟に参加したメンバー以外はこれといって心配することもないはずだが、それでも部長がヴェルーヴェンを追い落としにかかっているらしいと熱心に話し込んでいる。ひどい話だな。いったいカミーユがなにしたって？　――だが誰もなにも知らない。ルイでさえ知らないようで、なにも言わない。だからますます噂は広まる。あんなベテランがと驚く同僚もいれば、よほどのことをしでかしたんだろうと顔をしかめる同僚もいる。いずれにせよ、部長が頭から湯気を立てていることは皆知っている。予審判事は関係者を招集しようとしてるらしいし、ル・グエンも午後から不機嫌で誰も近寄れないらしい。

ところが同僚たちが驚いたことに、オフィスをのぞいてみたらヴェルーヴェンが聖職者みたいに静かにパソコンに向かっていた。なにごともなかったかのように。あるいは今回の事件が個人的な出来事でもあるかのように。どういうことだ？　さあな、おれにもわからない。でも妙だよな。——だが同僚たちも忙しい身で、すぐ仕事に呼び戻される。階下でなにか騒ぎが起きているし、廊下でも声が上がる。刑事に長話の暇はない。

カミーユは今度こそ報告書を書き上げるつもりだった。とんでもない墓穴を掘ってしまったが、その穴を少しでも小さくする努力を続けなければならない。必要なのはあと少しの時間だ。作戦がうまくいけば、もうじきアフネルが見つかる。あと一日か、せいぜい二日。

カミーユにとってはそれが報告書の目的だった。二日稼ぐこと。

アフネルの居場所がわかって逮捕できれば、すべてはっきりする。この事件を取り巻くうっとうしい霧が晴れる。そうしたらあとは弁明し、謝罪するのみ。書留郵便で呼び出され、おそらく停職処分になるだろう。定年まで昇進は望めなくなり、場合によっては異動を願い出るように促される、あるいは命じられるかもしれないが、それでもいい。アフネルをつかまえてアンヌの安全が確保できるなら、あとはどうでもよかった。

さて、どう書いたものかと頭をひねっていると（それでなくても報告書が苦手なうえに、今回は〝掘った穴を埋める〟という離れ業をやってのけなければならない）、ふと今日の午後早くにごみ箱に捨てたデッサンのことを思い出した。立ち上がってごみ箱を漁ると、ヴァンサン・アフネルの顔が出てきた。その横には病院のベッドで寝ているアンヌの顔もある。くしゃくしゃの紙を机に載せ、片手で伸ばしながら、もう片方の手でゲランに電話し、メッセージを残した。もう三回目だ。ゲランがすぐにかけてこないのは話をしたくないからだろう。逆に話をしたがっているのがル・グエンで、数時間前から何度もかけてきていたが、カミーユは出なかった。立て続けに四つのメッセージが残され、どれも「おまえなにやってんだ！　電話寄こせ！」という調子で、おろおろしている。それも当然だろう。

ようやく数行書いたと思ったら、また携帯が震えた。ル・グエンだ。今回は出ることにしてボタンを押し、どなり声を覚悟して目をつぶった。

ところが聞こえてきたのは小声で、しかも落ち着いていた。

「カミーユ、ちょっと話をしたほうがよくないか？」

カミーユには〝ああ〟と言うことも〝いや〟と言うこともできる。ル・グエンは親友だ。これまでいくつものピンチを一緒にくぐり抜けてきた仲間であり、カミーユに残された唯一の親友であり、今回はまり込んだ沼からカミーユを引っぱり出せるただ一人の男でもある。だがカミーユはなにも言わなかった。

助かるか助からないかの瀬戸際にいるのに、黙っていた。

いや、急に自虐的になったわけでも自暴自棄になったわけでもない。それどころか頭はすっきり冴えわたっている。メモの余白にアンヌの顔をさっと描いた。イレーヌのときも同じことをしたなと思い出す。一秒でもあると手が勝手に動くのだから、ほかの連中が爪をかむのと同じことだ。

ル・グエンは辛抱強く、とっておきの熱弁で語りかけてきた。

「おまえはな、今日の午後なにもかもめちゃくちゃにしたんだぞ。国際テロリストでも追ってるのかとほうぼうから電話がかかってきたし、とんでもない騒ぎだった。情報屋はだまし討ちにあったとわめいてる。つまりな、あいつらを苦労して手なずけてきた同僚全員を、おまえは裏切ったんだ。みんなの一年分の仕事をたった二時間で台無しにしたわけだ。しかもあのセルビア人、ラヴィッチの死体が出てきたから、ますますこんがらがって、管理職連中がわめいてるってわけだ。だからな、いい加減教えてくれ。なにがあったのか正確なところを打ち明けてくれ」

だがこちらが答えないので会話にならない。カミーユはスケッチを見ながら考えていた。ほかの誰でもおかしくなかったのに、アンヌだった。自分との出会いにしても、パサージュ・モニエの事件にしてもそうだ。なぜよりによって彼女で、ほかの女性ではなかったのか。偶然とは摩訶《まか》不思議なものだ。そしてまたスケッチに戻り、鉛筆でアンヌの唇の形をなぞる。それだけで唇の感触を思い出すことさえできそうだ。それから顎の輪郭に線を加えて強調し、うまく描けたと思った。

「カミーユ、聞いてるのか？」

「ああ、ジャン、聞いてる」

「おまえを救い出すのはもう無理かもしれん。わかってるか？　判事をなだめるだけでも大仕事だ。あいつは頭が切れるし、だからこそ馬鹿扱いしちゃいかんのだ。案の定、一時間ほど前に幹部のご来訪もあったぞ。それでも被害を最小限に食い止めることはできると思う」

カミーユは鉛筆を置き、おやと思った。少し角度を変えて見たら、アンヌの顔を修正したつもりが台無しにしてしまっていた。いつもこうだ。やはり一気に描かなければうまくいかない。手を加えようとすると必ず失敗する。

そのとき唐突に、今まで考えもしなかった問いが浮かんだ。というより、今まで考えもしなかったことに驚いてしまうような問い、つまり、おれは結局のところどうしたいんだ？　というアンヌを助けるために泥沼にはまったと自分でも思っているが、本当にそれだけなのか？　という問いだ。そして耳が不自由な者同士の会話が時にそうなるように、互いを聞くことができず、聞こうともしていないのに、驚くべきことに二人は同時に同じ問いにたどりついていた。

「個人的な問題なのか？」とル・グエンが訊いた。「おまえ、その女性を知ってるんだな？個人的に」

「いや違う。いったいなにを言いだすんだか……」

苦しい沈黙が流れた。ル・グエンがため息をついて言った。

「問題が大きくなれば、なにもかも掘り返されるぞ」

不意に、自分を突き動かしているのは恋愛感情だけではないと悟った。もっと違うものだ。自分が入り込んだ道は暗くて曲がりくねっていて、どこに通じているのかわからない。だが少なくとも、アンヌへの愛情に目がくらんでこの道に固執しているのではない。もっと別のものが背中を押し、なにがなんでもこの道を行けと言っている。

突き詰めてみれば、自分は今、これまでの犯罪捜査でやってきたのと同じことを人生でやろうとしている。つまり、なぜこうなったのかを知るために、とことん最後まで突き進むことだ。

「今すぐ打ち明けてくれ」とル・グエンが続けた。「急がないと、ミシャールが検事局に話を持ち上げるぞ。そうなったら内務調査は避けられないし……」

「なんの理由で？　内務調査って？」

ル・グエンはまたため息をついた。

「もういい。勝手にしろ」

二十時十五分

カミーユは病室のドアをそっとノックした。返事がないので眠っているのかと思ったが、開けてみたらアンヌはベッドの上で天井を見上げていた。カミーユはベッドわきの椅子に座った。どちらもなにも言わない。カミーユが手を取り、アンヌは抵抗しなかったが、その顔にはあきらめと放棄の表情が浮かんでいた。だが数分すると、ぽつりと言った。

「ここを出たい」

そして肘をついてゆっくり起き上がった。

「手術はしないんだから、早く退院できるさ」とカミーユは言った。「あと一日か二日の辛抱だ」

「違うのよ、カミーユ」アンヌはゆっくり言った。「すぐに出たいの、今すぐ」

カミーユは眉をひそめた。するとアンヌは首を左右に振ってまた言った。

「今すぐ」

「夜間に退院なんて無理だぞ。それに医師の許可がいるし、処方箋と……」

「違うの！　ここから出たいのよ、カミーユ、ちゃんと聞いてる？」

かなり神経が高ぶっているようだ。カミーユは立ち上がってアンヌをなだめようとした。だがそれより早くアンヌがベッドから足を下ろして立った。

「ここにいたくないの。誰も閉じ込めたりできないはずよ！」

「いや誰も閉じ込めてるわけじゃ……」

だが急に立ち上がったのでアンヌはめまいを起こした。カミーユが支えてまたベッドに座らせると、アンヌはうつむいたが、あきらめたわけではなかった。

「わたしにはあの男がここに来たってわかるの。わたしを殺したいのよ。じっとしてるような男じゃないわ。わたしにはわかる、感じるのよ」

「それは考えすぎだ。きみはなにも知らないし、感じてもいないんだよ」

だがいくら言ってきかせても無駄だとカミーユは思った。アンヌを突き動かしているのは恐怖だから、理屈や命令ではどうにもならない。そう思っているあいだにアンヌは震えだした。

「警護の警官がいるから誰も入ってこれないし……」

「やめてよ！　あの人、しょっちゅうトイレに行ってるし、そうでなきゃ携帯でゲームやってるのよ！　わたしが部屋を出ても、気づきもしなかった」

「じゃあ人を替えてもらおう。それに夜は……」

「夜は、なに?」

アンヌは鼻をかもうとしたが、ひどく痛むようでかめなかった。

「きみも知ってるだろう? 夜になるとなんでも怖くなるんだ。でもおれが必ず……」

「あなたにはどうにもできないわ。だから……」

それは二人のあいだに斧を振り下ろすような、言ったほうも言われたほうも傷つける言葉だった。カミーユにはこれではっきりした。自分が守ってやれないから、だからアンヌは出ていきたいと言っている。すべては自分のせいだ。アンヌは怒りに任せてティッシュを床に投げ捨てた。カミーユはなんとか落ち着かせようとしたが、アンヌはそれを押しのけ、ほっといて、一人でなんとかするからと言った。

「一人でなんとかするって、どういう意味だ?」

「いいからほっといて。もうあなたの助けはいらないから」

だがそう言うなりまたベッドに倒れ込んだ。立とうとしただけで疲れてしまったらしい。カミーユは上掛けをかけてやった。

「ほっといて」

カミーユはそっとしておこうと思い、椅子に戻った。それでも手を取ったが、その手は冷たく、なんの反応もなかった。アンヌはカミーユをあざけるように、大の字に倒れたまま動かない。

「もう帰っていいわよ」

こちらを見ようともしない。顔は窓のほうを向いていた。

三日目

七時十五分

二日前からあまり寝ていない。カミーユはコーヒーをいれたマグカップで両手を温めながら、アトリエの大きなガラス窓越しに森をながめた。モンフォールのこのアトリエで、母は長い年月、それこそ死の間際まで絵を描いていた。その後ここは空き家となり、やがて雨風と不法入居者が荒らすままとなったが、カミーユはそれを放置していた。それでも、理由はわからないが、どうしても売る気になれなかった。

イレーヌの死後数年経ってから、母との長年の葛藤にけりをつけるために母のものはすべて処分しよう、作品の一枚も残すまいと決めたが、そのときでさえアトリエだけは手放さなかった。カミーユの身長が百四十五センチしかないのは母がニコチン依存症だったせいで、葛藤とはそのことだ。

今、母の作品の一部は外国の美術館に展示されている。作品を売って手にした金は全部使ってしまうつもりだった。だがぐずぐずしてほとんどなにもしておらず、唯一したことがこのアトリエの改築だった。イレーヌの死からどうにか立ち直り、社会生活もほぼ元に戻ったときに、クラマールの森のはずれにあるこのアトリエを一部改築し、全面的に改装した。ここはかつてこの近くにあった大邸宅の管理人小屋だった建物で、カミーユが子供のころは人里離れた辺鄙な場所だったが、今では三百メートル手前まで住宅が迫っている。その三百メートルがいわば森のへりで、そこを小道が一本、アトリエまで続いている。ここが行き止まりだ。

カミーユはなにもかも新しくした。歩くたびにがたついていた床石を敷き直し、バスルームの設備を整え、中二階をつけて寝室にし、下の階は全体を広いリビングにして、その端にキッチンカウンターを配した。壁一面を覆う大きなガラス窓からは森を一望できる。

子供のころカミーユはよくここへ来て母が絵を描くのを見ていたが、そのころと変わらず、今でも森が怖い。だがそれは懐かしさと心地よさと悲しみが入り混じった恐怖、いわば大人の恐怖に変わっている。カミーユが唯一昔のままにしようとこだわったのは、リビングの中央に据えられた、鈍く輝く鋳鉄製の巨大な薪ストーブだ。母が使っていたものはここが空き家だったあいだに盗まれてしまい、今あるのは新しいものだが、それでも懐かしい。

薪ストーブは調節が難しく、下手をすると熱がすべて天井に逃げてしまい、中二階はうだるように暑いのに、階下では足がかじかむことになる。だが手がかかるからこそ、使いこなすのに細心の注意と経験が必要だからこそ、この素朴な暖房がいいとカミーユは思う。今では寝る前に薪を補充して朝方まで火をもたせるこつも心得ている。真冬になると朝はかなり冷え込むが、そこを我慢して震えながら薪をくべて火を熾《おこ》すというのも、冬ならではの儀式だと思えば苦にならない。

屋根もやり直したが、ガラス張りの部分を前より広げたのでいつも空が見えている。目を上げると雲が自分に覆いかぶさってくるように見えるし、雨はまさに自分のほうに落ちてくる。

雪のときは不安になるほどだ。採光は大きな窓だけで十分なので、このガラス屋根に実用価値はない。実用主義者のル・グエンを招いたとき、なぜガラス屋根なのかと真っ先に訊かれ、カミーユはこう答えた。

「いけないか？　背丈はプードル並みでも、星に手を伸ばしたいのさ」

改築して以来、カミーユは時間ができるとここへ来ている。休暇も、週末も。だが人を招くことはあまりないし、そもそも招く相手がいない。ルイとル・グエンが来て、アルマンも来たが、そこまでだ。秘密の場所にすると決めたわけではないが、結果的にはそれに近く、もっぱらひとりで記憶を頼りにデッサンする場所になっている。

リビングのそこかしこに積み上げられたスケッチブックは人物像で埋め尽くされている。逮捕した加害者、殺された被害者、事件を担当した予審判事、一緒に組んだ同僚など、これまで仕事で出会った人々がすべてここに描かれている。特に多いのが事情聴取した相手、つまりその場かぎりで通り過ぎていく人々で、ショックで呆然とする目撃者や、事件で人生を狂わされた女、泣き崩れる娘、危うく死にかけて震えている男など、ほぼ全員がここにいる。二千枚、いや三千枚はありそうな他に類のない肖像画の巨大コレクションで、そのテーマは犯罪捜査部の一刑事の日常、描いたのはカミーユのなかに眠る画家、あるいはカミーユがなっていたかもしれない画家、といったところだろうか。恐ろしいほど的確に対象をとらえるという点で、カミーユの才能は群を抜いている。時には「デッサンのほうがおれより賢いんだ」と豪語することもあるが、あながち嘘とは言いきれないし、写真のほうが嘘っぽく見えることさえある。たとえばアンヌとピカソ美術館に行ったとき、彼女があまりにも美しかったので、動かないでと言って携帯で写真を撮った。そしてそれをアンヌが電話してきたときの着信画面に設定したのだが、どうもしっくりこない。クロッキーのほうが正確で、生身のアンヌに近いような気がした。結局カミーユはあとでクロッキーを写真に撮って入れ替えた。

二人が昨夜ここに着いたとき、カミーユはすぐストーブに火を入れたが、九月でまだそれほど寒くないので薪の量を控え目にした。この程度の小さい火のことをカミーユは「安らぎの火」と呼んでいる。

ドゥドゥーシュも連れてきたいところだが、残念ながら田舎嫌いでそうもいかない。パリでしか暮らせない猫なのだ。ドゥドゥーシュもカミーユのスケッチに数多く登場する。ルイもそうだ。ル・グエンも、かつて部下だったマレヴァルも、もちろんアルマンも。昨晩遅く、寝る前に、アルマンのスケッチを引っぱり出してきてながめた。最期の日に描いたものもあった。ベッドに横たわったまま動かなくなったアルマン。その穏やかな死に顔は、多かれ少なかれ多くの死者に似ていた。

家の前には五十メートルほど庭のようなものがあるが、その先は森だ。夜のうちに露が降りて、今朝は車がすっかり濡れていた。

この森も何度も描いていて、思い切って水彩に挑戦してみたこともあるが、うまくいかなかった。カミーユが得意なのはあくまでも人物の感情や動きをとらえること、つまり瞬間を線でとらえることであって、色彩表現の才はない。母は色彩の魔術師だったが、カミーユは違う。

七時十五分きっかりに携帯が振動した。コーヒーカップを手にしたまま携帯を手に取ると、ルイが朝早くにすみませんと謝った。

「いや、かまわんよ。どうした？」

「フォレスティエさんが病院にいません」

カミーユはどう答えようか一瞬迷った。


誰かがカミーユ・ヴェルーヴェンの伝記を書くとしたら、こうした沈黙にかなりのページを費やすことになるだろう。現に、カミーユの沈黙やちょっとした〝間〟に慣れているルイは、このときもそこからいろいろなことを読みとろうとした。アンヌ・フォレスティエという女性は実際のところ班長の人生にどこまでかかわっているのだろう？　班長の無謀な行動の理由は彼女だけにあるのだろうか？　嫌な思い出を振り払おうとする無意識が働いているのではないだろうか？　いずれにせよルイにとっては、その沈黙は班長がかなり行き詰まっていることを示すもののように思えた。


「いつからだ？」とカミーユは訊いた。

「わかりません、夜のあいだです。看護師が昨夜十時に巡回したとき彼女と言葉を交わしていて、落ち着いた様子だったと言っています。ところが今朝、交代した別の看護師が一時間ほど前に見にいったところ、部屋は空でした。でも棚に衣類が残っていたので、ちょっと部屋を空けただけだと思ったそうです。それで本当にいなくなったとわかるまでに時間がかかりました」

「護衛の警官は？」

「前立腺に問題を抱えていて、持ち場を離れたまますぐ戻れないことが多かったと言っています」

カミーユはコーヒーをひと口飲んだ。

「彼女のアパルトマンにすぐ人をやってくれ」

「もうぼくが行ってきました。誰もフォレスティエさんを見かけていません」

そこでまた沈黙が流れた。カミーユは森を見つめていた。だがそこから助けが飛び出してくるはずもない。

「家族がいるかどうかご存じですか？」とルイが訊いてきた。

カミーユはいや、知らんと答えた。本当は知っている。娘がアメリカにいる。名前は……そう、アガタだ。だがルイには言わなかった。

「どこかのホテルにいるとすると探すのに時間がかかりますが」ルイが続けた。「知り合いに助けを求めた可能性もあります。職場を当たってみようと思いますが」

カミーユはため息をついた。

「いや、それはおれがやる。おまえはアフネルのほうに集中してくれ。その後なにかわかったか？」

「今のところなにも。どうやら本当に消えたようです。わかっている最後の住所は空で、いつも行っていたところにもまったく姿を見せていません。こちらが知るかぎりの友人知人もずっと見かけていないと言っていて……」

「一月の事件以来ということか？」

「まあそうです」

「遠くへ逃げたか」

「皆そう言っています。死んだのではないかという声もありますが、根拠はありません。病気だという噂も何度か流れたそうですが、パサージュ・モニエのことを考えるとそうは思えませんね。引き続き追ってみますが、正直なところ見つかるとは思えず……」

「ラヴィッチのほうはどうだ？　鑑識の報告はいつもらえる？」

「早くても明日です」

そこでルイが微妙な間をとった。ルイの場合、それは訊きにくい質問をしますという合図だ。

「あの、フォレスティエさんの件ですが、部長への報告はどうします？　班長から？　それともぼくがしましょうか？」

「おれが話す」

早すぎた。答えが口から飛び出てしまった。カミーユはコーヒーカップを流し台に置いた。勘の鋭いルイが続きを待っているので、仕方なく言った。

「あのな、彼女はおれが探したいんだ」

ルイが慎重にうなずくのが見えるようだった。

「おれなら見つけられると思う……時間をかけずに」

「わかりました」とルイは言った。

つまりカミーユは部長には黙っててくれと言ったのであり、ルイの答えはそれに対する〝わかりました〟だった。

「これからそっちに行くよ。ちょっと寄るところがあるが、そのあとすぐに」

また嫌な汗が背中を伝ったが、もちろん薪ストーブのせいではなかった。

七時二十分

カミーユは急いで着替えたものの、そのまま出ていくわけにはいかなかった。アンヌが安全であることを再確認しなければ出られない。すべては自分の責任だというあの切羽詰まった感覚がまだ消えていなかった。

音を立てないようにそっと階段を上がっていくと、「もう起きてるわよ」と声がしたのでほっとし、つま先立ちをやめてベッドに近づいた。

「わたしいびきかいてた?」アンヌがこちらに背中を向けたまま訊いた。

「鼻骨が折れたらそれはしょうがないさ」

カミーユにはアンヌがこちらを向かないことがショックだった。そういえば病院でもいつも窓のほうを向いていた。自分を守れない男の顔などもう見たくないのだろう。

「ここなら安全だ。なにも心配いらない」

アンヌはうなずいたが、それが〝ええ〟なのか〝いいえ〟なのかわからない。と思ったら〝いいえ〟だった。

「見つけるわ。あの男はここに来る」

アンヌはあおむけになり、ようやくこちらを見た。その顔を見ているとカミーユも自信を失いそうだった。

「それはありえない。きみがここにいることは誰にもわからない」

アンヌはまたうなずいたが、今度はなにを言いたいのかわかった。あなたがどう言おうと、あの男はわたしを見つけるし、わたしを殺しにくる。アンヌはすっかり強迫観念にとらわれている。カミーユはそっと手を取った。

「あんなことがあったんだから怖いのは当然だ。でもここなら心配はいらない」

またうなずいた。今度はこういう意味だろう――どう説明すればわかってくれるの？　あるいは、もういいわ、ほっといて。

「もう行かなきゃならない」カミーユは腕時計を見た。「必要なものは下にあるからな。昨日見せただろ？」

アンヌはまたうなずいた。かなり疲れているようだ。寝室はまだ薄暗いが、それでも傷やあざの状態は隠せないし、調子がいいようには見えない。

この家のどこになにがあるか、アンヌにはすべて説明した。コーヒー、バスルーム、傷の手当に使えそうな常備薬。カミーユはアンヌに病院を出てほしくなかった。出てしまったらいったい誰が傷の経過を見守り、抜糸の時期を判断するんだ？　だがどうしようもなかった。アンヌはひどく取り乱し、もう病院にいたくない、我慢できないと言い、勝手に自宅に帰るとまで言い出した。だからといって自宅は強盗団に見張られているぞと知らせるわけにもいかず、八方ふさがりだった。どうする？　どこへ連れていく？　世界の果てというわけにはいかないし、ここ以外どこがある？

というわけで、カミーユはアンヌを連れてモンフォールのアトリエに来た。

ここに女性を連れてきたことは一度もない。いやもちろんイレーヌは別だ、と思ったとたんにつらくなり、慌ててその考えを頭から追いやった。なぜならイレーヌはまさにここで、一階の扉を入ったところで殺されたのだから。この家は五年前とは様変わりしている。カミーユが自分ですっかり変えたからだ。それでも結局のところなにも変わっていない。アンヌと同じようにカミーユもまた〝洗い流した〟つもりだが、やり方がまずかったのかうまく洗い流せていない。まだ過去の断片があらゆるところに引っかかっていて、家のなかをながめればすぐに見つかる。

「言ったようにするんだぞ」とカミーユは念を入れた。「鍵をちゃんと……」

アンヌがカミーユの手にそっと自分の手を重ねた。指の添え木があるのでロマンチックではなかったが、こう言いたいのはわかった。それ全部聞いたわよ。わかったからもう行って。

そうすることにした。階段を下り、アトリエを出て鍵をかけ、車に乗った。

これでカミーユが置かれた状況はますますややこしくなったが、アンヌが置かれた状況は昨日より安心できるものになった。これでいい。耐えること、引き受けること、それが自分の役目だとカミーユは思う。だが同時に、身長が人並みだったらこれほど強い義務感にかられることはないかもしれない、とも思った。

八時

森は性に合わない。昔から嫌いだが、この森は特にひどい。クラマールの森、いやムードンの森とも呼ばれているが、とにかく最悪の場所で、天国の日曜みたいに陰気臭い。掲示板には《市外区》と表示されているものの、成金の家が建ち並ぶこの一帯をなんと呼んだらいいのか首をひねる。町でも村でもなく、郊外住宅地でもない。いわば〝はずれ〟だが、なんのはずれだ？　しかも庭やテラスの手入れが行き届いているのを見ると、このあたりの陰気臭さと、それに満足している住民の、どっちにあきれたらいいのかわからなくなる。

家並みが途切れると、あとはひたすら森が続く。そのなかをパヴェ＝ド＝ムードン通りが延びていて（GPSで探すのにえらく時間がかかった）、その左のほうにモルト＝ブティユ通りが見つかった。森なのに、目立たないように駐車できる場所がどこにもなく、仕方がないからかなり離れたところに止めて歩くことにした。

おれはへとへとだった。一度にやるべきことが多すぎて、食事も満足にとっていないし疲れもたまる一方だ。しかも歩くのは嫌いだし、そのうえ森のなかとは……。

あのうぬぼれ女には行儀よくしていてもらいたい。そのことを手っ取り早く説明してやるつもりだし、そのために必要な道具も揃えてきた。これが全部片づいたら、森のないところへ行ってやる。半径百キロ以内に一本も木がないようなところ、つまりビーチだ。そしてパンチの効いたカクテルとポーカーのちょっとした手札でこの心を慰め、安らぎを取り戻す。おれもそれなりの年だし、まだ時間があるうちにお宝の恩恵に浴したい。そのためにもここで焦っちゃならないし、しけた森でも注意を怠るわけにはいかない。信じがたいことだが、こんな陰気臭い場所に、しかもまだ時間が早いのにけっこう人がいる。若いのも年寄りもカップルもいて、散歩したりジョギングしたりしている。馬に乗った連中までいる。

だがそれも次第に減ってきた。目指す家はかなり引っ込んだところにある。森に囲まれた小道を三百メートルくらい行くのだが、その家が行き止まりだ。そのあとは本当に森だけで、道もない。

スナイパーライフルを持ってこのあたりをぶらつくのは――もちろんむき出しではなく、専用ケースに入れてあるのだが、それでも――周囲の雰囲気にそぐわないので、今回はスポーツバッグに突っ込んできた。おれ自身、キノコ採りに来たという風貌ではないから、用心するに越したことはない。

最後の小道に入ってからはもう誰も見かけない。GPSも役に立たなくなってきたが、あとは一本道だから問題ない。

これで二人きりになれる。一緒にひと仕事するとしよう。

八時半

扉が重くきしむたびに、通路を一メートル進むごとに、鉄格子のほうを見るたびに、胃の腑が締めつけられた。それくらいカミーユは怖かった。

何年も前に自分はいつか必ずここに来るという確信を抱いたが、その後すぐにその考えを捨てた。だがそれは完全に消えたわけではなく、泥沼にすむ魚のように姿が見えにくくなっただけで、その後も時折浅瀬に来ては身をくねらせ、忘れるな、遅かれ早かれあいつとの再会の日が来るぞとカミーユに告げていた。そうしないのは単に機会がないからで、おまえは後ろめたい思いをせずにそこへ行く口実を待っているだけなんだと。

前で、後ろで、そこら中で、金属の重い扉が開いては閉じる。

カミーユの足どりは小鳥のように軽かったが、実は吐き気がし、めまいもしていた。

つき添いの看守はカミーユの事情を知っているのかやけに礼儀正しく、慇懃《いんぎん》といってもいいほどだった。これは極めて特殊な状況だから、特別の配慮が必要だと思っているようで、動作の端々にそれが表れている。

部屋を抜け、もう一つ部屋を抜け、ようやく面会室にたどりつく。扉が開けられ、カミーユはなかに入って床に固定された鉄のテーブルの前に座った。脈拍がかなり上がっていて、喉もからからだ。両手をテーブルの上に出したら震えているのがわかったので、慌てて膝の上に戻し、そのまま待った。

部屋の奥にあるもう一つの扉が開いた。

まず見えたのは磨き上げられた黒の革靴だった。フットレストにぺたりと乗っている。車椅子があたりを警戒するようにそっと鼻づらを出し、両脚が見えた。ズボンの膝のあたりが突っ張っているところを見るとかなり太ったようだ。前輪が戸口を越え、ぽってりした白い手がハンドリムを握りしめているのが見えたところで車椅子はいったん止まり、また少し前に進んでようやく全身が見えた。

相手はそこでひと息ついた。部屋に入るとすぐカミーユの目をとらえ、そのまま視線をそらさない。看守が前に出て、机の前から金属の椅子をのけて車椅子が寄れるようにし、それからカミーユの合図を見て出ていった。

看守がいなくなると車椅子は思いがけない軽やかさで机の前まですべってきた。

そして二人は向き合った。

司法警察の警部、カミーユ・ヴェルーヴェンは、妻を殺した相手と五年ぶりに向き合った。

カミーユが知るビュイッソンは背が高く、スリムで、時代遅れでやや退廃的な魅力をたたえ、厄介なほど色気があり、特に唇に特徴がある男だった。だが今目の前にいる受刑囚はでっぷり太っていてだらしがなく、以前の身体的特徴は全体の膨張傾向のなかに半ば埋もれてしまっている。顔そのものは元のままなので、太った頭部に小さい顔を張りつけたようでかえって妙だ。髪は長く、べったりしている。だが視線は相変わらず鋭くて、狡猾《こうかつ》で知的な印象を与える。

「いつかこうなるとわかっていましたがね」とビュイッソンが言った。その声は少し震えていて、驚くほど甲高《かんだか》かった。「それが今日ってことで」ともう面会が終わったかのように締めくくる。

以前もこうした御大層な言い回しが好きだった。そしてある意味ではそれこそがこの男を連続殺人へと駆り立てた。この男は大言壮語を好み、鼻持ちならないほど傲慢だ。カミーユとビュイッソンは初めて出会ったときから互いが気に食わなかった。そして悲劇が起き、その勘が正しかったことが証明された。だが今は過去を振り返るべきときではない。

「ああ」とカミーユは手短に答えた。「今日ってことだ」

カミーユの声は震えていない。ビュイッソンと向き合ったことでカミーユはかえって落ち着きを取り戻していた。事情聴取や取調べで場数を踏んでいるので、犯罪者と向き合っても――

たとえ相手がビュイッソンでも――こちらが感情を爆発させることはないという自信がある。しかも今目の前にいる相手は、カミーユが何度も殺してやりたい、苦しめてやりたいと思ったあのビュイッソンではなかった。五年を経たビュイッソンを見て、カミーユは今こそ冷静に、一時的な感情に左右されることなく、この男に対して真の憎しみを抱くことができると思った。もう急ぐ必要がないからだ。この五年間、カミーユはイレーヌを殺したこの男に向けて憎悪と怒りと恨みの限りをため込んできたが、それはもう終わりだ。

ビュイッソンはもう終わっている。

その一方でカミーユ自身の問題は終わっていない。イレーヌの死に対する自分自身の責任からカミーユが解き放たれることはない。自分の失敗と折り合いをつけることは決してできない。この単純な事実こそがすべてを決めているのであり、それ以外はどれも言い訳にすぎない。

それが今はっきりわかった。カミーユは涙がこぼれないように上を向いたが、その涙とともに浮かんできたのは在りし日のイレーヌの姿だった。美しく、若いままの、カミーユのためだけのイレーヌ。カミーユが老いてもイレーヌが老いることはなく、変わることもない。ビュイッソンがしたことは、イレーヌの思い出にもはやなんの影響力ももたない。カミーユのなかのイレーヌの思い出、カミーユがイレーヌに捧げた愛を要約する一連のイメージ、記憶、感情は、もはや誰の手にも届かないところにある。

カミーユはイレーヌが残したものを傷跡として負っている。それは目立たないが、一生消えることのない傷跡だ。

一瞬の感情はすぐに制御され、二人のあいだにビュイッソンを喜ばせるような気まずい空気が流れることはなかった。すばやく思い出を振り払ったのは、この一瞬の動揺と沈黙のなかに、ビュイッソンがカミーユと分かち合えるものを見いだすことなどあってはならないからだ。この男と共有したいものなどなにもない。カミーユはハンカチで鼻をかみ、それをポケットに突っ込んでからテーブルに肘をつき、顎の下で両手を組んでビュイッソンをじっと見た。

ビュイッソンは動けなかった。この面会が怖くてたまらなかった。

すでに昨日、ヴェルーヴェンがムールルード・ファラヴィに会いにきたと聞いたときから今日のこの瞬間を恐れていた。その知らせはビュイッソンに死が迫っていることを意味していたので、昨夜は一睡もできなかった。なぜ今ごろになってという疑問はあったが、いずれにしてももう逃げられない。ファラヴィの一味は中央刑務所のいたるところにいて、ゴキブリ一匹見逃すことがない。ヴェルーヴェンがファラヴィを手なずけるための餌を見つけたのなら――たとえばファラヴィをはめたやつの名前とか――数日、あるいは数時間でビュイッソンは殺される。やり方ならいくらでも考えられる。食堂を出たところで喉に錐《きり》を突き立てられるかもしれないし、どこかで不意に両腕を押さえられ、後ろから針金で首を絞められるかもしれない。あるいは四階の手すり越しに車椅子ごと投げ落とされるかもしれないし、マットレスを被せられて窒息させられるかもしれない。すべてはヴェルーヴェンの注文次第で、じわじわ時間をかけて殺せと命じることさえありうる。そうなったら猿轡をかまされて臭いトイレで一晩中苦しみながら窒息死を待つとか、作業場の戸棚のなかで縛られて一滴ずつ血を抜かれるといった悲惨な最期を迎えることになる。

ビュイッソンは死ぬのが怖かった。

正直なところ、ヴェルーヴェンが今さら復讐してくることなどないだろうと思い込み、いつの間にか安心しきっていた。それだけに、突然舞い戻ってきた死の恐怖は前にもまして恐ろしく、不当だとさえ思えた。この刑務所で過ごしてきた年月、ここで耐えてきたすべてのこと、ここで徐々に獲得してきた地位、人望、権力、そうしたものの総体によってビュイッソンの頭のなかにはある種の〝免責〟が築き上げられていた。ところがヴェルーヴェンはたった数時間でそれを破壊してみせた。

しかも、ヴェルーヴェンがファラヴィを訪ねたというだけで、ビュイッソンのカウントダウンが始まったと刑務所中が知ることになった。どこの通路もこの話でもちきりで、なにしろファラヴィ本人がこの話をばらまいている。おそらくはそれもヴェルーヴェンとの取り引きの一部で、おまえはもう終わりだと脅しをかけて震え上がらせるのが狙いだろう。看守の一部も知っているし、受刑囚たちがこちらを見る目も明らかに変わっている。

それにしてもなぜ今なのか。五年も経ってからなぜ？　ビュイッソンにはそこがどうしても解せなかった。

「羽振りがいいそうだな」とヴェルーヴェンが言った。

それが答えだろうかとビュイッソンは一瞬思ったが、いや違う、単なる事実確認だと判断した。

ビュイッソンは頭がいい。今ここで車椅子生活を送っているのはクラマールの森で逃げ遅れてルイ・マリアーニに背中を撃たれたからだが、それ以前はさんざん警察をてこずらせた。何年も警察をこけにし、最後の事件でも犯罪捜査部をひっかきまわして見せたので、刑務所にもその評判が届いていて、入所するなりちょっとしたスターになった。ビュイッソンはその人気をうまく利用して徐々に地盤を固めていった。勢力争いからは巧みに距離をとりながら、受刑者たちにちょっとしたサービスを提供してやる。ここではインテリや物知りはなにかと役に立つ。そうやってまず所内で密な人脈を確保すると、それを外にも広げていった。つまり仮出所した仲間にも人を紹介するとか、会合をアレンジするとか、約束をとりつけるといったサービスを提供しつづけた。去年はパリ西郊のギャング同士の抗争にも介入し、条件の提示や交渉の仲立ちに見事な手腕を発揮して騒ぎを収めた。ビュイッソンは所内の闇取引には手を染めないが、その実態をすべて把握している。外の世界に関しても、自分の基準に照らして出来がいいと思う犯罪については知るべきことをすべて知っている。こうした情報と人脈によって、ビュイッソンは刑務所内の大物にのし上がった。

ところが今、ヴェルーヴェンがそう決めただけで、ビュイッソンの命は風前の灯となっている。明日にも、あるいは一時間後にも、自分は殺されるかもしれない……。

「心配事でもあるのか？」とヴェルーヴェンが言った。

「待ってるんですがね」

と言ってビュイッソンはすぐに後悔した。催促するようなことを言ったらこちらの負けだ。だがヴェルーヴェンはわかっていると手を上げた。

「説明してくださいよ」

「いや、説明などしない。どう事が運ぶかだけを言う」

血の気が引いた。ヴェルーヴェンの落ち着きぶりがますます脅威に思え、それが怒りに火をつけた。

「説明を受ける権利はある！」ビュイッソンは叫んだ。

変わっていないとカミーユは思った。外見は変わっても中身はまったく変わっていない。相変わらず自尊心とやらが肥大化したままだ。

カミーユはポケットのなかを探って写真を取り出し、テーブルの上に置いた。

「ヴァンサン・アフネルだ。こいつは……」

「知ってますよ」

馬鹿にするなという口調だった。だがそこには安堵《あんど》も垣間見えた。ビュイッソンはほんの一瞬で、まだ運が尽きたわけではないと理解したようだ。その声ににじみ出た一種の喜びの色をカミーユの耳は聞き逃さなかった。そして予想どおり、ビュイッソンはそこでやめなかった。すぐ守りに入り、話をややこしくして撹乱する作戦に出た。

「といっても個人的には知りませんけどね。そいつは大物ってほどじゃないけど、少しは幅を利かせてる。噂ではかなり荒っぽいようで、まあ悪党ですよ」

今こいつの頭に電極をつけてやったら、さぞかし派手な信号が出るだろう。

「アフネルは一月に姿を消した」カミーユは言った。「それからしばらく行方知れずで、一緒に仕事をした仲間でさえ居場所を知らなかった。それがここへきて突然復活し、以前と同じやり口で暴れまくった。若返ったかのような派手なカムバックだ」

「それがおかしいと？」

「釈然としない。突然の失踪と派手な復活がうまく結びつかない。しかも引退してもおかしくない年齢だ、驚きじゃないか」

「つまりどこか引っかかるってわけ？」

カミーユは困った顔をして見せた。自分に満足できず、腹が立っているような顔。

「まあそう言っていいだろう。どこか引っかかる。どこか腑に落ちないところがある」

ビュイッソンの口の端がかすかに動いたのを見て、カミーユはしめたと思った。うぬぼれを刺激する作戦がうまく当たったようだ。こいつはうぬぼれのせいでシリアルキラーになった。こいつはうぬぼれのせいで刑務所に入った。いつか獄中で命を落とすとしたら、それもうぬぼれのせいだろう。それなのにこいつはわかっていない。なにも学んでいない。こいつのナルシシズムは無傷で、それは底なし井戸のように口を開けてこいつが落ちてくるのを待っている。

〝どこか腑に落ちないところがある〟――これはこいつを動かす呪文だ。こいつはこの言葉に逆らえない。なぜなら、ビュイッソンは腑に落ちていて、そのことを隠しておけないからだ。

「金に困っていたのか……」とカミーユは続けた。

やるとなったら徹底的にやる。安っぽい芝居をするのは気が引けるが、それはおくびにも出さない。これは捜査であり、目的は手段を正当化する。だからここでビュイッソンのほうに目を上げ、なにか知らないかと目で問う。

「アフネルは重病だって噂で……」ビュイッソンがゆっくり言った。

この作戦でいくと決めたら、それがだめだとわかるまでは変更しないことだ。

「そうか、あいつはもうおしまいか」とカミーユは応じた。

結果が出るのに時間はかからなかった。

「いや、だからあいつは慌ててるんですよ、もうすぐ死ぬから！　ずいぶん若い女と暮らして……十九でもう町中の男と寝てたような低級娼婦でね。鞭で打たれるといい気分になるんだか、でなきゃ一緒に暮らせやしないだろうに」

言いたいことは見えていたが、果たしてそこまで言うほど大胆――あるいは無謀――だろうかとカミーユは疑問に思った。だがビュイッソンは最後まで言った。

「そんな女なのにアフネルはべた惚れのようですよ。愛というのは、警部殿、すごいもんですねえ。それについてはあなたもお詳しい」

カミーユは微動だにしなかったが、危うく爆発するところだった。ビュイッソンにこういう発言を許したということが敗北であるように思えた。〝愛というのは、警部殿……〟

ビュイッソンはカミーユの怒りを感じとったようで、お楽しみより生存本能が先に立ち、話を元に戻した。

「だとすれば、アフネルはその女が暮らしに困らないようにしてやりたいと考えますよ。どんな悪党でも情にとらわれることがあるってわけで」

そういう噂があることはルイから聞いていたが、これで確認できた。高くついたが、その甲斐はあった。

カミーユにとって、それはトンネルの先に光が見えたようなものだった。となると、ビュイッソンはそこにつけ込もうとするだろう。こいつは倒錯者だから、自分の命が危険にさらされていても、つけ込むチャンスがあればじっとしていられない。カミーユのアフネルへの執着、わざわざここまで来て居場所を探そうとしているその執着につけ込むすきがあると見て、利用しようとするだろう。

だからカミーユはその余裕を与えなかった。

「アフネルの居場所を知りたい。大至急だ。今夜八時まで時間をやる」

「そんな……む、むりだ！」ビュイッソンは度を失って言葉を詰まらせた。

カミーユは立ち上がり、出口に向かう。それはビュイッソンから見れば生き延びるための最後のチャンスが逃げていくことを意味する。案の定、車椅子の肘掛けを拳でたたく音がしたが、カミーユは振り向かなかった。

「八時だ。それ以上は待てない。時間がないときほどいい仕事ができるもんだぞ」

そして扉を平手でたたき、看守が扉を開けてからビュイッソンのほうを振り返った。

「むろんそれが終わっても、いつでも息の根を止めてやれるがな」

カミーユがそう言ったことでどちらにも明らかになったことがある。つまりカミーユはそう言わなければならないから言っただけで、本気ではないということ。カミーユが本気なら、ビュイッソンはとっくの昔に死んでいたということ。暗殺を命じるというやり方は、カミーユ・ヴェルーヴェンの生き方にそぐわないということ。

そして、復讐されるリスクはないと知り、おそらくこれまでもそんなリスクはなかったのだと知った今、ビュイッソンは決意するだろう。ヴェルーヴェンが知りたいことを見つけようと。刑務所から出たとき、カミーユは遭難のただ一人の生き残りのように、ほっとすると同時に悲しみに打ちひしがれていた。

九時

疲労もさることながら、森の冷気が身にこたえる。最初はどうということもないが、やがてじわじわ染みてきて骨まで凍えそうになる。正確な狙いが必要なときになんともありがたい話だ。

だが静かなのは気に入った。かなり大きなアトリエで、平屋だが屋根は高い。家の前には庭のような空間が広がっていて遮蔽物がない。だからその隅にあるひどく小さい小屋に隠れることにした。元はウサギ小屋かなにかだろう。

とりあえずライフルを小屋に置き、ワルサーとハンティングナイフだけ持って探検としゃれ込もう。

家の全体構造を頭に入れる。それなりの損害を与えるには場所を慎重に選び、正確に狙わなければならない。なんて言うんだったか……そう、ピンポイント攻撃だ。ここでモスバーグを使うのはローラーで細密画を描こうとするようなもので、話にならない。今回は狙った場所にピンポイントで当てることが重要で、しかも窓ガラスは頑丈そうだ。というわけで、スコープ付きのレミントンM40A3にしたのは正解だった。こいつは精度がいいし、なんにでも穴を開けられる。

右寄りにちょっとした塚があり、雨で上のほうの土が流れて石膏やブロックがむき出しになっている。建設業者が置き去りにしていったらしい。理想的とは言えないがそこを使うしかなさそうだ。ここからなら、やや斜めではあるが、リビングのほぼ全体を見渡せる。撃つときは立ち上がるしかないが、狙いを決めてから立てばいい。

すでに何回か女の姿が見えたが、さっと通り過ぎてしまった。かまわない。急ぐ必要はない。それより精度だ。


カミーユが出ていったのでアンヌはすぐにベッドから出て、玄関まで下りて鍵を確かめた。この家は何度も空き巣や不法侵入者に荒らされたそうで――こんな場所だからそう聞かされても驚きはしなかったが――扉も鋼板で補強してあるとカミーユが言っていた。大きなガラス窓も二重の強化ガラスになっていて、ハンマーでたたいたくらいではびくともしないと。

「これが防犯用アラームの暗証番号だ」とカミーユが手帳を一ページ破って見せてくれた。「シャープを押して、この番号を押して、またシャープ、それでONになる。警察につながるわけじゃないし、一分しか続かないが、効果はあるぞ」

番号は29091571。アンヌはその意味など訊くつもりはなかった。

「カラヴァッジョの誕生日だ」とカミーユが言い訳がましく言った。「暗証番号にするのにちょうどいいだろ？　知ってる人が少ないからな。でも、何度も言うようだが、これが必要になることなんてないさ」

アンヌは家の裏手も確認した。洗濯室とバスルームがあり、外に出る扉はこちらも鋼板で補強され、差し錠がかかっている。

それからシャワーを浴びたが、むろんできる範囲でのことだ。髪を洗いたいので指の添え木をはずそうかと思ったが、やめておいた。まだ痛みがあり、指の先に触れただけで飛び上がりそうになる。このまま我慢するしかない。小さいものがつかめないのでクマの手になったような気がするし、左手はまったく役に立たず、ほとんどのことを右手の親指でこなさなければならない。

それでもシャワーはアンヌを生き返らせてくれた。昨夜はひと晩中不快だった。自分が汚れきっていて、病院の臭いが染みついているような気がした。熱い湯を長々と浴びて至福に浸ってから、窓を少し開けてひんやりした空気に当たると、だいぶ元気が出てきた。

でも残念ながら顔には回復の兆しが見られなかった。鏡のなかの顔は昨晩と同じで、むしろもっと醜くなり、もっとむくんでしまったように思える。青や黄色のまだら模様で、歯も欠けているし……。

カミーユはゆっくり車を走らせていた。ひどくゆっくり。高速道路を少しの距離しか走らないとき、運転手は最低速度制限を忘れがちだ。カミーユは考え事をしていて、その考えにすっかり引き込まれていたので、無意識のうちにどんどん速度を落としていた。時速七十キロ、六十キロ、そして五十キロ。当然のことながらクラクションを鳴らされ、追い抜いていく車から罵詈雑言《ばりぞうごん》を浴びせられ、パッシングライトを浴びせられたが、どうでもよかった。ある問いが頭に引っかかって運転どころではなくなっていた。昨夜カミーユはいわば自分の秘密の場所にアンヌを連れてきたわけだが、では自分は、実際のところ彼女についてなにを知っているだろう？　アンヌと自分は互いになにを知っているだろう？

カミーユはまずアンヌが自分について知っていることを挙げてみた。彼女には大まかなところを話してある。イレーヌ、母、父。突き詰めてみれば、人生について語るべきことはそれほど多くない。イレーヌのことがあるから普通の人より悲劇が一つ多いという程度だろう。

ではカミーユがアンヌについて知っていることはどうだろう。仕事、結婚、弟、離婚、娘と、こちらも大まかなところしか聞いていない。

そこまで整理するとカミーユは高速車線から隣の走行車線に移動し、携帯を取り出した。そしてダッシュボードのライターソケットにつなぎ、インターネットに接続してブラウザーを開き、画面があまりにも小さいので眼鏡をかけたが、そこで携帯がすべり落ち、助手席の下を手探りすることになり……。腕が短いとそれがどれほど難しいか想像してみてほしい。

カミーユが携帯を拾い上げるまでに、車はまた右に移動して低速車線に入り、さらに路側帯にはみ出しながらふらふらと走ったが、そのあいだもカミーユの脳は高速走行を続けていた。

自分がアンヌについて知っていること。

娘のこと、弟のこと、旅行会社の仕事のこと。

それから？

危険信号のように背中がちくちくし、口のなかに唾液があふれた。

カミーユはふたたび手にした携帯に《ヴェルティヒ＆シュヴィンデル》と打ち込んだ。フランス語ではありえない綴りなので打ちにくいが、どうにか入力した。

ハンドルを指でたたきながら会社のホームページが出るのを待つ。ようやくヤシの木と夢のようなビーチの写真が表示されたとき——といってもカミーユはビーチの夢など見たことはないが——セミトレーラーが轟音とともにすぐ横を走り抜けていった。カミーユは少しハンドルを調節したものの、また小さい画面に目を凝らした。《会社概要》、《社長からひと言》、どうでもいい。そしてようやく組織図にたどりついたとき、ちらりと前を見たら車がまた路側帯にはみ出ていたので慌てて戻そうとし、左側を追い越そうとしていた車にぶつかりそうになって悲鳴が上がり、またしてもどなりつけられた。あった、経営管理部門、トップはジャン＝ミシェル・フェイ。右目で携帯、左目で道路、もうすぐパリだ。携帯を顔に近づける。ジャン＝ミシェル・フェイの写真、三十歳、小太り、髪はまばら、いかにもとりすました幹部顔。

カミーユは連絡先の長いリストをスクロールしていった。親指で矢印を押したままアンヌを探して次々と見ていく。だがなぜかFで始まる苗字がなく、飛ばしてしまったかとページを戻しかけたとき、後ろでサイレンが鳴った。目を上げてバックミラーを見ると白バイだった。仕方なく右に寄ると、前に出た隊員が高速を降りるように指示し、カミーユは携帯を助手席に投げ出した。ちくしょう。

高速を下り、路肩に止める。警官ってのはほんとに厄介なやつらだ。

この家には女性用のものがなにもない。ドライヤーもないし、鏡も少ない。ここは男の場所だ。紅茶もない。アンヌはいくつかマグカップを見つけ、ロシア文字が書かれたのを手に取った。

Мой дядя самых честных правил,
Когда не в шутку занемог

ハーブティーを見つけて淹《い》れたが、古すぎてなんの味もしなかった。

こうしてキッチンで動いてみると、この家では絶えず体の動かし方を意識させられることに気づく。なにをするのでもちょっとした調節が必要になる。身長百四十五センチの男性の家だから、すべての位置が普通より少しだけ低いのだ。ドアの取っ手も、引き出しも、道具類の位置も、スイッチも……。だが部屋を見渡せばあちらこちらに踏み台、はしご、スツールが置いてあり、どうやらすべてがカミーユに合わせてあるわけでもないようだ。つまり、カミーユはこの家を誰かと共有する可能性を完全に排除したわけではなく、自分にとってちょうどいい高さと、もう一人の誰かにとってちょうどいい高さの中間に合わせたのではないだろうか。

それに気づいたとき、アンヌの胸に熱いものがこみ上げてきた。同情ではない。カミーユのことを気の毒だと思ったことは一度もない。カミーユは周囲の人間の同情心を呼び起こすような男ではない。そうではなくて、アンヌは心を揺さぶられたのだ。そして自分をひどい女だと思った。これまでよりずっと強くそう思った。彼の人生にこんなふうに入り込み、彼をこんなことに引きずり込んだのだから。だがこれ以上泣きたくない。アンヌはもう泣くまいと決めていた。

しっかりしなければ。アンヌは怒りをぶつけるようにハーブティーを流しに捨てた。

今着ているのは青紫のトレーニングパンツとタートルネックのセーターで、それしかチョイスがなかった。病院に運び込まれたときに着ていた服は血まみれで、どこかへ持っていかれてしまったし、アパルトマンからカミーユが持ってきてくれたものは病室の戸棚に置いてきた。自分が出たあとで看護師が来ても、ちょっと部屋を空けただけだと思うように。昨晩、カミーユは病院の非常口の近くに車を止めていて、アンヌは受け付けの後ろをすり抜け、その非常口から出て車に乗り、後部座席で身を伏せた。

カミーユが今夜服を持ってくると言ってくれた。でも今夜なんて、来るかどうかもわからない。

戦場の兵士も毎日こう問うのだろう。自分は今日死ぬんだろうか？

カミーユがいくらだいじょうぶだと言っても、あの男はここに来る。わかっていないのはそれがいつなのかということだけ。

アンヌは大きなガラス窓の前に立った。カミーユが出かけ、一人で家のなかを見てまわってからずっと、アンヌの心は鬱蒼とした森に引き寄せられていた。朝の光のせいかもしれないが、幻想的なながめで、バスルームやキッチンに行ってもまたすぐここに戻ってきてしまう。ふと『タタール人の砂漠』という映画を思い出した。主人公のドローゴは国境警備の砦《とりで》に送られる。その砦の先には砂漠が広がっていて、いつかそこからタタール人が攻めてくると言われている。ここも似ているような気がした。この家は森に囲まれていて、いつかその森から恐ろしい敵が攻めてくる。

ここから生きて出ることなどできるのだろうか？

警官ってのはほんとにいいやつらだ。

カミーユが車から出るなり(そのためには脚を伸ばして飛び下りるようにしなければならない)、白バイ隊員は相手がヴェルーヴェン警部だと気づいた。そして、自分は担当地区が決まっていて、そこを離れることはできないが、サン=クルー門までなら行けるので、「そこまでわたしが先導させていただきます」と言った。もちろんその前に小言も言われた。「警部殿、いかなる理由があろうとも、運転中の携帯電話使用は非常に危険であります。たとえ司法警察の警部でも、緊急事態であっても、ほかのドライバーを危険にさらしていいはずはありません」。というわけで、白バイの先導でかなり時間を稼ぐことができたが、そのあいだもカミーユはこっそり携帯の画面をたたきつづけた。そしてセーヌ河岸に出たところで白バイ隊員が敬礼して離れていくと、すぐに眼鏡をかけた。それからさらに十分ほど探したが、結局アンヌ・フォレスティエという名前は見つからなかった。ただしそのホームページは五年前の二〇〇五年十二月から更新されていない。そのころアンヌはまだリヨンにいたのかもしれない。

駐車場に止め、車を降りてオフィスへの階段を上がりはじめたとき、携帯が鳴った。ゲランだった。カミーユは電話に出ると同時に身をひるがえし、急いで中庭に戻った。ゲランへの頼みごとを人に聞かれたくない。

「電話、悪いな」カミーユは明るい声で言った。

ゲランを慌てさせたくはないが、嘘もつきたくない。だから最低限必要なことだけを説明しようと思った。ちょっと頼みたいことがあってな……。だが説明する必要はなかった。ゲランの留守電に部長からメッセージが入っていたそうだ。ゲランは同じ件だろうと思い、まずカミーユにかけた。そして、これから部長に電話するが、部長にもおまえにも同じことを言うしかないんだと言った。つまり、強盗事件のことをおまえに知らせるのは物理的に不可能だったと。なぜなら……。

「おれ四日前から休暇でさ、今シチリアからかけてるんだ」

なんてこった。カミーユは自分に張り手を食らわせたかった。それでもどうにかゲランに礼を言い、いや大したことじゃないんだ、心配するな、ああ、おまえもな、と言ってそそくさと電話を切った。というのも、また背中がちくちくし、口のなかに唾液があふれてきたからで、それはカミーユ特有の〝動揺〟のサインだ。

「どうも、警部」とペレイラ判事の声がした。

階段を上がりかけていたカミーユはまた駆け下りた。なんだか二日前から高速回転する巨大なコマのなかに閉じ込められているような気がする。しかもコマの回転は速くなる一方で、今日も朝からあっちへ行ったりこっちへ来たりと目が回りそうだ。

「判事殿!」

カミーユはできるかぎりの笑顔を作った。さも判事の到着を待っていたかのように。やはり来てくれましたかと感激しているかのように。そして目いっぱい広げた手を差し出し、〝賢者は同じことを考える〟ですよと言わんばかりの面持ちでうなずいた。

だが司法の〝賢者〟は共感を示すこともなく、おざなりに握手に応じただけだった。そしてカミーユが脚の長い女性書記官は一緒じゃないのかと思っているあいだにさっさと通り過ぎ、急ぎ足で階段を上がりはじめた。明らかにカミーユを避けている。

「判事殿!」

ペレイラは足を止め、いったいなんだという顔で振り向いた。

「少しお時間いただけませんか?」カミーユは必死の声で訴えた。「パサージュ・モニエ事件のことで」

シャワーで温まったのはよかったが、その分リビングの寒さが身に染みて、厳しい現実に引き戻された気がした。

薪ストーブの使い方はカミーユから詳しく聞いたが、ややこしいので細かいことはすぐに忘れた。アンヌは火かき棒を使って鋳鉄の蓋を開け、薪を一本くべようとした。ところがうまく入らず、押し込むのに時間がかかり、ようやく蓋を閉めたときには鼻につんとくる煙が部屋中に漂っていた。

すっかり体が冷えてしまったので、インスタントコーヒーを淹れることにして、キッチンに行って水を火にかけた。そしてお湯が沸くのを待ちながらまた森をながめた。

コーヒーがはいると、アンヌはそれを持ってソファーに腰を落ち着け、カミーユのスケッチブックをぱらぱらとめくりはじめた。そこら中に積み上げられていて、どれにしようか迷うほどある。顔だけのものもあれば、全身像もあり、制服警官もあちこちに登場し、そのなかにはなんと、病院にいたあの背の高い、間抜け面で目の下にくまのある警官もいた。あの警官は警護のために来たはずなのに、アンヌが逃げ出したときいびきをかいていた。同じ警官がどこか別の場所で見張りに立っている絵もある。

わずかな線で描かれているのに、どれも驚くほどリアルだ。心を動かす絵なのに美化されているわけではなく、妥協がない。なかには風刺画として目を引くものもあるが、滑稽《こっけい》というよりは残酷で、容赦がない。

と、今度はそこに自分の姿を見つけてアンヌははっとした。ガラスのコーヒーテーブルに置かれたスケッチブックのなかに自分がいた。日付は書かれていないが、何枚にもわたって描かれていて、見ていくうちに涙がこみ上げてきた。それは一つにはカミーユのためで、カミーユがたったひとりでここにいて、二人の思い出をたどりながらこうやって何枚も描いたのかと思うとどうしたって泣けてくる。そしてもう一つ、それはアンヌ自身のための涙でもあった。描かれているのは醜くなる前の自分で、歯も揃い、あざもなく、頰の傷も唇の傷もなく、うつろな目などしていない。どのスケッチも、それがどういう場面であるかを示すヒントはほんの数本の線でしかないのに、アンヌにはすべてわかった。二人が出会ったあの〈シェ・フェルナン〉で吹き出したときのアンヌ。二日目にカフェ〈ル・ヴェルダン〉でおしゃべりしたときのアンヌ。ページをめくるだけで二人の物語がよみがえる。二日目にカフェ〈ル・ヴェルダン〉でおしゃべり……地下鉄の出口に立つアンヌ。縁なし帽をかぶって微笑んでいて、驚くほど自信にあふれている。その瞬間を切りとったこのスケッチを見れば、その自信には十分な根拠があったのだとわかる。

アンヌは洟《はな》をすすり、ティッシュを探した。今度はオペラ座の近くを歩くアンヌ。カミーユが『蝶々夫人』の席をとってくれて、オペラ座の前で待ち合わせした日だ。そして帰りのタクシーのなかで蝶々夫人のまねをするアンヌ。どのページにも二人の物語があふれている。出会いの日からずっと、週を追い、月を追って……。シャワーを浴びるアンヌ、ベッドのなかのアンヌ。何ページも何ページも続く。泣いているアンヌ。くしゃくしゃの顔だが、カミーユのタッチには愛情がこもっている。アンヌはティッシュボックスのほうに手を伸ばした。でも届かないので身を起こし、ようやくティッシュをつかんだそのとき、弾が飛んできてコーヒーテーブルを吹き飛ばした。

アンヌは今朝からずっとその瞬間が来ると思っていたのに、それでも驚いた。銃声というより、家が崩れるかと思うほどの衝撃に驚いた。しかも自分の手のすぐ下でテーブルが破裂したのに驚いた。アンヌは悲鳴を上げ、反射能力の限界速度でハリネズミのように身を丸めた。ちらりと窓のほうを見ると、ガラスは割れていないが、弾が通ったところに虹色の穴が開き、そこから長い亀裂が何本も走っていた。この窓はあとどれくらいもちこたえるだろう？

次の瞬間、自分が外から丸見えだと気づき、どこからわいてきたのか馬鹿力が出て、跳ねるようにソファーの背を乗り越えた。痛めている肋骨がソファーの木枠に当たって息が詰まり、そのままどすんと落ちて思わずうめいたが、どんな痛みよりも生存本能のほうが強い。アンヌはすばやく身を起こし、ソファーに背中を当てて座った。だが弾はソファーなど貫通するだろう。心臓が破裂しそうで、頭から足まで震えが何度も走る。

二発目はアンヌの頭部をかすめて壁に当たった。とっさに首をすくめたが、石膏のかけらを顔に浴び、襟元にも目にも入ったので慌てて床に身を伏せ、両手で頭を守った。まるで一昨日の再現で、アンヌはパサージュ・モニエのトイレでとったのと同じ姿勢になっていた。

電話。すぐカミーユに、いや警察でもいい。誰かに来てもらわなきゃ。早く！

ばならない。

　だがそう簡単にはいかない。携帯は中二階にあり、そこへ行くにはリビングを横切らなければならない。

　つまり丸見えになってしまう。

　三発目は薪ストーブに当たり、銅鑼《どら》をたたいたような音が響きわたった。アンヌは気を失いかけ、慌てて耳をふさいだ。弾は跳ね返って横に飛び、壁の絵の一つが砕け散った。あまりにも恐ろしくてなにも考えられず、頭のなかを映像が渦巻く。パサージュ・モニエ、病院、カミーユの深刻な顔、とがめるような表情、そして人生のフラッシュバック。自分はこのまま死んでいくのだろうか？

　そうだ、それが今起きようとしていることだ。撃ち損じがいつまでも続くはずはない。しかも今回は自分一人で、助けが来る見込みさえない。

　アンヌはごくりと唾をのんだ。じっとしていちゃいけない。あの男は家に入ってくるだろう。どこからかわからないが方法を見つけて入ってくるはずだ。とにかくカミーユに電話しなければ。アラームを鳴らせと言われたけれど、暗証番号を書いた紙はリビングの反対側の操作パネルの近くに置きっぱなしだ。そして電話は中二階。

　やはり階段を上がるしかない。

　アンヌは顔を上げて周囲を、床を、石膏のかけらが散らばったカーペットを見た。だが助けになるものなど転がっていない。自分で自分を助けるしかない。だから覚悟を決めた。アンヌは寝転がって両手で一気にセーターを脱いだ。毛糸が指の添え木に引っかかったが、無理やり引きちぎった。三まで数えて身を起こし、ソファーに背中をつけ、丸めたセーターを腹に抱きしめた。今ソファーが狙われたら自分は死ぬ。迷っている暇はない。

すばやく右を見る。階段は十メートル先だ。そして左の空間を見定める。少し上を見るとガラス張りの屋根越しに木の枝が見えている。男が木を伝って入ってくることも考えられる。急がなければ。助けを呼ばなければ。カミーユ、警察、誰でもいい。

チャンスは一度きり。アンヌは両脚を引き寄せて立つ準備をし、セーターを左へ投げた。遠くへ、なるべく長く空中にとどまるように少し力を抜いて。そしてセーターが手を離れると同時に立ち上がり、階段に向かって走った。それを待っていたかのように、すぐ後ろで着弾音がした。

交互撃ちはだいぶ前に身につけた。左右に的を立てて交互にすばやく撃つ技だ。

おれはライフルを構えた状態で部屋を見張っていた。つまり準備はできていた。だからセーターが飛んだ瞬間まずそれを撃ち——また着るつもりなら穴を繕ったほうがいい——すぐ向きを変えて階段へ向かう女を狙い、二段目に上がったときに一段目を撃った。女はそのまま中二階に消えた。

次の作戦に移るとしよう。ライフルをしまってピストルを出す。必要になるかどうかわからないが、仕上げ用にハンティングナイフも持っていく。ラヴィッチで試したが、かなりのすぐれものだ。

女は今中二階にいる。追い込むのにもっと手間どるかと思ったがそうでもなかった。要は追い立て方の問題だ。あとはぐるりと回ればいい。といってもなにごとも思いどおりにいくとはかぎらないし、女がいつ気づくかわからないから、少し急ごう。

　こちらの読みが当たれば、次はご対面だ。


　階段の一段目が壊れ、アンヌの足の下で階段全体が揺れた。夢中で駆け上がったのでつまずいてしまい、中二階に倒れ込んで整理だんすに頭をぶつけた。ここは狭すぎる。すぐに起き上がり、そっと下の様子を見て、ここが外から見えないこと、弾も届かないことを確認した。なにはともあれ電話だ。カミーユにすぐ戻ってきてほしい、助けてほしい。アンヌはたんすの上を無我夢中でひっかきまわしたが、携帯がない。ナイトテーブルにもない。いったいどこに置いただろう？　そして思い出した。寝る前に充電しようと思ってベッドの反対側のコンセントにつないだのだ。アンヌはベッドを回り込んで携帯に飛びつき、電源を入れた。息が切れているうえに、心臓が激しく打つので気分が悪い。アンヌは拳で膝をたたいた。この携帯ったら、なんだってこんなに起動に時間がかかるの？　カミーユ……。そしてようやく番号を押す。

　カミーユ、出て、早く出て、お願いよ！

　呼び出し音が一回、二回……。

　カミーユ、お願いだってば、どうしたらいいか教えてよ！

　携帯を握る手が震えた。

「ただいま電話に出ることができません……」

アンヌは切った。そしてもう一度かけたが、また留守電メッセージだった。今度はメッセージを残した。

「あの男がここにいるの！　電話ちょうだい、お願いよ！」

　ペレイラ判事は腕時計を見た。相変わらず忙しそうで、時間をもらうのは難しそうだ。だがカミーユにはわかった。忙しいというより、判事にとってパサージュ・モニエ事件はもうカミーユの担当ではないということだろう。ちょっとスケジュールが……と判事が首を横に振る。その続きをカミーユは想像する。規則違反が多すぎ、仕事にあいまいな点や不審な点が多すぎる、場合によってはチームごと事件から降りてもらいたい……。判事がそういう考えなら、ミシャールは当然守りに入り、検事局にカミーユのことを報告するだろう。どうやら内部調査が避けられない状況になりつつあるようだ。

だが、判事は本当に迷っているようにも見えた。困ったなと顔をしかめ、迷い、また時計を見る。いや、やはりちょっと無理ですねえ……。判事はカミーユより二段上に立ったまま、カミーユを見下ろし、困った顔をする。人を避けるというのが性に合わないらしい。そして、ヴェルーヴェンには譲歩しないが、倫理上の良心に屈したという形でこう言った。

「あとで電話します。午前中に」

カミーユは感激の面持ちで両手を広げ、判事はうなずいた。

これがラストチャンスだとカミーユにはわかっていた。ル・グエンの友情と判事の比較的穏やかな態度にわずかながら希望があるように思い、自分はそこにしがみつこうとしている。判事もそれを感じとっているようだが、興味もあるようだ。二日前からの展開があまりにも奇妙なので、本当のところを知りたいと思っているのだろう。

「ありがとうございます」とカミーユは言った。

それは告白のようでもあり、懇願のようでもあり、それに対してペレイラはあいまいなしぐさで答え、ばつが悪そうな顔で階段を上がっていった。

アンヌははっと顔を上げた。そういえば階段の一発のあと音がしない。あの男はどこへ行ったのだろう？

そして裏手に回るかもしれないと思った。バスルームの窓が開けっぱなしだ。人が通り抜けられる大きさではないが、それでも開口部だから、あの男ならなにをするかわからない。

アンヌは危険も考えずに動いた。ガラス窓の向こうにまだ男が潜んでいるかもしれないのに、寝室を出て階段を駆け下り、二段目から飛び下りていきなり右に曲がり、危うく転びそうになった。

その勢いで洗濯室に飛び込むと、正面に男がいた。バスルームの窓の外に立ってこちらを見ていた。

男は肖像画のように窓枠のなかで微笑み、ピストルを持った手を窓から差し込み、アンヌを狙った。サイレンサーがぞっとするほど長い。

そして撃った。

判事が立ち去ってから、カミーユも階段を上がっていくと、踊り場でルイが待っていた。今日もしゃれている。クリスチャン・ラクロワのスーツ、サヴィルハウスの細縞のシャツ、フォルツィエリの靴。

「すまん、ルイ、ちょっとあとにしてくれるか」

ルイは、ええ、かまいませんよと手で合図して引っ込んだ。少ししたらまた顔を出してくれるだろう。ルイは慎みを絵に描いたようなやつだ。

カミーユはオフィスに入ると椅子の上にコートを投げ、腕時計を見ながらヴェルティヒ&シュヴィンデル社の番号を押した。九時十五分。女性が出た。

「アンヌ・フォレスティエさんをお願いします」

「お待ちください」と女性が言った。「今おつなぎします」

カミーユはほっと息をついた。胸を締めつけていた万力のようなものがゆるみ、もう少しで喜びの叫びを上げるところだった。

「あ、すみません、もう一度名前を……」女性は照れ笑いするような声で聞き返した。「申し訳ありません、代理なもので」

カミーユは唾をのんだ。ふたたび万力がきつくなり、今度は痛みが体中に広がり、一気に不安がこみ上げる。

「アンヌ・フォレスティエさんです」

「どちらの部署の？」

「ええ……管理部門とか、そのたぐいの」

「失礼ですが、その名前は弊社の名簿には……。少々お待ちください。確認しますので」

思わず前のめりになる。別の女性が出た。もしかしたらアンヌが〝すっごく嫌な女〟と言った相手かもしれないと思ったが、そうではなかった。その女性はアンヌ・フォレスティエという名前に心当たりはないと言った。まわりに聞いてみても誰も知らないという。名前に間違いはございませんか？　ご用件をお聞かせくだされば、担当の者にお回ししますが……

カミーユは電話を切った。

喉がからからだった。水を飲みたいがそれどころではない。手が震えた。

パスワードを入力し、クリックしてシステムにログインし、《アンヌ・フォレスティエ》で検索。山ほどいる。絞り込もう。誕生日は？

誕生日……思い出せるはずだ。アンヌと出会ったのは三月初旬で、その三週間後に今日がアンヌの誕生日だと知り、〈シェ・ネネス〉に招待した。贈り物を用意する時間はなかったが、アンヌは笑って、誕生日には食事がいちばんうれしいし、ここのデザートは最高よと言った。カミーユはナプキンにアンヌをスケッチし、それを贈った。口に出しては言わなかったが、そのスケッチはわれながらいい出来で大満足だった。そういう日もある。

カミーユは携帯を取り出して自分のカレンダーを開き、確認した。〈シェ・ネネス〉に行ったのは三月二十三日だ。

そのときアンヌは四十二歳になったと言った。そこで検索キーワードに《一九六六年三月二十三日生まれ》と足し、さらに《リヨン生まれ》と入力したが、その晩の会話の記憶をたどっても確信がもてないので削除し、検索をかけた。すると二人ヒットした。めずらしいことではない。変わった名前でなければ、自分の名前と生年月日を入力すると、あちこちに分身が見つかるものだ。

一人目は別人だった。一九七三年二月十四日に八歳で死亡している。

二人目も別人だった。二〇〇五年十月十六日に死亡。三年前だ。

カミーユは何度も両手をこすり合わせた。

カミーユが今感じている不安はこれまでにも再三経験してきたもので、刑事が基本的に身につけている勘でもある。だが事態はすでに勘の域を超え、はっきりと〝異常〟が現れた。カミーユ・ヴェルーヴェンといえばこれまで数多くの異常を解きほぐしてきたことで有名だが、今回はその異常とカミーユ自身の行動が密接に絡んでいるのでややこしいことこのうえない。だから周囲にわかるはずがないし、カミーユ自身も頭が混乱してどうにかなりそうだ。

自分はいったいなぜ、こんなふうに孤軍奮闘しているのだろう？

誰と戦っているのだろう？

女性は生年月日をごまかすことがある。アンヌはそういう性格ではないが、それでもわからない。

カミーユは立ち上がってファイルキャビネットを開けた。誰も整理したことのないキャビネットで、カミーユも身長を言い訳にして放ってある。自分に都合がいいときは言い訳に使うことにしている。必要な取扱説明書を見つけるのに何分もかかったが、仕方がない。この件ばかりは誰の助けも借りられない。

「離婚のあとでいちばん時間がかかるのは、洗い流すこと」とアンヌは言った。

カミーユは机に戻ると、その上に両手を広げて集中しようとした。だができないので鉛筆と紙を手に取り、スケッチしながら考えた。あのとき二人はアンヌのアパルトマンにいた。アンヌはソファーベッドに座っていて、カミーユが「ここはちょっと、なんていうか……寂しげな部屋だね」と言った。カミーユはアンヌを傷つけまいと言葉を探したのだが、すでに文章の出だしと途中の気詰まりな沈黙で失敗していたので、どんな言葉を使おうと同じことだった。「お金がなかったから」とアンヌは冷ややかに答えた。「でも文句は言えないわ。離婚の代償よ」

それから「リヨンを出るとき全部置いてきた」とも、「なにも欲しくなかった」とも言っていた。

さらに記憶をさかのぼる。離婚についても突っ込んだ話にはならなかった。カミーユもあえて質問しなかった。

「二年前」とだけアンヌは言った。

カミーユは鉛筆を置き、取扱説明書のコマンドの一覧表に左手の指を走らせ、それを見ながら右手でキーボードにコマンドを打ち込み、《二〇〇六年に結婚／離婚》した《アンヌ・フォレスティエ》を検索した。そして結果のなかから明らかに別人とわかるものを削除していくと、最後に一人残った。アンヌ・フォレスティエ、一九七〇年七月二十日生まれ。つまり現在三十八歳……。リンクをクリックすると、《一九九八年四月二十七日に詐欺で逮捕》とあった。

アンヌに逮捕歴？

思いがけない情報ですぐにはのみ込めず、呆然としたまま続きを読んだ。罪状は小切手偽造・文書偽造およびその行使。カミーユは動揺し、その先の記述が脳に届くまでに何秒もかかり……だがよく見たらそのアンヌはレンヌの中央刑務所に送られていた。別人だ。なんの関係もない別のアンヌ・フォレスティエだ。

とほっとしたのもつかの間、その女は仮出所していた。いつだ？　このデータは最新か？　収監者の写真を見るには別のデータベースを引っぱり出す必要があるが、そのやり方がわからない。落ち着け、焦るなと自分に言い聞かせる。《F４キーを押してください》。ようやく正面と横からの写真が出た。太っていて、どう見てもアジア系。出生地はベトナムのダナン。

止めていた息を吐いて検索画面に戻る。よかった。アンヌは前科者ではなかった。だがどこにも出てこないのはなぜだろう。

深呼吸しようとしたが、胸が締めつけられていて息を吸えない。まったくこの部屋は息が詰まる、と思ったのはさっきから何度目だ？

男と目が合った瞬間、アンヌは身を伏せた。頭上数センチのドア枠に弾がめり込んだ。ストーブに当たったときの音に比べれば静かなものだが、それでも衝撃が家全体に響いた。

洗濯室から出なければと四つん這いでもがいたが、恐ろしくて手足が思うように動かない。なんてこと、これじゃ一昨日のパサージュ・モニエと同じじゃない！　アンヌはあのときと同じようにじたばたしたし、そこを後ろから撃たれようとしている。

添え木が床のタイルですべるので、アンヌは横に転がって逃げようとした。痛みなどどうでもいいし、もう感じない。ただ本能のままに動いた。

二発目が右肩をかすめてドアに当たった。アンヌは小犬のように走って敷居の向こうへ身を投げ、次の瞬間、奇跡的に壁に守られて座っていた。男は入ってくるだろうか？　どうやって？

不思議なことにアンヌは携帯を握りしめていた。階段を駆け下りてきて、洗濯室に飛び込んでそこを這いずりまわったのに、手放していなかった。戦場を逃げ惑う子供たちがぬいぐるみを放さないのと同じだ。

どうしよう……。男はまだ窓の外にいるのだろうか。様子を見たいが、顔を出したとたんに三発目が飛んでくるかもしれない。

考えなきゃ、早く！　アンヌの指は無意識にカミーユの番号を押していたが、まだ出ない。自分で考えるしかない。

警察を呼ぶ？　でもこんな田舎で近くに警察署などあるだろうか？　説明にも時間がかかるし、駆けつけてくるまでにはもっとかかるだろう。その前に十回くらい死ぬことになりそうだ。なにしろ男はすぐそこに、窓のすぐ外にいるのだから。

こうなったらあれしかない。カラヴァッジョ！

記憶というのは不思議なもので、感覚が研ぎ澄まされてくると次々よみがえる。カミーユはアンヌが娘のアガタについて言っていたことを思い出した。大学で経営学を学んでいる。ボストンにいる。確かにそう言った。娘に会いにボストンに行ったら（そのときモントリオールに寄り、そこでモー・ヴェルーヴェンの絵を見た）、街並みがとてもきれいで、ヨーロッパ的で

「レトロだったのよ」と言ったのを覚えている。カミーユにはどう〝レトロ〟なのかよくわからず、ルイジアナみたいなものだろうかと思った。カミーユは旅行好きではない。

となると別のデータベースが必要で、別の取扱説明書も必要なので、カミーユはふたたびキャビネットから探し出してきて、コマンドの一覧表を指で追った。幸いなことに、今のところどのデータも上の許可なく閲覧できている。接続は迅速で、すぐボストン大学のデータが出たが、教職員四千人、学生三万人と多すぎる。そこで女子学生クラブ《ソロリティ》の名簿を利用することにし、全名簿をコピーして、名前を検索できるファイルにペーストした。

フォレスティエは一人もいない。アンヌは離婚したのだから、娘は父親の姓かもしれない。ファーストネームで検索したほうがよさそうだ。アガタは……アガタ、アガサ、アゲート等々綴りが似ているのを含めて三人だけ。

アガサ・トマソン、二十七歳、カナダ人。アガテ・レアンドロ、二十三歳、アルゼンチン人。アガサ・ジャクソン、アメリカ人。フランス人はいない。

アンヌだけではなく、アガタも見つからない。

ではアンヌの父親はどうだろう？

「父は四十ほどの団体の資金管理を任されたんだけれど、それを全部持ち逃げして、そのまま消えちゃったの」

アンヌはそう言って苦笑した。情報がこれだけでは難しそうだ。商売をやっていたらしいが、なんの商売かわからない。どこに住んでいたのかもわからない。横領事件がいつのことなのかもわからない。わからないことが多すぎる。

残るは弟のナタン。

研究者というからには（分野はなんだったろうか。天体物理？　まあそのたぐいだろう）論文を発表しているはずで、だとすれば必ずヒットするはずで、それもだめだとしたら……。また息が苦しくなってきた。今回は検索に時間がかかった。

ない。ナタン・フォレスティエという研究者はどこにもいない。いちばん近いのはナタン・フォレストだが、ニュージーランド人で七十三歳だった。

カミーユはあらゆるキーワードを試した。リヨン、パリ、旅行代理店……。そしてとうとう固定電話を調べることにしたときには、背中のちくちくも止まっていた。すでに答えが出たようなもので、疑いようがないからだ。

その番号は電話帳に載っておらず、奥の手を使うしかなかったが、少々面倒なだけで難しいわけではない。

加入者名はマリーズ・ロマン、住所はラ・フォンテーヌ＝オー＝ロワ通り二十六番地。要するにあの大家だ。アンヌが借りているアパルトマンの所有者は隣人のマダム・ロマンで、どうやらアパルトマンの中身もすべて大家のものらしい。電話も、家具も、おそらくあの選択基準不明のペーパーバックも。

つまりアンヌは家具付きで借りていた。

いつもならここで誰かをやって確認させるところだが、もはやその必要さえ感じなかった。カミーユがアンヌ・フォレスティエという名で知る女性は幽霊だ。彼女に属するものはなにもない。あらゆる方向に矢を放ってみたが、すべて同じところに戻ってきた。要するに、アンヌ・フォレスティエは実在しない。

ではアフネルが狙っているのは何者だ？

アンヌは携帯を床に置き、肘を使ってゆっくり這っていった。なるべく見つからないように、低く、床に溶け込んでしまえたらいいのにと思いながら。リビングをぐるりと回り、カミーユが暗証番号を置いていったサイドボードにたどりついた。続いて玄関わきのアラームの操作パネルへ。

＃２９０９１５７１＃

けたたましい音が響きわたった。アンヌは両手で耳をふさぎ、発砲が続いているかのように身を丸めた。頭に錐で穴を開けられるような強烈な音だった。

男はどこへ行っただろう？　アンヌは理性に逆らい、ゆっくり体を起こして周囲を見た。誰もいない。少し手をゆるめただけで耳がつぶれそうになるので、両手をしっかり耳に当てたままガラス窓のほうへ這っていった。

逃げたのだろうか？　緊張で喉が締めつけられる。こんなに簡単にあきらめる男ではない。さっさと逃げるはずはない。

カミーユはノックの音にも、ルイの声にも気づかなかった。はっと目を上げたらルイが顔を出していた。

「ペレイラ判事が来られるそうですよ」

頭が朦朧として反応できない。真実にたどりつくにはまだ時間がかかるし、知性、理性、厳格性、一貫性など、カミーユが持ち合わせていない数々の資質も必要だ。

「なんだって？」とカミーユは訊き返した。

ルイが繰り返し、カミーユはそうかとかなんとか口ごもりながら立ち上がり、上着をつかんだ。

「だいじょうぶですか？」とルイが訊いた。

だがカミーユはもう聞いていなかった。携帯を取り出したら着信が一件あり、アンヌからだったのだ。慌ててボタンを押してメッセージを聞き、最初のひと言で駆けだした。

「あの男がここにいるの！　電話ちょうだい、お願いよ！」

ルイを突き飛ばし、廊下に出て、息せき切って踊り場から階段へ、下の階で女性にぶつかりそうになり、それはミシャールで、その後ろにペレイラ判事もいて、二人はちょうどカミーユと話をしようと上がってきたところで、判事が口を開きかけたが、カミーユは立ち止まるそぶりさえ見せず、そのまま階段を駆け下りながら叫んだ。

「あとで説明します！」

「ヴェルーヴェン！」ミシャールが叫んだ。

部長の声が響いたときには、カミーユはもう下まで降りていて、そのまま車に飛び乗った。ドアを勢いよく閉め、窓を下ろし、車をバックさせながら左手で屋根に回転灯をのせ、すぐさまサイレンを鳴らして発進し、それを見て駐車場の出口で警官が車の流れを止めてくれたので、一気に通りに躍り出た。

タクシーレーンとバスレーンをすり抜けながら、カミーユはスピーカーを最大にしてアンヌの番号にかけた。

出てくれ、アンヌ！

答えてくれ！

アンヌは立ち上がった。だがそのまま待った。あの男はなぜ姿を見せないのだろう。罠かもしれないと思い、なおもじっとしていたが、時だけが流れてなにも起きない。アラームはもう止まったが、まだ耳鳴りがして空気が震えているような気がする。

ようやく足を一歩進め、ガラス窓に近づいた。ただし斜めからだ。壁で身を守るようにして、いつでも下がれる構えで近づく。あの男がこんなふうに逃げるわけがない。こんなに早く、唐突に。

と、男が目の前に現れた。

アンヌはぎょっとして一歩下がった。

二人はわずか二メートルの距離でガラスをはさんで立っていた。

男は銃を持っておらず、アンヌの目をとらえたまま一歩前に出た。手を伸ばせば窓に届きそうだ。男は微笑み、うなずいた。アンヌは目をそらすことができず、男の目を見たまままさらに一歩下がった。男は両手を広げてみせた（カミーユが見せてくれた絵画にそんな姿があった。キリスト像だ）。それから頭の上まで持っていき、その恰好のままゆっくり回りはじめた。これではまるでアンヌが男に銃を突きつけているようだ。

ほら見ろ、おれは丸腰だ。

そしてひと回りすると、またアンヌをじっと見て、両手を広げたままにっこり笑った。アンヌは動けなかった。道路に飛び出したウサギと同じで、車のライトに照らされて身動きできなくなり、そのまま死を待つしかない。

男はアンヌから目を離さず、さらに一歩、二歩と前に出て、ガラス戸の取っ手に手をかけた。アンヌを驚かせたくないのか、すべての動きがひどくゆっくりだ。だがアンヌはもう身動きとれなくなっていた。動けないし、目をそらすこともできないし、呼吸はますます早くなり、鼓動はますます重く、鈍く、痛くなってきた。男も動きを止めた。微笑んだまま、じっと待っている。

もう終わりにしなきゃとアンヌは思った。この道はここが行き止まり。

アンヌはテラスに目を向けた。それまで気づかなかったが、テラスの床に革ジャンが脱ぎ捨ててある。片方のポケットからピストルの握りの部分がわざとらしく顔をのぞかせ、もう片方からはナイフの柄が突き出ていて、まるで兵士の屍《しかばね》だ。男はズボンのポケットにも両手を突っ込み、ゆっくり裏地を引っぱり出した。

ほら、なにも持っていないだろう？ ポケットは空だろう？

たった二歩でいいんだとアンヌは思った。もうさんざん歩いてきたじゃない、その最後のたった二歩。男は身じろぎ一つしない。

アンヌはとうとう決めた。そして炎に身を躍らせる覚悟で一気に動いた。二歩出て、鍵をはずす。指の添え木が邪魔だし握力もないので手間どった。

鍵がはずれてから、ようやくアンヌは自分がしたことに気づき、片手を口に当ててよろよろと後ろに下がった。ガラス戸はもういつでも開けられる。たった一歩で男はここに入ってこられる！

アンヌが両腕をだらりと下げて立ち尽くしたところへ、男が入ってきた。アンヌは無意識のうちに叫んでいた。

「このひとでなし！　ひとでなし、ひとでなし、ひとでなし、ひとでなし！」

さらに後ろに下がりながら、大声でわめきつづけ、その声に腹の底から上がってきたような涙が混じってかすれた。ひとでなし！　ひとでなし！

「おいおい……」

男は勘弁してくれと顔をしかめてから、興味深そうに家のなかを観察しはじめた。初めてここに招かれた客、あるいは不動産屋のつもりだろうか。なかなかいい中二階ですね、採光がいいですね……。アンヌは恐怖に息を詰まらせながら、中二階への階段のそばまで下がった。

「さあて」と男がアンヌのほうを振り向いた。「少しは落ち着いたか？」

「なぜわたしを殺そうとするの！」アンヌは悲鳴の代わりに言葉をぶつけた。

「なんだ？　いったいなんの話だ？」

それは本当に驚いたような、憤慨したような言い方だった。

それを聞いたとたん、それまでためこんできた恐怖と怒りがどっと吹き出し、甲高い声になった。アンヌはもう口を手で隠しもせず、恥もなにもかなぐり捨てて、ただもう憎しみからわめいた。とはいえまた殴られるのではないかという恐怖も消えず、口は前に出ようとするのに足は後ろに下がろうとする。

「殺そうとしたじゃない！」

男はため息をついた（それでなくても疲れてるのに、冗談じゃないという顔）。

「こんなの話が違うわ！」

男は今度は首を振った（おまえはそこまで世間知らずか）。

「だってそうじゃない！」

男は口元をゆがめた（おいおい、ほんとに全部説明しなきゃわからないのか？）。

だがアンヌはやめなかった。

「そうじゃない！　突き飛ばすだけだって言ったじゃない！　あなたそう言ったでしょ。〝軽く突き飛ばすからな〟って！」

「そりゃ……」男は唾をのんだ。そんな基本的なこともわかっていなかったのかとあきれ顔だ。「信じ込ませるのが目的なんだから当然だろ？　〝信じ込ませる〟って言葉の意味がわからないのか？」

「しつこく追ってきたじゃない！」

「そりゃそうさ！　それも全部ちゃんとわけがあって……」

男は笑いだした。アンヌはますます頭にきた。

「こんなの約束と違うわよ！　このげす！」

「まあ確かに、なにからなにまで説明したわけじゃないからな。しかしな、げす呼ばわりはやめたがいい。おれがいつまでも我慢すると思うなよ」

「最初からわたしを殺すつもりだったくせに！」

男はぴしりと言った。

「おまえを殺す？　ありえない！　おれがそのつもりなら、あれだけ機会があったんだから、おまえが今ここで口をぱくぱくさせてるはずないだろ！」そして人差し指を立てた。「おれがしたのはな、インパクトを与えることであって、まったくの別物だ！　しかもそっちのほうが殺すよりはるかに難しい。病院の件だってそうだ。警察や憲兵が飛んでくるような騒ぎにはせず、ただおまえのあの刑事だけを怯えさせる。これは至難の業で、よほどの腕前じゃなきゃできない」

その点はそのとおりだったので、アンヌはますます頭にきてわれを忘れた。

「よくも顔をめちゃめちゃにしてくれたわね。歯まで折って！　こんなことって……」

すると男はちょっと同情するように眉を寄せた。

「まあ、言いたくはないが、その顔は見られたもんじゃないな」そしてくつくつと笑いを押し殺す。「だがなんとかなるさ。今はいい方法があるんだから。そうだ、その歯についちゃ、無事お宝を手に入れたら金歯を進呈しよう。銀でもいいぞ。また結婚でもしたいっていうなら、金《きん》のほうがいいんじゃないか？　シックだぜ」

アンヌは膝から崩れた。もはや涙も枯れはてて、憎しみしか残っていない。

「いつか殺してやるから」

男は笑った。

「おまけに根に持つタイプときたか。そんなことが言えるのは頭に血が上ってる証拠だ」男は自分の家のように堂々とリビングを歩きまわっている。「とにかく」とまじめな声になる。「心配するな。すべてうまくいけば、そのあとどこかで抜糸してもらって、プラスチックの歯を入れてもらって、おとなしく家に帰ればいいだけだ」

男は立ち止まって中二階を見上げた。

「ここは悪くないな。居心地がよさそうじゃないか、え?」そして腕時計を見る。「さてと、失礼するか……ぐずぐずしちゃいられない」

男が近づこうとしたので、アンヌは慌てて壁まで下がった。

「だから、指一本触れやしないって!」

アンヌは叫んだ。

「出てって!」

男はわかってるとうなずいたが、目はすでに別のものを見ていた。階段の一段目を観察し、振り向いてガラス窓にできた穴をじっと見る。

「大したもんだろ?」と言ってまたアンヌのほうを向いた。

得意顔だ。褒めてもらいたいらしい。

「誰にでもできることじゃない。わかってんのか?」

アンヌの無理解に傷ついたような顔をする。

「もう出てって!」

「もちろんだ」男は満足げに部屋を一望した。「やるべきことはすべてやった。いいチームだったな。これで……」と部屋のあちこちの弾痕を指差す。「うまく事が運ぶはずで、でないとすりゃ、とんでもない見込み違いだったことになる」

男はまた堂々とリビングを通り抜け、ガラス戸の敷居まで戻った。

「それにしてもこのあたりの連中は腰抜けだな。あれが一日中鳴りつづけたとしても、人っ子一人様子を見にきやしないだろう。まあ驚きゃしないがな。どこでもそんなもんさ。さてと……」

男はテラスに出て革ジャンを拾い上げ、内ポケットから封筒を出して振り向き、アンヌのほうに投げてよこした。

「すべてうまくいったらそれを使え。うまくいくように祈ることだな。いずれにしても、おれの許可なくここを出ていくなよ。逃げたりしたら、おまえの身に起きたことは序章に過ぎなかったってことになる」

そして返事も待たずに消えた。

数メートル先でアンヌの携帯が鳴り、床石の上で震えた。あのけたたましいサイレンのあとでは、携帯の呼び出し音などオモチャの電話のように心もとない。

カミーユだった。出なければ。「言ったようにするんだぞ……ここなら心配はいらない」と言っていたカミーユ。

アンヌはボタンを押した。演技をするまでもなく、疲れきった声しか出なかった。

「逃げたわ」

「アンヌ！」カミーユがわめいた。「なんだって？」

カミーユの声は色を失っていた。

「あの男が来たの」アンヌは言った。「それでアラームを鳴らしたら、逃げたわ」

電話の向こうでサイレンが鳴っているのが聞こえた。そのせいでカミーユにはよく聞こえなかったようだ。サイレンの音が止まった。

「無事か？　今そっちに向かってる。無事だと言ってくれ！」

「無事よ」アンヌもちゃんと聞こえるように声を上げた。「もうだいじょうぶ」

「なにがあったのか教えてくれ！」

アンヌは膝を抱えて泣いた。

死にたかった。

十時半

カミーユは速度を落としてひと息ついた。

一度回転灯を消したが、すぐまた点けた。検討すべき要素が多すぎるうえに、動揺が収まらず、考えをまとめることができない。

カミーユは二日前からぐらぐらと揺れるつり橋の上を進んできたようなものだった。手すりはなく、下は深い谷だ。そして今しがた、アンヌがカミーユの足元の板をはずした。

この二日間で大事な女性が三度も命を狙われた。ところがその女性が偽名を名乗っていたことがわかり、単なる被害者なのかどうか怪しくなってきた。しかもカミーユは職を失うかどうかの崖っぷちに立たされている。そんな状況なのだから、今こそものごとを戦略的かつ論理的に考えなければならないはずだが、困ったことにそれができない。カミーユの心はただ一つの大きな疑問で占められてしまっていて、ほかのことは考えられなかった。つまり、アンヌは何者なのか？

いや、疑問はもう一つある。彼女がアンヌではないとして、それでなにが変わるのか？

カミーユはアンヌと過ごした日々を振り返った。互いを知ろうとし、あえて触れ合うことのなかった夜もあれば、二人でシーツのあいだを転げまわった夜もある。八月のある晩、アンヌが不意に出ていき、一時間後にまだ階段にいたのをカミーユが見つけたこともあったが、あれも駆け引きだったのだろうか？　策略のうちだろうか？　交わした言葉、愛撫、抱擁、時間、日々、あれがすべてただの演技だったと？

カミーユはあと数分でふたたびアンヌ・フォレスティエと名乗る女性と向き合う。何か月もベッドをともにしてきたその女性は、最初の日から嘘をついていた。カミーユの心は脱水機にかけられたように乾ききり、なにをどう考えたらいいのかもわからない。

アンヌの正体とパサージュ・モニエ事件にはどんな関係があるのだろう？

そしてこの事件全体のなかで、自分はどんな役を演じさせられているのだろう？

それでもいちばん肝心なのは、誰かがこの女性を殺そうとしていることだ。

もはやその女性が誰なのかもわからないが、一つだけ確かなことがあるとすれば、それは彼女を守るのが自分しかいないということだった。

アトリエに戻ると、アンヌが流し台の前の床に座り、膝を抱えていた。

カミーユは動揺していたせいで、アンヌの顔がどうなったかをすっかり忘れていた。車を走らせていたあいだカミーユの頭のなかにいたのは以前のアンヌであり、それは美しく、よく笑い、瞳が薄緑で、えくぼのある女性だった。だから傷跡や黄色い肌、包帯、汚れた添え木を見てショックを受けた。二日前に救急病棟へ駆けつけたときと同じだ。

そしてすぐ感情にとらわれ、うろたえた。アンヌはうつむいたまま、催眠術にでもかかったように一点を見つめている。

「だいじょうぶか？」

カミーユは近寄り、動物でも手なずけるようにしゃがみ込んだ。そしてアンヌの前にひざまずいて抱きしめてやり——もちろん身長が違うのでうまくはいかなかったが——彼女の顎をそっと持ち上げて目を合わせ、笑いかけた。

アンヌは今ようやくカミーユに気づいたように瞬きした。

「あ、カミーユ……」

そしてカミーユにもたれかかり、肩のくぼみに顎を載せた。

カミーユは今この世の終わりが来てもいいと思った。

だがこの世はまだ終わらない。

「なにがあったのか話してくれ」

アンヌは右に左にと目を泳がせ、それは動揺しているようでもあり、どこから始めようかと迷っているようでもあった。

「あいつは一人だったか？　それとも何人かで来たのか？」

「一人よ……」

アンヌの声は小さく、震えていた。

「きみが写真で確認した男だったか？　ヴァンサン・アフネルだったのか？」

ええとアンヌはうなずいた。ええ、彼よ。

「詳しく聞かせてくれ」

アンヌの話は途切れ途切れで、まともな文章にならなかったが、カミーユはそれをつなぎ合わせて場面を再現していった。

一発目がコーヒーテーブル。ソファーのほうを振り返ると、コーヒーテーブルがあったところにガラス片と木片が堆積していた。サクラ材の破片が落雷で裂けたように尖っている。カミーユは話を聞きながら立ち上がってガラス窓まで行き、穴を確認した。かなり高い位置で、カミーユには手が届かない。これで弾道がわかる。

「続けてくれ」

二発目が壁。三発目が薪ストーブで、跳弾して壁へ。カミーユはソファーの後ろの壁と薪ストーブの弾痕を指でなぞり、少し離れたところの壁の穴も確認した。それから階段へ向かった。四発目は階段の一段目。時間をかけて観察し、板の残骸に手を置き、そこから上を見上げて考え込んだ。ふたたびガラス窓を振り返って弾が来た方向を確認し、それから二段目に上がった。

「それから？」と階段を下りながら訊いた。

カミーユはバスルームに行った。アンヌの小声が遠くなり、ますます聞きとりにくくなったが、場面はなんとか再現できる。ここは自分の家だが、今や犯罪現場でもある。だからカミーユは仕事をしていた。いつものように仮説を立て、検証し、結論を導き出す。

アンヌが言うとおり窓が少し開いている。アンヌがここに来たとき、アフネルは窓の外で待っていた。そして窓から腕を入れ、サイレンサー付きのピストルをアンヌに向けた。カミーユは自分の背より高いところのドア枠に弾痕を見つけ、確認してからリビングに戻った。

アンヌは話しおえると黙り込んだ。

カミーユは階段の下に置いてあったほうきを取り、コーヒーテーブルのガラス片や木片を壁際に掃き寄せ、ソファーの上も手早く払った。そして湯をわかした。

「こっちへおいで」とカミーユは言った。「もう話はいいから」

二人は並んで座り、アンヌはカミーユに身を寄せた。そして一緒にカミーユがいれたお茶らしきものを飲んだ。はっきり言ってまずかったが、アンヌは文句も言わない。

「もっと安全なところへ連れていくよ」

アンヌは首を横に振った。

「なぜだ？」

理由を言わない。アンヌにとってはとにかく〝いいえ〟であり、理由などどうでもいいのだ。だがガラス窓やドア、階段にあいた穴、そして粉々になったコーヒーテーブルのことを思うと、このままここにいていいとは思えない。

「しかしおれは……」

「いやよ」アンヌがきっぱり言った。

それで決まりだ。話し合いは終わった。それに、アフネルが家に入れなかったということは、今日また戻ってくるとは考えにくいとカミーユも思った。明日また考えればいい。この三日で何年も経ったような気がするのに、そんなときに明日とは、あまりにも遠い……

そしてこのとき、カミーユもようやく次の行動を決めた。

強烈なブローを食らったボクサーが立ち上がって試合に戻るのに少し時間がかかるように、カミーユも少し手間どったが、もう決めた。

あと一歩で真相をつかめるという気がしていた。もう遠くない。せいぜい一時間か二時間あればいい。それまで、しっかり施錠を確認したうえで、アンヌをここに残していくしかない。

二人はもう言葉を交わさず、それぞれ物思いにふけっていた。ただ何度もカミーユの携帯が振動して物思いの邪魔をした。誰からの電話かは見るまでもないし、カミーユは出なかった。

既知でありながら未知の女性に寄りかかられるというのは、なんだか妙な気分だ。おまえは何者だと問いただすべきなのだろうが、それはあとにしよう。もつれを解くのが先だ。

気を抜くと目が閉じてしまいそうだ。疲労で体が重い。雲が低く垂れこめ、目の前には森が広がっている。今や小要塞と化したこの平屋のなかで、カミーユは正体不明の女性を胸に抱いたまま、このまま丸一日でも眠れそうだった。

だがカミーユは気を抜かずに耳を澄ましている。アンヌの呼吸を聞き、アンヌがお茶をすする音を聞き、アンヌの沈黙を、そして二人のあいだに漂う重苦しい沈黙を聞く。

「あの男を見つけてくれる？」ようやくアンヌがささやいた。

「もちろんだ」

答えは自然に出た。なんの迷いもない自信に満ちた答えだったので、アンヌは驚いたようだった。

「見つけたらすぐに知らせてくれるわよね？」

アンヌの一つ一つの言葉の裏にあるものが、それだけで小説になりそうな気がした。眉をひそめてなぜだと訊いた。

「もちろん安心したいからよ。わかるでしょ？」

アンヌの声はもうささやきではなかった。口を隠していた手も下ろしてしまい、歯の欠けた口が見えていた。

「ああ」

もう少しで理由など訊いて悪かったと謝るところだった。

二人の沈黙はようやく合意に達し、アンヌは眠った。カミーユはこの状況を言い表す言葉を見つけられず、鉛筆と紙を手にできたらいいのにと思った。そうしたらわずかな線で描いてみせる。孤独な二人がこうして身を寄せ合っているところを。二人はそれぞれの道の終点にたどりつこうとしている。一緒にいるのに、離れている。しかも不思議なことに、カミーユはこれまでにないほどアンヌを近くに感じていた。正体のよくわからない連帯感のようなものが自分とこの女を結びつけていると思えた。その女の頭をそっとソファーに載せ、立ち上がった。

さあ、行くぞ。今度こそ真相を突きとめる。

カミーユは獲物に近づく狩人のように音を立てずに階段を上った。どの段のどこがきしむかを知り尽くしているからこそできることだ。しかも体重が軽い。

中二階は屋根裏部屋で、天井が急角度で傾斜していて、奥のほうは高さが一メートルもない。カミーユは床に這いつくばってベッドの先まで行き、壁板の一枚を引き開けた。板は手前に倒れ、そこから天井裏に手を伸ばせる。なかは埃とクモの巣だらけで手を出すのに勇気がいるが、カミーユは腕を伸ばして手探りし、ビニール袋を見つけて引っぱり出した。それは灰色のごみ袋で、なかにはゴムバンドをかけたぶ厚いファイルが入っている。あれ以来何年も開いたことのない禁断のファイル、カミーユが恐ろしくてたまらないファイルだ。

今回の事件のせいで、自分は恐ろしいものと次々向き合うはめになっていると思わずにはいられない。

カミーユは周囲を見まわし、枕カバーを取ってそのなかにビニール袋ごとファイルをそっと押し込んだ。気をつけたつもりでも、ちょっと動かしただけで袋に積もった埃が煙のように舞い上がる。カミーユは縞模様の枕カバーで包んだファイルをしっかり抱え、また抜き足差し足で階段を下りた。

そのあとアンヌにメモを残した。《ゆっくり休むんだぞ。いつでも電話してくれ。すぐに戻ってくる》。戻ってきたらもっと安全なところに……と書こうとしたが、やめておいた。それから家を見てまわり、すべての鍵を確認した。

戸口で振り返り、ソファーに横になっているアンヌを見た。こんなふうに一人で残していくと思うと胸を締めつけられる思いだが、仕方がない。ここにいてはなにもできない。

さあ、行こう。

カミーユはファイルをわきに抱え、庭を横切って森の端の車を止めたところまで行った。そこで最後にもう一度振り向くと、森のなかの木のない部分が盆のように見え、その上に静まり返った家が載っているように思えた。十七世紀のヴァニタス（寓意的な静物画）に描かれた小箱のようでもある。カミーユはそのなかで眠るアンヌのことを思った。

カミーユの車が静かに去っていったとき、アンヌはソファーに横になったまま、目を大きく開けていた。

十一時半

パリに近づくにつれ、カミーユの頭のなかは整理され、だいぶすっきりしてきた。前より明確になったわけではないが、少なくともどこに疑問符を置けばいいかはわかっている。あとは正しい問いを発することができるかどうかだ。

パサージュ・モニエで強盗犯の一人が女性をつかまえた。その女性はアンヌ・フォレスティエと名乗っていた。強盗犯はその女性を執拗に追い、殺そうとし、モンフォールにまでやってきた。

アンヌの隠された正体と強盗犯のあいだにどんなつながりがあるのだろう？

一昨日の事件では、アンヌは偶然巻き込まれた被害者にしか見えなかった。あの朝たまたまパサージュ・モニエに腕時計を取りにきて、そこで強盗団に出くわしたのだと思えた。だがまるで関係がないように見えた二つの出来事は、実はつながっていた。それも密接に。

とはいうものの、まるで関係がない二つの出来事など、そもそもこの世に存在するだろうか？

いずれにしても、アンヌ経由では真実にたどりつけていない。アンヌが何者なのかさえわかっていない。だとしたら別のところから糸を手繰るしかない。糸の逆の端から。

携帯の着信履歴を見るとルイから三回かかってきていたが、録音メッセージはなかった。ルイらしい。短いメールが一通、《助けはいりませんか？》。いつの日か、なにもかも片づいたら、おまえを養子にしたいと言ってみようか？

ル・グエンからも三回かかってきていて、録音メッセージも三件残されていた。どれも同じことを言おうとしているのだが、声の調子だけが変わっていく。次第に元気のない、重い声になっていく。「聞け、どうしても話をしなきゃならんから電話を寄こ……」残りは聞かずに消去。「おい、どうしておまえは……」また消去。そして三件目、かなり深刻な声だ。いや深刻というより、ル・グエンはただ悲しいのだろう。「あのな、おまえの助けがないと、こっちも助けてやれないだろ」消去。

カミーユは思考の邪魔になるものをすべて排除し、脳をフル回転させることにした。今いちばん大事なことに集中すること。目をそらしてはならない。

事件そのものはますます込み入ってきた。さっきモンフォールの家の被害を見たことで、事件の全体像に大きな修正を加えざるをえなくなった。かなり派手な襲撃だったことは確かだが、射手の腕がいいとは言えない。となると疑問がわいてくる。

アンヌは一人で幅二十メートルものガラス窓の後ろにいた。その窓の外には殺意を持った腕のいい男が武器を手にして立っていた。だがその男はアンヌを仕留めることができなかった。そこまではたまたま運がなかったと考えることもできる。だがそのあとで裏手に回ったとき、開いた窓から腕を出し、わずか六メートルの距離で発砲したにもかかわらずアンヌの頭を撃ち抜けなかったとなると、これは首をかしげざるをえない。しかもパサージュ・モニエ以来の撃ち損じの連続を考えると、呪われているとしか思えない。あるいは、最初からわざと当たらないようにしてきたとしか思えない。これほど不運が続くことなどありえない。

逆から見ると、あれほど何度も狙いながら、アンヌを殺さないように微妙に的をはずしてきたのだとすれば、射撃の腕は相当なものだと考えられる。カミーユもそれほど腕が立つ人間を多くは知らない。

別の疑問もわいてくる。

たとえば、その男はなぜアンヌをモンフォールまで追ってこられたのか？

昨夜カミーユはアンヌを乗せ、今走っているこの道を逆方向に、つまりパリからモンフォールまで行った。アンヌは疲れていて、後部座席ですぐに眠ってしまい、家に着くまで目を覚まさなかった。

夜更けだったが、環状線《ペリフェリック》も高速も国道も車が多かった。カミーユは途中で二度車を止め、何分も車列に目を光らせたし、モンフォールに近づいてからは三度も迂回し、車のライトが遠くからでも確認できる間道を通った。だが尾行の形跡はなかった。

とはいえ気がかりな前例がある。昨日カミーユは、セルビア人の裏組織の一斉手入れをしたことで、殺し屋をラヴィッチの隠れ家へと導いた。だから今度もアンヌをモンフォールに連れていったことで、殺し屋をアンヌへと導いたのではないか。

いや違う。いかにもそれらしく思えるが、実際は違うだろう。敵はカミーユにそう思い込ませたいのだろうが、そうはいかない。なぜなら、カミーユはすでにアンヌがアンヌではないと知っているし、この事件の真相が当初考えていたものとはまったく異なることも知っている。つまりもっともらしいものこそ疑うべきだと知っている。

カミーユは昨夜尾行されなかったことに自信がある。ということは、殺し屋がアンヌをモンフォールまで追ってきたのは、カミーユならアンヌをそこへ連れていくと知っていたからだ。

となると別の説を立てなければならず、その選択肢はかなり絞られる。

選択肢はそれぞれ誰かの名前を伴う。モンフォールのアトリエのことを知っている誰か。パサージュ・モニエで顔をつぶされた女性とカミーユが親しい仲だと知っている誰か。カミーユならその女性をモンフォールに連れていくだろうと知っている誰か。つまりカミーユにかなり近い人間だ。

カミーユは慎重に、思い違いをしないように何度も考えた。だがどう考えてもそれに当てはまる名前は二十もない。四十八時間前に煙と灰になったアルマンを除くと、リストはますます短くなる。

しかもヴァンサン・アフネルはそこに入らない。カミーユは会ったこともないのだから。

その事実に気づいて、カミーユは狼狽した。

アンヌがアンヌでないことはすでに確実だったが、今度はアフネルがアフネルでないことも確実になった。

つまりこの捜査は丸ごとやり直しだ。

振り出しに戻れということだ。

そして、カミーユのこの三日間の行動を考えれば、それは刑務所に行けというのとほぼ同じだった。


あの刑事はまた移動中だ。パリと田舎を行ったり来たり、まるで回転かごのなかのリスかハムスターのようにせわしない。それがいい結果に結びつくことをおれは切に願っている。いや、あいつのためにじゃない。あいつはとんでもない苦境に陥っていて、たぶんもうだめだろう。そうじゃなくて、おれのためだ。

せっかくここまできたのに、あきらめるわけにはいかない。

女はやるべきことをやった。体を張ったわけだし、こっちも文句はない。あとはきわどい勝負になるが、今のところすべてうまくいっている。

そして最後はおれが締めくくる。わが友ラヴィッチとリハーサルもすませた。その点については、あいつがまだ生きていたら証言してくれただろうが、指がないから聖書に手をおいて宣誓するのは無理だったろう。考えてみれば、おれはあいつに優しかったし、情けさえかけてやった。とどめの一発はいわば施しだ。セルビア人もトルコ人と同じで礼を言わないが、そういう文化なんだから仕方ない。礼は言わず、問題を見つけては文句を言う。そういうやつらだ。

いや、まじめな話、ラヴィッチは今いるところから（セルビア人の強盗が入れる天国があるかどうか知らないが）この世を見て、喜ぶに違いない。死んだのに復讐できるんだから。なにしろ、おれはまだ生きてるやつを切り刻んでやりたくてうずうずしている。最後はちょっとした運が必要だが、ここまで運に頼らずに来たから、運命の女神も面倒見てくれるだろう。それにヴェルーヴェンがその気で仕事をすれば、さほど長くはかからないはずだ。それを待ちながら、とりあえず根城《ねじろ》に戻って英気を養うとしよう。いざそのときがきたらすばやく動けるように。

運動神経が少し鈍っちゃいるが、やる気は元のままだし、肝心なのはそこだ。

十二時

アンヌはまたバスルームで自分の顔を見ていた。笑顔を作ろうとすると穴が見える。歯が欠けたところの穴、なんてみっともない。偽名で入院したからレントゲン写真も検査結果もなにも利用できない。一からやり直し。いや、ゼロからだ。あらゆる意味で自分はゼロからやり直すしかない。

殺すつもりはなかったとあの男は言ったけれど、どうせ口から出まかせだろうとアンヌは思った。もうひと言も信じるものか。生きていようが死んでいようが、あの男にとっては利用できればいいのだから。あんなに激しく殴ったり蹴ったりしておいて、殺すつもりはなかったなんて……。あれぐらいやってみせる必要があったと言うつもりだろうが、アンヌにはわかっていた。あの男は暴力を振るうことを楽しんでいる。だから一昨日だって、もっとひどいことができたなら迷わずそうしていただろう。

アンヌは薬棚で先が尖った小さいはさみととげ抜きを見つけた。あの若いインド人の医者は深い傷ではありませんよと言っていた。十日くらいしたら抜糸の予定ですと。でもアンヌは今すぐ抜いてしまいたかった。カミーユの書き物机の引き出しで虫眼鏡も見つけてある。こんな間に合わせの道具で、十分な照明もないバスルームで抜糸するなんていいことではない。それはわかっているけれど、これ以上我慢できない。でも今回はきれい好きとは関係がない。カミーユには何度もそんな話をした。自分はきれい好きで、なんでも洗い流したいのだと。でも今回はそれとは違う。今回のことが終わったら、カミーユはすべてが嘘だったと思うだろう。だが実のところ、アンヌはカミーユにほとんど嘘をついていない。本当に最小限の嘘しかついていない。なぜならカミーユに嘘をつくのはとても難しいから。あるいは易しすぎるから。それはどちらも同じことだ。

アンヌは袖の裏で涙をぬぐった。それでなくても細かい作業なのに、涙で曇ったりしたらどうにもならない。十一針縫ってある。アンヌは左手に虫眼鏡を、右手にはさみを持った。こうして見ると黒い小さい虫が並んでいるみたいだ。最初の結び目の下にはさみの先を入れると刺すような痛みが走った。こんなに痛いはずはないから、傷口がまだふさがっていないのだろう。あるいは感染しているのかもしれない。結び目を切るにははさみの先をかなり入れなければならない。アンヌは顔をしかめ、すばやい一撃で一匹目の虫を殺した。あとは引っぱるだけだ。手が震える。糸がまだ肉にくっついていて抜けないので、とげ抜きを使い、手の震えと格闘しながらゆっくり引っぱった。するとようやく糸が動いたが、傷の下からずるりと抜ける感触は最悪だった。抜いたところをじっくり見たが、特に変化は見られなかったので、続いて二つ目にとりかかろうとした。でも緊張しすぎて息が切れてしまい、座って休まざるをえなかった。

アンヌはまた鏡の前に立って顔をしかめながら黒い糸と格闘した。ほら、二つ目の糸、そして三つ目。だがやはり抜くのが早すぎたようで、虫眼鏡で見ると傷口がまだ赤く、完全に閉じていないのがわかる。四匹目の虫は肉にしがみついていてひどく抵抗したが、それでもアンヌは手を休めなかった。歯を食いしばり、はさみの先を深く入れてようやく糸をかき出し、なんとかつかまえたと思ったらはずれ、やり直し、そうこうするうちに傷口から血がにじんできたが、そこでようやく糸が動いたので引っぱったら、今度はぷくりと血が出て涙のような大きなしずくになった。残りの虫も次々と死んでいき、その死骸が皮膚の下をすべって出てくる。アンヌはその死骸を次々と洗面台に捨てていく。最後のいく針かは拭いても拭いても血がにじんでくるのでよく見えず、ほとんど手探りの作業になったが、それでもアンヌはやめなかった。全部抜きおえたときには傷口から血が流れていた。そこでアンヌは、深く考えもせず、薬棚から九十度のアルコールの小瓶を取り、直接手に受けて傷口につけた。

その痛みのすさまじさといったら！　アンヌは叫び、拳で洗面台をたたき、添え木のゆるんだ指が当たってしまってまた叫ぶはめになり……。まったく今日は叫び放題の日だ。いくらでも叫んでやるとアンヌは思った。この叫びはわたしのもの、誰にも奪えなかったわたしだけのものなのだから。

もう一度手にアルコールを受けて顔につけ、アンヌは気絶しそうになって両手で洗面台にしがみつき、どうにかこらえた。

痛みが引いたころにようやくガーゼを見つけ、今度はガーゼにアルコールを浸して頬に押しつけた。少ししてからそっとはがすと、腫れた醜い傷が現れ、まだ少し血がにじんでいた。これは跡が残る。頬を横切る直線。男なら刀傷に見えるだろうが、女はなんと思われるだろう？　どの程度残るかはまだわからないが、消えることはないとはっきりわかる。

一生。

ナイフで削りとれるものならそうしたかった。傷跡が残ったらこの出来事を忘れることができない。いつまでも抱えて生きていかなければならない。

十二時半

救急病棟の駐車場は相変わらず混み合っていた。今回はなかに入るのに身分証を見せなければならなかった。

受付係のオフェリアはバラのような笑顔を見せた。かなりしおれたバラだが、それでも嫌な気はしない。

「あの患者さん、ほんとに逃げちゃったの？」

それがヴェルーヴェン警部にとって痛手であると知っていて、オフェリアは少し顔を曇らせつつも、質問を連ねる。いったいどういうこと？　ショックだったでしょう？　警察の落ち度ってこと？　カミーユはさっさと切り上げて逃げようとしたが、そうはいかなかった。

「それで入院誓約書は？」

カミーユはしぶしぶ引き返した。

「わたしはどうでもいいんだけど、でもね、患者さんがこっそり出ていって、社会保障番号がわからないままで入院費も請求できないとなると、誓ってもいいけど上の階じゃ大騒ぎよ。それに、お偉いさんたちが誰かれ構わずつかまえて文句を言ってて、それも責任のあるなしにかかわらずなのよ。わたしまで説教食らっちゃって……だから訊いてるわけ」

カミーユはわかるよとうなずいた。そのあいだにもオフェリアは次々と電話に出ている。アンヌは偽名を使っていたから、社会保険だろうがなんだろうが、とにかく保険証を出すわけにはいかなかったわけだ。アパルトマンに個人書類が一切なかったのも、アンヌ・フォレスティエという名前ではなにも持っていないからだろう。

カミーユは不意にアンヌに電話したくなった。なんとなく彼女抜きでこの件にけりをつけるのが恐ろしいような気がしたのだが、それよりなによりとにかく電話して〝アンヌ〟と呼びたかった。

だがよく考えればファーストネームもアンヌではないかもしれない。だとしたら、アンヌという名が呼び起こすすべてのものに意味がないことになる。自分はアンヌという名前まで失ったのだ。そう思ったら胸がつぶれそうになり、立っているのがやっとだった。

「ちょっと警部さん、だいじょうぶ？」オフェリアが言った。

だいじょうぶだと答えながら、カミーユは心配事があるふりをした。相手の注意をそらすにはこの手がいちばんだ。

「フォレスティエさんのカルテは今どこに？」カミーユは訊いた。

いなくなったのが昨夜だから、まだ上にあるだろうとオフェリアが言うので、カミーユは礼を言って三階に向かった。だがどうすればカルテを持ち出せるか見当もつかない。三階に上がってからもどうしようかと考えながら廊下を歩き、ふと気づくとあの廊下の端の小部屋から数メートルのところまで来ていた。ルイと最初に打合せをした〝なんでも部屋〟だ。

と、カミーユが見ている前で、その部屋のドアノブがゆっくり回り、ドアが遠慮がちに開いた。カミーユは子供がかくれんぼうでもしているのかと思った。

ところが出てきたのは幼稚園児ではなく、定年に近い外傷科の部長、あのユベール・ダンヴィルだった。白髪まじりの髪がパーマをはずしたばかりのように立っている。そしてカミーユに気づくと真っ赤になった。この〝なんでも部屋〟は特定の用途に使われているわけではなく、どこにも通じていない役立たずの部屋で、医者が来るはずもない。

「こんなところでなにしてるんです？」ダンヴィルが嚙みつくように言った。

で、あなたは？　と訊き返したかったが、それは賢いやり方ではないので、カミーユは迷ったふりをした。

「いや、場所がわからなくなって」そしてちょっと肩をすくめ、「廊下を逆に来てしまったようです」

ダンヴィルの真っ赤な顔が少し薄れてピンクになった。一瞬の狼狽から立ち直ったダンヴィルはたちまち偉そうな態度をとり戻し、咳払いして歩きはじめた。急患が待っていると言わんばかりの速足だ。

「あなたはもうここに用などないはずだ！」

　カミーユは小走りでついていくのがやっとだったが、足と同じくらい脳も必死で動かした。どうしたらアンヌのカルテを持ち出せるか……。

「あの患者は昨晩病院を出ていきましたよ！」ダンヴィルが個人的な恨みでもぶつけるように言った。

「はい、聞いています」

　ほかに方法がなかったので、カミーユはポケットに手を入れ、携帯を取り出しざま手を放した。携帯は床に落ちて派手な音を立てた。

「あ、ちくしょう！」

　ダンヴィルはもうエレベーターのところにいたので、カミーユはそちらに背を向けて膝をつき、ばらばらになった携帯を拾い集めるふりをした。なにやってんだこいつはとダンヴィルは思っただろう。そしてそのままエレベーターに乗っていった。

　カミーユは無傷の携帯を拾い上げ、壊れて困っているふりをしながらあの小部屋のほうへ戻り、すぐ近くで立ち止まった。

　数秒経ち、一分経った。頭のなかでなにかがやめておけと言う。それでも待った。やはり思い違いだろうか？　でも待つ。なにも起きない。残念、と引き返そうとしたとき、思い違いではないとわかった。

　ドアノブがまた回り、今回は勢いよくドアが開いた。

　せかせかと歩み出たのは主任看護師のフロランスだった。今度はフロランスがカミーユを見て顔を赤らめ、ぷっくりした唇が大きな円になった。すぐに口を閉じたものの、もうごまかせない。フロランスは気まずそうに乱れ髪を耳にかけると、動揺を隠し、カミーユをまっすぐ見て静かにドアを閉めた。そしていかにも主任らしく、仕事中で忙しいんです、後ろめたいことなどなにもしておりませんと胸を張ったが、そんなことは誰も信じられないし、彼女自身もそうだろう。カミーユはなにもこんな状況を利用しなくてもと思い、つけ込むなんてよろしくないと思い……だがほかに手立てがないので、気は引けたが利用することにした。そこでフロランスをじっと見て小首をかしげ、お邪魔したくなかったんですよ、これでも気を遣うほうでしてねと無言のメッセージを送った。つまりダンヴィルとフロランスのちょっとした〝用事〟が終わるまで、廊下で携帯でゲームしながら待っていましたというふりをした。

「フォレスティエさんのカルテが必要でして」

フロランスは歩きだしたが、ダンヴィルのように足を速めたりはしなかった。必死で言い訳をするわけでも、敵意をにじませるわけでもない。

「さあ、わかりません……」とフロランスは言った。

カミーユは目を閉じて祈った。おれに嫌なことを言わせるなよ。〝でしたらダンヴィル先生と話をさせてもらいますが〟なんて言わせるな。

二人はナースステーションまで来た。

「わかりません……まだここにあるかどうか」

フロランスはカミーユのほうを振り向きもせずにそう言うと、カルテの入った引き出しを開け、迷うことなく《アンヌ・フォレスティエ》と書かれたファイルを取り出し、カミーユに差し出した。X線やMRIの写真、診断書などが一式入った大きなファイルで、それを部外者に渡すことは、たとえ相手が警察官でも、看護師として重大な規則違反になるはずだ。

「夕方までに判事の令状をお持ちします」とカミーユは言った。「とりあえずわたしが受け取りにサインを……」

「いえけっこうです」フロランスが慌てて言った。「あ、つまり、夕方令状をいただけるなら

それで……」

カミーユはカルテを受けとり、礼を言った。そのとき二人の目が合った。カミーユはいたたまれないほどつらく、それはもちろん卑劣な手を使ったからだが、同時にこの女性を理解したからでもあった。つまりフロランスの唇がぷっくりしているのは、若くありたいと願ってのことではなく、どうしようもなく愛が欲しかったからだと。

十三時

鉄格子の門を抜けて長い通路を行く。前にバラ色の建物が見え、頭上には高い木が茂っている。領主の館にでも来たようで、まさかこの窓の向こうに死体が並んでいて、腑分けが行われているなどとは想像もできない。だがここは心臓や肝臓の重さを量り、頭蓋骨を鋸《のこぎり》でひく場所、法医学研究所だ。カミーユはこの場所を知り尽くし、嫌悪している。だがここで働く職員、技術者、解剖医、特にグエン医師のことは大好きだ。彼とは多くの思い出を共有していて、そのほとんどは悲惨で耐えがたいものだが、それが二人をつないでいる。

カミーユは出入り自由なので、今日も顔見知りに会釈しながら入っていった。だが誰の反応

もいつもより控え目で、ここにもすでに噂が伝わっているとわかる。困ったような微笑み、おずおずと差し出される手。

だがグエン医師はいつもと変わらない。もともとスフィンクスのように表情がないから変わりようがない。カミーユより少し背が高く、同じように痩せていて、最後に笑ったのは一九八四年だ。カミーユと握手をし、黙って話を聞き、アンヌのカルテを受けとり、じっと考えている。

「ちょっと目を通してくれないか、時間があるときに」

カミーユの〝ちょっと目を通してくれないか〟は、意見が欲しい、疑わしい点がある、だが先入観をもってほしくないから今はなにも言わない、早いところやってくれると助かるんだが……を意味している。

そしてカミーユの〝時間があったら〟は、これが私的な頼みであることを意味している。これでグエンにも噂は本当だとわかっただろう。

グエンはうなずいた。グエンがカミーユの頼みを断ったことは一度もない。それにこの件は彼にとってリスクはないし、彼もまた謎解きが好きなのだから断れるはずがない。盲点をついたり、細部を指摘するのが好きで、そうでなければ法医学者にならないだろう。

夕方五時ごろ電話をくれと言って、グエン医師はカルテを自分の引き出しにしまった。私物として。

十三時半

腹をくってオフィスに戻るときがきた。なにが待ち受けているかわかっているので気が重かったが、逃げるわけにはいかない。

廊下ですれ違う同僚たちは困惑の表情を隠さなかった。法医学研究所では控え目だったが、ここではあからさまだ。どんな職場でもそうだろうが、三日あれば噂は隅々まで広まるし、漠然とした噂であればあるほど話は大きくふくらむ。同情の言葉をかける仲間もいたが、それも悔《くや》みのようにしか聞こえない。

なにを訊かれてもカミーユは答えなかった。しゃべる気にもならないし、どう説明したらいいのかもわからない。幸い、現ヴェルーヴェン班のメンバーはほとんど外に出ていて、オフィスにいたのは二人だけだった。カミーユは軽く手を上げ、電話中だった一人が気づいて手を上げて返し、もう一人も振り向こうとしたが、カミーユは立ち止まることもなく自分のオフィスに向かった。

すぐにルイが来た。黙って部屋に入ってきて、二人の目が合った。

「いろんな人があなたを探してましたよ」

デスクに紙が置いてあり、かがみ込んでよく見たらミシャール部長からの出頭命令だった。

「なるほど……」

夕方七時半に会議室へとある。遅い時間、宙ぶらりんな場所、ほかの出席者もわからない。

どういうことだろう？　警察官に違法行為の疑いがある場合、呼び出して釈明を求めたりはしない。それではあなたを調べますよとわざわざ予告するようなものだ。ということは、予告してもかまわないほどの、つまり取り繕《つくろ》うことが不可能な決定的な証拠をミシャールは握っているのだろうか。

いや、考えるのはやめよう。今はもっと大事なことがある。七時半など千年後と同じだ。

カミーユはコートを掛け、ポケットに手を入れてそうっとビニール袋を取り出すと、ニトログリセリンでも扱うように両手で袋の端を持ち、中身に触れないように気をつけながらデスクに置いた。中身はマグカップだ。ルイが近づいてかがみ込み、カップに書かれた文字を読んだ。

《Мой дядя самых честных правил, Когда не в шутку занемог》

「『エフゲニー・オネーギン』の冒頭ですよね？」

そうだ。これだけは自信をもって答えられる。イレーヌのお気に入りのカップだが、そのことは黙っていた。

「指紋を調べてほしい。大至急」

ルイはうなずいてビニール袋を受けとった。

「費用は……ペルゴラン事件につけときましょうか？」

クロード・ペルゴラン、絞殺された異性装者。

「そうしてくれ」

こんなふうに事情も告げずにルイに協力させるのはもう限界だったが、カミーユはまだ迷っていた。一つには、説明するとなると長い話になるからで、もう一つには、なにも知らなければルイが咎められることもないからだ。

「大至急ということなら、ランベールさんがまだラボにいてくれてよかったですね」とルイが言った。

マダム・ランベールはある意味でカミーユのライバルでもある技術者だ。ルイにべた惚れで、できることなら養子にしたいと夢見ている。組合活動に熱を上げ、六十歳定年制度の撤廃を訴えていて、自らも毎年新しい逃げ口上を見つけては退職を免れ、六十八歳の今も現役を続けている。このまま誰も彼女を放り出せないとしたら、あと三十年くらい現役でいくかもしれない。だがルイはラボに飛んでいくのではなく、じっとしていた。上司に頼みごとがあるのに切り出せない若手のように、ビニール袋を持ったまま戸口に立ち尽くしていた。

「あの、ぼくが知らないことがたくさんあるんですよね」

「安心しろ、おれだってそうだ」カミーユは笑った。

「ぼくを遠ざけておこうとして……」とそこで手を上げて制した。「いや、文句言ってるんじゃありません！」

「ルイ、そりゃ文句だ。文句を言って当然なんだ。だが今となっては……」

「遅すぎる？」

「まあな」

「説明するにも遅すぎるし、文句を言うにも遅すぎる？」

「もっと厄介な話なんだ。なにもかも遅すぎた。理解するにも、行動するにも、おまえに説明するにも、そしておそらくおれの名誉を守るにも……。情けない話なのさ」

ルイはさり気なく上を指した。

「皆さん、ぼくほど我慢強くないようですよ」

「だが最初に知るのはおまえだ」とカミーユは言った。「約束する。せめてそれくらいはさせてくれ。おれの読みがすべて当たれば、おまえにはサプライズも待ってるぞ。警察官が望みうる最高の名誉だ。上の連中をびっくりさせるくらいの」

「名誉とは……」

ルイが笑った。

「お、また格言か？　よし、来い！」

「待て、当てさせろ。サン＝ジョン・ペルス！　いや、ノーム・チョムスキー！」

ルイは笑いながら出ていったが、すぐまた顔を出した。

「忘れてました。あなたのデスクパッドになにか貼ってあるみたいですよ」

本当だ。

ポストイットだった。ル・グエンの大きな角ばった文字で、《バスティーユ駅のホームに午後三時》と書かれていた。普通の待合せではないとすぐにわかる。

電話ではなくこんなメモを、しかも名前も書かずに残すのは悪い徴候だ。つまりこのメモは用心のためにこうするしかないと言っている。さらに、親友のためならリスクも冒すが、今はおまえと会うだけでこっちの首が飛びそうだからこっそりな、とも言っている。

身長のことがあるから、カミーユは人に敬遠されることに慣れている。たとえばメトロのなかで自分のまわりだけ空間ができるとか……。だがこんなふうに職場で容疑者扱いされるというのは、二日前からのことを思えば致し方ないとしても、やはりきつかった。

十四時

フェルナンは律儀なやつだ。頭は悪いが話はわかる。店を閉めたところだったのに、おれのためにわざわざ開けてくれて、腹が減っていると知ると自らキノコ入りオムレツを作ってくれた。料理の腕もなかなかのものだ。あのまま地道にやってればなんの問題もなかったのに、欲を出すからこうなる。だが世の中そういうもので、雇われ人はどうしたって雇い主になることを夢見る。フェルナンが借金地獄にはまったのはなぜだ？　オーナーになるためだ。馬鹿なやつ。だが馬鹿は使えるからおれには都合がよかった。とんでもない利息を押しつけてやったから、今やフェルナンは一生かかっても返済できないほどの借金を抱えてる。おれは一年半前からほぼ毎月フェルナンの商売に金を出してきた。こいつが認識しているかどうかは別として、この店はもうおれのものだ、だから指を鳴らすだけで、こうしてオーナー自らがただで飯を作ってくれる。だがそのことをあからさまに口にするのは控えている。そんなことをしなくても、フェルナンは十分協力してくれている。アリバイ作りもするし、郵便受けや事務所、キャッシュディスペンサーの代わりもするし、証人や保証人にもなる。ここのワイン蔵は飲み放題だし、こうして飯も出てくる。

この春にはここでカミーユ・ヴェルーヴェンと女の出会いを演出させたが、申し分ない出来だった。フェルナンだけじゃない。出演者全員が申し分なかった。女とフェルナンの口論も見事だったし、わが警部殿が絶妙なタイミングで立ち上がり、やるべきことをやってくれた。おれは唯一、ほかのやつが先に立ったらどうしようかと心配していた。それくらいあの女はいかしてる。もちろん今の話じゃない。同じことを今日仕組んだら、あの傷と、歯が欠けた口と、風船みたいにふくれた頭を見て、誰もが助けるどころか尻込みしただろう。だがあのときは男なら誰でも守ってやろうという気になれた。しかもあの女は抜け目なく必要な視線を必要な相手に投げた。だからヴェルーヴェンも腰を上げざるをえなかった……。

そんなことを思い出したのも暇だからだ。今は待ち時間で、となればこの場所がいい。

携帯はすぐ取れるように目の前に置いてある。だがどうしても気になってちらちら見てしまう。ここまでのところは大満足だが、結末はどうなることやら。それなりの収穫が得られることを願っているが、さもないとおれのことだから頭に血が上り、相手かまわず指だの足首だのをもぎかねない。

次の展開を待ちながら、二日ぶりの休息の時を満喫する。ただ遊んでるわけじゃないってことは神もご存じだ。

人を操るのも強盗と基本は同じで、周到な準備と腕のいいチームが欠かせない。病院を出てあの田舎家へ行くのに女がどういう手を使ったのか知らないが、手こずることはなかったようだ。たぶんヒステリーでも起こしてみせたんだろう。繊細な男にはそれが効く。

また携帯を見る。

次にこれが鳴ったら、答えが手に入る。

すべては無駄だったという答えかもしれない。そのときは引き揚げるしかない。

あるいは大当たりかもしれない。その場合、どのくらい時間に余裕があるかわからない。長くはないはずだからすばやく動く必要があるし、この期《ご》に及んで獲物を逃がすことなどあってはならない。

だからフェルナンに水を頼んだ。酒など飲んでる場合じゃない。

アンヌはまた薬棚を探して絆創膏を見つけた。傷を覆うには二つ貼らなければならなかった。傷口はまだ燃えるように痛んだが、後悔などしていない。

それから身をかがめ、男がサーカスの動物にでも投げるように放ってよこした封筒を拾い、痛む指で開封した。

なかには紙幣が二百ユーロ分、地元のタクシー会社の電話番号リスト、この場所の地図、そして航空写真が入っていた。アンヌはその写真でカミーユの家を見つけ、そこから小道が森の端を横切り、その先がモンフォールの村はずれに通じているのを確認した。

要するに、これがすべて。

アンヌは携帯をソファーの上のすぐ手が届くところに置いた。

あとは待つだけだ。

十五時

カミーユは逆上したル・グエンが待っていると思っていたが、そこにいたのは意気消沈したル・グエンだった。地下鉄のホームのベンチにしょんぼり座り、自分の足元を見ている。カミーユが横に座ってもどなりつけるでもなく、ただ不平をもらすようにこう言っただけだ。

「助けを求めてくれてもよかったろうに」

過去形だった。ル・グエンにとって、この件のある部分はもう片がついたということだ。

「おまえほどの切れ者が、よくもこれほどへまを重ねたもんだ」

もっとあるんだが、とカミーユは思った。ル・グエンは半分も知らないだろう。

「この件を担当したいと志願したところからして怪しい。たれこみ屋がどうのって話はどうせでっちあげなんだろ？」

そんなのは序の口だ。ル・グエンはまだ知らないが、もっととんでもないことがある。カミーユはこの事件の重要目撃者が病院を抜け出すのに手を貸した。つまり司法の手から逃げるのに力を貸した。それでいて、カミーユはその目撃者が何者なのかさえ知らない。もしアンヌ・フォレスティエの正体が犯罪者なら、カミーユも幇助《ほうじょ》罪に問われるだろう。そうなったらあとはもう強盗、誘拐、殺人の共犯と、あらゆる展開が考えられるし、無実を証明するのに悪戦苦闘することになる。

カミーユはごくりと唾をのんだが、なにも言わなかった。

「判事の扱い方もひどいもんだ」ル・グエンは続けた。「最初は無視しておいて、一斉手入れのときだけ許可を取りつけ、そのあとはまた無視。あのな、ペレイラは話がわかる男なんだぞ」

ル・グエンはまだ知らないが、カミーユはアンヌ・フォレスティエのカルテを不法に取得した。しかもアンヌ・フォレスティエを自分が所有する家に匿《かくま》っている。

「それに昨日の手入れの騒ぎといったら！　ああなることは予測できたはずだ。自分がなにをしでかしたかわかってんのか？　おれにはなにも考えてなかったようにしか見えんぞ！」

ル・グエンはまだ知らない。想像すらしていない。あの宝石店にカミーユの名が入った書類があり、それをカミーユが巻き上げたことを。カミーユが警察署にフェルヴェンですと嘘をついたことを。なにもかももう遅すぎる。

「ミシャール部長から見れば、おまえが担当したいと申し出たのはこの事件の真相を隠蔽するためだったってことになるんだぞ」

「馬鹿げてる」カミーユは思わず言った。

「もちろん馬鹿げてる。だがな、おまえは一昨日から自分の身に起きた事件みたいに勝手に動きまわっている。だから当然……」

「まあ当然だな」カミーユも認めた。

地下鉄が何本も来て、客を吐き出しては出ていった。ル・グエンは前を通る女性を一人残らず観察する。それは好色だからではなく、崇《あが》めているからだ。すべての女性を崇めている。だから六回も結婚し、そのたびにカミーユが立会人を務めてきた。

「おれが知りたいのは、いったい全体なぜ、この事件をおまえ自身の問題にしちまったのかってことだ」

「ジャン、そりゃ逆だ。おれ自身の問題がこの事件になったんだ」

われながらいいところを突いたとカミーユは思った。そうだ、まさにそういうことだ。カミーユは興奮したが、その観点から全体を整理するには少し時間がかかりそうなので、せめて言葉だけでも頭に刻んでおこうと思った。《おれ自身の問題がこの事件になった》

だがその言葉はル・グエンを不安に突き落とした。

「おまえ自身の問題って……この事件の誰かを個人的に知ってるのか？ そりゃ誰だ？」

いい質問だ。数時間前ならアンヌ・フォレスティエと答えただろう。だがなにもかも変わってしまった。カミーユはたった今思いついたことを頭のなかでこねくり返していて、無意識に言った。

「強盗犯」

これでル・グエンの不安は動揺に変わった。

「強盗犯と個人的なかかわりだと？ おい、そいつは殺人の共犯でもあるんじゃなかったか？」声が裏返っている。「おまえ、アフネルを個人的に知ってるのか？」

カミーユは首を振った。違うんだ、そんな単純な話じゃないんだ。

「まだ確信がないから」カミーユは言葉を濁した。「今はまだ言えない」

ル・グエンは両手の人差し指を合わせて唇に当てた。じっくり考えるときの癖だ。

「おれがなぜここに呼んだかわかってないようだな」

「いや、よくわかってる」

「このままならミシャールは検事局に話をもっていくぞ。部長にはその権利があるし、自分の身を守らなきゃならんから、おまえがしたことに目をつぶるわけにはいかない。それに対しておれも反論のしようがない。そういう状況でおまえとこんな話をするってことは、おれも関与していることになる。つまり、今おれは罪を犯してるわけだ」

「わかってるって。感謝してる」

「感謝してもらいたくて言ってるんじゃない！　礼なんかくそくらえだ！　監察官に監視されるのは時間の問題だぞ。もうすぐ、あるいはもうすでにかもしれんが、電話を盗聴され、尾行され、すべての行動を監視され、分析され……。おまえが今言ったことからすれば、首になるどころか、監獄行きになるかもしれんのだぞ、カミーユ！」

ル・グエンはそこで口を閉じ、また一本電車が通り過ぎるまで黙っていた。カミーユがこの危機的状況を理解し、話す気になるのを待っている。いや、必死で祈っている。それはカミーユにもひしひしと伝わってきたが、だからといって今さらなにを話せるだろう？

「いいか」ル・グエンがまた口を開いた。「ミシャールがおれに黙って検事局に訴えることはないと思う。着任して日が浅いからおれの支持が必要だし、おれに対して発言権を高める絶好の機会でもあるからな。だからおれは先手を打った。利用するんだ、わかるか？　七時半の会議を招集したのはおれだ」

泣きっ面に蜂とはこのことか。カミーユはいったいどういうつもりなんだとル・グエンの顔を見た。

「これがラストチャンスだぞ。少人数の非公式会議だ。そこでおまえの話を聞いて、被害を最小限に食い止める方法を相談する。そこで話がまとまるとは限らないし、すべてはおまえの説明次第だ。おまえはなにを言うつもりだ？」

「だから、まだわからないんだって」

一つ考えはあったが、まだ説明できるようなものではない。まずは疑問を解かなければならない。ル・グエンは見るからに傷ついていて、それを口にも出した。

「まったく腹が立つ。おれの友情はなんの役にも立たんじゃないか」

カミーユは親友の大きな膝に手を載せ、なぐさめとして、友情の証しとして軽くたたいた。

これじゃあべこべだ。

十七時十五分

「いったいなにを訊きたいんだい？　この女性はひどい暴力を振るわれた、そういうことだろう？」

電話だとグエン医師の声は鼻にかかって聞こえる。天井の高い広い部屋にいるようで、声が反響し、神託でも聞いているようだった。実際、カミーユにとってグエン医師は神託を伝える祭司のような存在だ。

「殺意があったと思うか？」とカミーユは訊いた。

「いや……ないと思うな。痛い目にあわせるとか、罰するとか、消えないような傷を負わせるといったところで、殺そうとしたわけじゃないだろう」

「確かか？」

「一つでもこれは確かだと言える医者に会ったことあるかい？　ぼくに言えるのは、無理やり止められたのなら別だが、この犯人は殺そうと思えば十分殺せたってことだけだ。あと少し力を入れるだけで、この女性の頭蓋骨は熟れたメロンみたいに割れていた」

つまり男は手加減した。計算していた。カミーユは男が銃の台尻をアンヌの頬めがけて振り下ろしながら、頭蓋骨に達する手前で止めるところを想像した。男は冷静だった。

「足蹴りも同じで」グエン医師が続けた。「病院の診断書には八回とあり、ぼくは九回だと思うけど、この際回数はどうでもいい。肝心なのはどう蹴ったかだ。犯人の頭にあったのは肋骨を折るとか、ひびを入れるとか、痛い思いをさせる、つまりダメージを与えることで、殺すことではない。蹴りを入れた部位と履いていた靴から考えれば、殺したかったのなら簡単に殺せたはずだよ。狙いを定めて三回蹴れば、脾臓《ひぞう》が破裂し、内出血で死亡していた。もちろん、この女性が実際に受けた暴行だけでも死に至る可能性がなかったわけじゃないが、それは運がいいか悪いかの範疇《はんちゅう》だ。つまり、犯人の意図はこの女性を生かしておくことにあった」

そういう暴力が意味するところはなんだろう。警告？　力を誇示するための折檻《せっかん》？　いずれにせよ、命を奪うほどではないが、命を狙われたと思わせるには十分な暴力、そういうことではないだろうか。

襲った男（もはやアフネルではない。アフネルはもう過去の男だ）に襲われた女（こちらももはやアンヌではない）を殺す意図がなかったとすれば、女とぐるだった可能性も出てくる。いや、可能性というよりもはや確実だ。

だとすれば、狙いはアンヌではなく、カミーユだったことになる。

十七時四十五分

あとは待つ以外にほとんどすることがなかった。ビュイッソンには八時と刻限を切ったが、それは言葉のうえのことでしかない。ビュイッソンは命令を出し、何本も電話をかけただろう。情報屋、売人、偽造屋など旧知のあらゆる人脈に揺さぶりをかけただろう。これまでにためた〝貸し〟をすべて使いきることになるかもしれない。あと二時間でやり遂げるかもしれないし、あと二日かかるかもしれない。そしてどれほど時間がかかろうと、カミーユには待つしかない。もうほかに方法はない。

なんてお笑い草だ。ゴングを鳴らすのが——鳴らないかもしれないが——ビュイッソンだとは。

カミーユの人生は今や妻を殺した男の腕にかかっている。

アンヌはソファーに座ったまま、電気もつけずに待っていた。すでに森の薄闇が家のなかにも入り込んでいる。唯一の光は警報装置と携帯の点滅で、それらが時を刻んでいる。アンヌは身動きもせず、ただひたすら自分が言うべき言葉を頭のなかで繰り返していた。それを言うには力が必要で、そんな力はもう残っていないように思えるが、それでもやり遂げるしかない。

それが生死を分けるのだから。

それも自分の生死ではない。自分のことなら今この瞬間にあきらめて投げ出すところだ。死にたくはないけれど、でも受け入れただろう。だがそうではない。

だからやるしかない。それにあと一歩だから。

フェルナンは人生と同じくカードにも弱い。おれに遠慮してわざと負ける。そんなことでおれが満足すると思っているんだからあきれる。こいつは口には出さないが、内心焦っている。そろそろ夜の開店の準備をする時間で、スタッフもおっつけ戻ってくるし、シェフはついさっき「どうも、店長」と戻ってきた。〝店長〟のひと言がこいつの自尊心をくすぐる、そのひと言のためにこいつは人生を売った。しかもいまだに有利な取り引きをしたと信じている。

おれはほかのことを考えている。

そして時が過ぎていくのを見ている。このまま夜まで、いや明日の朝までだって待つ。ヴェルーヴェンが手際よくやってくれるといいんだが。あいつの腕前は今回の賭けの要素の一つだが、ぜひとも期待に応えてもらいたい。あいつのためにも。

おれの計算では、タイムリミットは明日の昼だろう。

それまでに望みのものが手に入らなければ、この取り引きはおしまいだ。

あらゆる意味で。

十八時

デュレスティィエ通り。ヴェルティィヒ&シュヴィンデル社の本社。エントランスホールは二つに分かれていて、右にはオフィスに上がるエレベーターが並び、左は旅行チケットを販売する店舗になっている。古い建物はエントランスホールがだだっ広く、冷たい印象になりがちなので、天井を低くし、植木鉢やゆったりした肘掛け椅子、コーヒーテーブル、旅行パンフレットの陳列棚などをうまく配置して雰囲気を変えている。

カミーユは入り口に立ってホールをながめた。アンヌが肘掛け椅子に座り、腕時計を見ながらデートの時間になるのを待っている姿がすぐ目に浮かんだ。アンヌはいつも待ち合わせの時間より少し遅れてきた。いかにも忙しそうで、ごめんなさい、がんばったんだけど片づかなくてとちょっと肩をすくめ、微笑む。その微笑みを見たら誰でもこう言わざるをえない。いいんだよ、気にするなよ。

いや、計画はもっと巧妙だったようだ。エレベーターの角からバイク便の配達人がヘルメットを抱えて現れたのを見て、カミーユははっと気づいた。そこまで行ってみると、案の定、この建物にはもう一つルッサール通りに面した出口もあった。これは便利だ。この建物が見える場所で待合せしているときにアンヌが遅れたら、この出口から入り、デュレスティエ通り側の出口から出れば、カミーユには仕事をしていたように見える。

カミーユはフォーブール＝ラフィット通りの角のカフェ〈ラ・ロズレ〉に入り、通りを見渡せるガラス張りのテラス席に腰を下ろした。時間の無駄かもしれないが、なにもしないよりいい。自分が転落していくのがわかっているとき、無為ほどつらいものはない。

携帯に目をやったが、まだなにも来ていなかった。

ちょうど退社時間で人通りが多い。カミーユはコーヒーをすすりながら速足で行き交う人々をながめた。手を振って離れていく二人、微笑みを交わす二人、気がかりな顔で地下鉄へ急ぐ人。あらゆる背格好の人々が通り過ぎるなか、カミーユの目はこちらの男、あちらの女とシャッターを切るようにとらえていく。まず若い男の姿をとらえ、記憶のなかの数百人の男性と瞬時に比較し、次はもったいぶった様子の太鼓腹の中年男、それから若いのに前かがみの娘。その娘はハンドバッグを提げているが、必要だからでも好きだからでもなく、若い女性ならそれが当たり前だから提げているのだとわかる。あまり長く見ていると他人の人生がカミーユの身に染みることもある。

不意に見覚えのあるマリンブルーのコートの女性が通りの反対側の歩道に現れ、立ち止まった。横断歩道の数十センチ手前にきちんと立って信号を待っている。顔が不思議なほどホルバインの『家族の肖像』に似ているが、目だけは絵のような斜視ではない。以前見かけたときもそう思ったので、カミーユははっきり覚えていて、見えた瞬間にもう立ち上がっていた。そしてカフェのガラス戸を押し開けたとき、その女性が横断歩道を渡りはじめた。カミーユは店を出て信号の近くで待った。目の前まで来た女性は一瞬足を止め、その目には興味と不安の色が同時に浮かんだ。カミーユを初めて見た人間はしばしばそういう顔をする。だが女性はすぐに歩きだし、カミーユの前を通り過ぎた。

「すみません」

女性は振り向き、カミーユのほうを見下ろした。身長百七十一センチとカミーユは目測した。

「失礼ですが、わたしを覚えておられませんか？」

女性は覚えていると言えたらいいのにという顔をしたが、なにも言わなかった。悲しげな目を微笑みが補っていたが、それでも全体としては悲しみを感じさせる顔だ。

「マダム……シャロワ？」

「いいえ」女性はほっとしたように微笑んだ。「お間違いのようです」

だが会話はまだ終わりではないと察したのか、そこに立っている。

「ここで何度かすれ違っていて……」

そう言ってカミーユは交差点を指差したが、この調子では説明が長くなると思い、携帯を取り出してタップした。女性は興味深そうにかがみ込んだ。

カミーユが気づかないうちにルイからメッセージが届いていた。《指紋、ＩＳＰ》とだけ。ＩＳＰは《警察に記録なし》の略だ。アンヌは警察のデータになかった。この線もだめだった。扉が一つ、また一つと閉まっていく。最後の大事な扉ももうすぐ閉まるだろう。その扉が閉まるところをカミーユは想像したこともなかったが、あと一時間半で大きな音を立てて閉まりそうだ。警察官のキャリアという扉が。

警察は長く屈辱的な手続きを経てカミーユを追い出すだろう。どれくらい長引くかはカミーユ次第かもしれないが、いずれにしても選択肢はないと思った。もっとも〝選択肢はない〟と考えることもまた選択の一つではある。大きな渦のなかにいるカミーユには、もはや自分がなにを望んでいるかさえわからず、ただもう螺旋《らせん》を描くこの渦が恐ろしかった。

カミーユが顔を上げると女性がまだ首をかしげてこちらを見ていた。

「あ、すみません」

カミーユは慌ててまた携帯のほうに身をかがめ、メッセージ画面を閉じて別の画面を開き、間違え、やり直し、連絡先のリストをタップして、アンヌの顔写真が出たところでようやくそれを女性のほうに差し出した。

「この女性と職場が同じ、なんてことはありませんよね……」

もう質問にさえならない。ところが女性の顔はぱっと輝いた。

「違います。でもこの人知ってます」

これで助けになれると思ったのか、うれしそうだった。だが実際はあまり助けにならないことがすぐにわかった。女性はこの界隈で十五年以上仕事をしていて、よくすれ違うので顔だけ知っているという相手が少なくないのだそうだ。

「この人もそうです。ある日通りですれ違ったときに目があって、ちょっと会釈して、それからすれ違うたびにあいさつするようになったんです。でも話をしたことさえありません」

〝すっごく嫌な女〟とアンヌは言っていた。

十八時三十五分

アンヌはもう待つのをやめることにした。どうにでもなれと思った。長すぎてこれ以上待てないし、この家が恐ろしくてたまらない。このままでは夜の訪れとともに森に閉じ込められてしまいそうだ。

以前、アンヌはカミーユに自分と同じように迷信深いところがあると気づき、そう言ったことがある。その点では二人は似ていて、どちらも縁起をかつぐところがある。今もそうで、アンヌが明かりをつけていないのは不幸を招かないためだ（だがこれ以上どんな不幸がくるというのだろう？）。階段の下に常夜灯があり、アンヌは家のなかを動くときもそれだけを頼りにしている。その常夜灯の明かりで、銃弾でずたずたになった一段目がぼうっと浮かび上がって見える。そういえばカミーユはここで立ち止まってずいぶん長く観察していた。

カミーユが真実を知り、わたしにつばを吐きかけるのはいつだろうとアンヌは思った。もうこれ以上待てない。つらすぎる。あと一歩でゴールだというときにこんなふうに思うなんておかしなことだ。でもどういうわけか、ゴールに達することこそ自分には耐えがたいことのように思える。だから出ていこう。今すぐに。

アンヌは携帯を取り、タクシー会社の番号を押しはじめた。

ドゥドゥーシュはつむじを曲げていたが、じきに機嫌を直すだろう。自分の機嫌の悪さにカミーユが耐えられない気分らしいとわかると、いつもおとなしくなる。

カミーユはあるときから家政婦がいたらいいんじゃないかと夢見るようになった。気難しくて口やかましいばあさんが毎日やってきて、隅から隅まで、それこそ家具の脚の下まで掃除したり、自分の尻のように締まりのないマッシュポテトを作ってくれたりするのはどうだろうかと。結局その夢は捨て、代わりに猫を飼うことにしたのだが、結果はほとんど同じだった。ドゥドゥーシュは気難しい猫なのだ。だがカミーユは溺愛している。

背中をなでてやり、猫缶を開けてやり、食べおわったところで窓枠に載せてやった。ドゥドゥーシュはそこから運河を見下ろすのが日課だ。

それからカミーユはバスルームに行き、埃が散らないようにそっとビニール袋を開け、ゴムバンドで閉じたファイルを持ってリビングのソファーに戻った。

窓辺のドゥドゥーシュがじっとこちらを見ている。開けないほうがいいんじゃない？　と言っている。

「ほかにどうしろっていうんだ？」とカミーユは答えた。

ファイルを開けると、まず写真の入ったポケットリーフがごっそり出てきた。

一枚目はやや露出オーバーの大判写真。腹を裂かれた胴体の残骸で、肋骨が折れて乳房を貫いていて、無数の傷がある。二枚目は胴体から切り離された女性の頭部。両頰に釘を打ち込んで壁にとめられていたもので……。

カミーユは立ち上がり、窓まで行って外の空気を吸った。むごい殺され方をした死体なら長いキャリアのなかで数多く目にしてきたし、それに比べてこれらの写真が特別ひどいというわけではない。カミーユにとって耐えがたいのは、これらの写真がある意味で自分のものだからだ。身近なものだからこそ、ずっと遠ざけ、なんとか距離を置こうとしてきた。カミーユはドゥドゥーシュの背中をなでながら、ひと時運河をながめて呼吸を整えた。

もう何年も開けていなかった捜査ファイル。

あの事件はこの写真の死体で、つまりクルブヴォアのロフトで発見された女性のばらばら死体で幕を開け、イレーヌの死で幕を閉じた。カミーユはソファーに戻った。

探しものはこのファイルの後ろのほうにあるはずだ。早く見るべきものを見て、ファイルを閉じ、そして今度こそモンフォールの中二階の天井にしまったりせず……。そのとき不意に、自分は何か月ものあいだ、モンフォールに行くたびにこのファイルのすぐ近くで眠っていたのだと気づいた。昨夜もそうだ。ファイルのことなど考えもせず、アンヌの隣でひと晩中彼女の手を握って安心させようとした。それでもアンヌは落ち着かず、何度も寝返りを打っていた。

少し先のほうを開くと、今度は女性の下半身の写真が出てきた。左の太腿の肉が大きくえぐられていて、腰から陰毛のあたりにかけて黒ずんだ深い傷が走っている。脚の曲がり具合から、両脚とも膝のあたりで骨が折れているとわかる。足の指にスタンプで指紋が押されている。

これもビュイッソンの殺しの一つで、時間的には先ほどの写真より前の事件だ。

これらはすべてイレーヌの殺害へとつながる布石だったのだが、カミーユが捜査に当たった時点では、そんなことは想像もできなかった。

次に出てきたのはビュイッソンにハンマーで殴られて死亡した若い女性、マリーズ・ペラン、二十三歳。その写真もカミーユはよく覚えていた。

それから若い外国人女性の絞殺死体。この女性は身元がわかるまでに時間がかかった。死体発見者の一人の顔をカミーユは覚えている。名前は確かブランシェかブランシャール。髪は白髪混じりで、目やにが出ていて（何度もハンカチを差し出したくなった）、唇が薄く、赤らんだうなじに玉の汗をかいていた。発見されたとき死体は半ば泥に覆われていたという。浚渫《しゅんせつ》工事のクレーンのバケットのなかに入れられていて、台船の上に移された。ブランシェ（だかブランシャールだか）は憐れに思い、裸の女に自分の上着をかけてやった。というのも水閘門《すいこうもん》の上から十数人の野次馬が見ていたからだが、実はそのなかにビュイッソンもいて、殺人の仕上がり具合をじっと見ていたわけだ。血の気のない腕が上着からはみ出ている写真もある。この光景をカミーユは二十回くらいデッサンしたような気がする。

写真をめくる手が止まらない。カミーユはここでやめようと思った。早く肝心なところへ行こう。

そこで思い切って何枚分もつかんでめくったが、偶然は頑固者で、というよりそもそも偶然など存在しないので、グレース・ホブソンの写真が現れた。もう何年も経つのに、その事件が模倣した小説の一シーンをカミーユは句読点に至るまで覚えている。

身につけているのは数枚の木の葉だけ。(……)なにかの物音に耳をすましているみたいに、不自然にかしいだ首。(……)左のこめかみに、彼女の悩みの種だったという黒子《ほくろ》。

スコットランドの作家、ウィリアム・マッキルヴァニーの小説の一節だ。グレース・ホブソンはアナルをレイプされていて、衣類はすべて現場に残されていたのに、ただ一つ……

さあ、今度こそと思い、カミーユは両手でファイルの中身を丸ごとつかんでひっくり返し、今度は後ろから前へと見ていった。

避けたいのはイレーヌの死体写真が目に入ることだ。カミーユは一度も見ていない。見ることができない。決して向き合えない。カミーユは車のヘッドライトに照らされた現場で、殺害された直後のイレーヌを見ている。そのあと少しして気を失い、あとは覚えていない。記憶に残っているのはその最後の光景だけだ。だがこのファイルのなかには鑑識が現場で撮ったもの、法医学研究所で撮られたものなど、何枚もイレーヌの死体写真がある。それらをカミーユは一枚たりとも見ていない。

そもそも今探しているのはそれではない。

ビュイッソンの連続殺人は何年にも及ぶ事件だったが、その間ビュイッソンは誰の手も借りなかった。一人で緻密な計画を立て、それを一人で実行した。だが一世一代の大仕事を華々しいフィナーレで締めくくるためにヴェルーヴェン警部の妻を殺すと決めたとき、確実で信頼できる情報が必要になり、そのためにある人間の手を借りた。ビュイッソンはある方法でカミーユ本人からも直接情報を入手していたが、それだけでは足りず、カミーユの身近な人間、ヴェルーヴェン班のメンバーの一人を利用した。

カミーユはそこで現実に戻り、腕時計を見てすぐに電話をかけた。

「まだいたのか？」

「ええ、あたりまえじゃないですか」

ルイがそんなふうに咎めるように言うのはめずらしい。いつもなら気がかりなことがあってもちょっとはにかむ程度なのに。カミーユが七時半に会議室に呼ばれていることはルイも知っている。そして最初のひと言で、カミーユがかなり離れたところにいると察したようだ。しかもそれは距離的に遠いだけではないと。

「ルイ、これ以上迷惑をかけるつもりはないんだが」

「なにが必要ですか？」

「マレヴァルの書類」

「マレヴァル……ジャン＝クロードの？」

「ほかにもマレヴァルってやつを知ってるのか？」

ジャン＝クロード・マレヴァル。イレーヌの事件に関連するマレヴァルの資料と写真は今カミーユの目の前にある。背が高く、がっしりした体格だが、動きは敏捷だ。若いころ柔道をやっていた。

「彼に関するすべての情報を送ってほしい。個人のメールのほうに」とつけ足した。

その写真は逮捕時に撮られたものだった。肉感的だ。今はもう三十五くらいにはなったろうか？　カミーユは人の年齢がいつもわからなくなる。

「あいつがどう絡んでるのか訊いてもいいですか？」ルイが言った。

マレヴァルはビュイッソンに情報を流していたことで、イレーヌの事件のあと警察を追われた。相手が殺人鬼だとは知らずにしたことで、意図的な共謀ではない。判決もその点を考慮したものとなった。だがイレーヌはそのせいで死んだのだ。だから当時カミーユは二人とも殺してやりたかった。ビュイッソンもマレヴァルも。だがもちろんカミーユは誰も殺していない。今日のこの日まで。

今回の事件の中心人物はマレヴァルだ。カミーユにはもうわかっている。すでに頭のなかで、一月の連続強盗事件から今回のパサージュ・モニエ事件に至る一連の展開を組み立てた。ただ一つわからないのは、アンヌとの関係だけ。

「すべて集めるとすると時間がかかるか？」

「いいえ、どの情報もアクセスできますし、三十分もあれば」

「よし。それと、いつでも連絡がとれるようにしておいてくれ」

「もちろんです」

「勤務日程表も見ておけ。おまえにはバックアップが必要になる」

「ぼくに？」

「ほかに誰がいる？」

カミーユは自分がすでに戦列を離れたことを伝えるためにそう言った。ルイにはショックだろう。わけがわからないだろう。

こうしているあいだに、五階の会議室でなにが起きているかは手に取るようにわかる。ル・グエンは肘掛け椅子に寝そべるように座り、あえて時計を見ないようにしながら、指先でテーブルをたたいているに違いない。その右隣りには、ミシャールが自分の前に書類を積み上げて座っている。そしてビデオの早送りのような速度で書類をめくりながら、サインし、下線を引き、マーカーを引き、書き込みを入れ、そうやっていかに忙しいかをアピールしている。一秒たりとも無駄にできませんと。わたしはすべてを把握していますと……ちくしょう！

「じゃあ頼んだぞ」

カミーユは残りの時間をソファーで、ドゥドゥーシュを膝に載せて過ごすことにした。そして待つ。

ファイルももう見ない。マレヴァルの写真だけ携帯に収めると、あとは全部乱雑にファイルに突っ込んでゴムバンドをかけ、玄関の近くに置いた。

パリとモンフォールで、カミーユとアンヌはどちらも薄闇のなかでソファーに座り、待っていた。

というのも、当然のことながら、アンヌはタクシーを呼ばなかったからだ。電話をかけようとしたがすぐに切った。

出ていけるわけがない。そんなことはとっくにわかっていた。明かりは相変わらず常夜灯だけ。アンヌはソファーに横になり、携帯電話を握りしめていた。何度もバッテリーを確認し、受信感度を確認し、電話を逃すことはないと確認しながら。

まだかかってこない。

ル・グエンは足を組み、右足をぶらぶらさせていた。確かフロイトによれば、この苛立ちの動作はマスターベーションの代わりだったんじゃないだろうか。結婚生活積算二十年、カウンセリング受診歴十一年のル・グエンは、フロイトもかなり抜けたやつだと思った。ミシャール部長のほうをちらりと見ると、せっせとメールのコピーに目を通している。ミシャールとフロイトのあいだにはさまれたんじゃ、今夜はろくなことがなさそうだ。

ル・グエンはカミーユのことでひどく心を痛めていた。だがその感情を誰とも分かち合えずにいた。二十年で六回も結婚していながら、こういうことを誰とも共有できないとしたら、結婚にいったいなんの意味がある？

会議室の誰一人として、カミーユに電話してどこにいるんだと、遅れているだけなのかと確認しようともしない。もはや誰も彼を助けようなどと思っていない。なんてこった。

十九時

「消せよ、おい！」

フェルナンはすみませんと謝り、スイッチのほうに走っていって電気を消し、もごもごと謝罪したが、それでも客席をすべて取り戻すことができてうれしそうだった。

おれは奥の小部屋に移り、一人でカードをやっている。じっくり考えるには暗いほうがいい。だが、なすすべもなくこうして待つのはいささか身にこたえる。おれには行動が必要で、じっとしていると腹が立ってくる。子供のころからそうだったし、この性分は年をとっても変わらない。どうやらおれは若いうちに死んだほうがいいようだ。

カミーユは着信音でわれに返った。パソコンの画面が点滅し、ルイからメールが届いたことを知らせていた。

マレヴァルの資料だ。

カミーユは眼鏡をかけ、深呼吸してからファイルを開けた。

ジャン＝クロード・マレヴァルの経歴は輝かしいスタートを切っていた。警察学校を優秀な成績で卒業し、将来を嘱望され、わずか数年で犯罪捜査部のヴェルーヴェン班に配属された。

それはヴェルーヴェン班の栄光の時代で、大事件が続き、マレヴァルも大いに活躍した。

だがこうした書類には出てこないマレヴァルの一面をカミーユは当時から知っていた。マレヴァルは仕事熱心で、前向きで、発想も豊かで、勘も鋭く、多忙な日々を送っていたが、同じように夜も精力的に動きまわっていた。夜遊びが多く、少しずつ酒の量が増え、女に夢中になった。女好きというより口説くのが好きなのだ。政治と同じで警察の仕事も一種の性病だとカミーユはよく思ったものだ。マレヴァルは遊び人となり、次々と女を口説き、そこにはなにかしら根深い問題があるように思えたが、カミーユにはどうすることもできなかった。権限外のことだったし、私生活にまで口をはさむような関係でもなかった。マレヴァルは絶えず女につきまとい、三十歳未満であれば証人にさえ言い寄り、朝になると一睡もしていない顔で仕事に出てくる。そして返す当てもないのにルイから金を借りる。そうした乱れた生活そのものがカミーユには気がかりだった。

やがてよからぬ噂が立ちはじめた。マレヴァルがやたらと売人に揺さぶりをかけているとか、その結果手に入れたものを報告せずにくすねているといった噂だ。マレヴァルに金を巻き上げられたと訴えてきた売春婦もいて、誰も耳を貸さなかったが、カミーユの耳には届いた。そこでカミーユはマレヴァルをわきに呼び、あるいは食事に誘って何度も二人きりで話したが、そのときはもう遅かった。マレヴァルはただ否定するばかりで心を開かず、すでに堕落への道をひた走っていた。バー、深夜、ウイスキー、若い女、クラブ、危険な仲間、そして幻覚誘発剤《エクスタシー》。

身を持ち崩す警官は、普通ゆっくり坂を転がり落ちていくので、周囲もそれに順応したり対応したりできる。だがマレヴァルの場合は急降下だった。

結局マレヴァルは十人の殺害容疑がかかったビュイッソンの犯行を幇助した罪で逮捕されたわけだが、上層部がうまく立ちまわったので警察の不祥事として注目を浴びることはなかった。

それに、ビュイッソンの事件そのものがあまりにも常軌を逸していたため、報道はビュイッソン一色に染まり、森林火災のようにすべてを燃やし尽くし、マレヴァルの逮捕などその炎に隠れて誰の目にも見えなかった。

一方、イレーヌの死後、カミーユは重度の鬱病に苦しみ、マレヴァルのことを気にかけるどころではなかった。病院や療養所を転々とし、何か月もぼんやり外をながめたりデッサンしたりして過ごし、見舞客も断り、周囲からは二度と職場復帰できないだろうと言われた。

マレヴァルは裁判で有罪となったが、すでに勾留期間が刑期を超えていたためすぐに釈放された。だが誰もあえてカミーユに告げようとはせず、カミーユがそのことを知ったのはだいぶ経ってからだったし、知ったときもなにも言わなかった。時が経ちすぎたのでマレヴァルのことなどどうでもよくなっていて、もう自分には関係がないように思えたのだ。

自由の身になったマレヴァルは消息を絶った。だがしばらくするとよからぬことでちらほら名前が出るようになった。ルイが集めた資料にもそのあたりのことが書かれている。

マレヴァルの警察官としてのキャリアの終わりは、犯罪者としてのキャリアの始まりと時期が一致する。ある意味では、マレヴァルは警察官としての能力をそのまま犯罪に応用したのだ。優秀な警察官だったからこそ犯罪者としても腕がよかった。

資料をめくるにつれて状況が少しずつ見えてきた。犯罪者として再登場したマレヴァルは、まずいくつかのちょっとした事件で警察に目をつけられた。いずれも軽罪だが、すでにマレヴァルが自分の道を選んだことは明らかだった。普通なら警察での経験を生かして警備会社で働くとか、ショッピングセンターの警備係になるとか、現金輸送車の運転手になるところだろうが、マレヴァルはそれをよしとしなかった。そして三回事情聴取を受け、いずれも釈放されていた。

そして去年の夏、また別の事件でマレヴァルの名が挙がった。マレヴァルの名を出したのは……。

ナタン・モネスティィエ。

つながった、とカミーユは息をのんだ。

モネスティィエ、フォレスティィエ。こんなにも実名に近かったとは。うまく嘘をつくなら事実から離れすぎないこと、昔ながらの鉄則だ。アンヌも同じ名字かどうかは調べる必要はあるが、おそらく同じだろう。アンヌ・モネスティィエ。そう考えるのに無理はない。

ナタンの職業も嘘ではなく、本当に優秀な若手科学者だった。子供のころから天才児で、若くして学問を究めたが、精神的には不安定なところがあった。

そして麻薬所持で逮捕された。三十三グラム。個人としてはかなりの量だ。ナタンは無罪を主張したが、やがてパニックになってジャン＝クロード・マレヴァルの名を出した。だが供述はあいまいで、マレヴァルから買ったとか、売人に紹介されたとか二転三転し、最後にはすべてを取り消した。そして判決を待つあいだ保釈されたと思ったら、すぐにひどい暴行を受けて病院に担ぎ込まれた。もちろんナタンは訴えなかった。すでにこのころからマレヴァルは問題を暴力で解決するようになっていたわけで、その後武装強盗に手を出すようになったとしても不思議ではない。

ナタンの件についてそれ以上詳しく書かれてはいなかったが、だいたいのところは想像できる。少なくとも構図は明らかだ。マレヴァルとナタンは取引関係にあった。そして、事情はわからないが、ナタンはマレヴァルに対して負債を抱え、おそらくはそれがかなりの額になり、マレヴァルから脅されるようになった。そんなところだろう。

マレヴァルはほかの犯罪者ともつながっていて、そのなかには凶悪犯もいる。たとえばギド・ガルニエリ。警察では誰もが知るプロの取り立て屋で、負債を安く買って自分で取り立てて儲ける。その方法は情け容赦がなく、去年もガルニエリの手にかかったと思われる男の死体が工事現場で発見され、法医学者は生き埋めだったと断言した。それも死ぬまでに何日もかかる生き埋めで、その苦しみは想像を絶する。つまりガルニエリは狙った相手を恐怖のどん底に突き落とすすべを知っている。マレヴァルはおまえの負債をガルニエリに売ってやるとナタンを脅したのかもしれない。十分考えられる。

だが会ったこともないナタンの件はこの際どうでもよかった。問題はそれがどうアンヌにつながるかだ。

だがそれも簡単に想像がつく。どういう負債であろうとも、ナタンの負債を返済するのはアンヌだ。アンヌはずっと弟に資金援助していた。母親のように。「そうなの、ずっと母親役なのよ」と彼女は言った。

尻拭いするのはいつもアンヌだった。

必要なものがもっとも必要なときにやってくるというのは、そうめずらしいことでもない。

携帯が鳴った。非通知番号だった。カミーユはすぐには出ず、ドゥドゥーシュが鼻づらを上げてこちらを見るまで待ち、それから出た。

「もしもし、ブルジョアさんですか？」

女の声だ。四十代。やや投げやりな口調。

「違います」カミーユはゆっくり言った。「お間違いのようです」

そのまま待つ。

「え、違う？」

憤慨した声だ。あなた気は確か？　とでも言いたげだ。そして書かれたものを読み上げた。

「えっと、エリック・ブルジョアさん、ガニーのエスキュディエ通り十五番地じゃないんですか？」

「違いますよ」

「あら」と女はしぶしぶ間違いを認めた。「そりゃすみません……」

そのあともぶつぶつ言って、それから切った。がちゃんと。

とうとう来た。

ビュイッソンはカミーユのために仕事をした。

これで今度こそ、いつでも望むときにビュイッソンの息の根を止められる。

とりあえず一つドアが開いた。アフネルは氏名を変えていた。今はブルジョアだ。引退した悪党にしては出来すぎの名前じゃないか。

一つ片づいたら、また次の行動を決めなければならない。カミーユは携帯の画面を見つめたまま考えた。

会議室に駆けつけることもできる。アフネルの居所がわかりました。自宅にいれば明日の朝には逮捕できます。これまでのこともすべて説明します。カミーユがそう言えばル・グエンは安堵のため息をつくだろう。もちろん控え目に。そうでないとカミーユの報告がミシャールに対する勝利宣言のように思われてしまう。そしてカミーユを見て、よくやったな、ずいぶん心配させてくれたじゃないかとかすかにうなずき、それでいて表向きはすぐに苛立ちを見せてこう言うだろう。カミーユ、残念だがな、それだけじゃ説明になっとらんぞ！

だが残念がっているようには見えず、誰もだまされない。ミシャールはごまかされたと感じるだろう。ヴェルーヴェンを締め上げてやるのが楽しみで、見物のための特等席を押さえておいたのに、公演キャンセルだなんてと思っている。そしてこのままにはさせないと口を開き、落ち着いた声で理路整然と述べる。重々しく。ミシャールは明確な事実を好むが、それはこの職業を選んだのが愛想を振りまくためではなく、徳のためであって、常に高潔であろうとしているからだ。ヴェルーヴェン警部、あなたがどう言い訳しようと、わたしは目をつぶるつもりなどありませんよ。なにごとにも……。

そこでカミーユはわかっていますと両手を上げる。そして説明する。

あまりにもややこしい事の顚末を。

はい。わたしはパサージュ・モニエで事件に巻き込まれた女性と知り合いでした。すべてはそこから始まったのです。たちまち質問の嵐が巻き起こる。どういう知り合いだったんだ？その女性も強盗事件にからんでいたのか？　なぜあなたはすぐに……？

その先の展開もわかっていて、今いちばん大事なのはアフネルの逮捕だということを誰もが思い出す。すぐに手配し、郊外の隠れ家にいるというブルジョア氏、すなわちアフネルを強盗傷害ならびに殺人の容疑で逮捕すること。ヴェルーヴェンの話をこのまま聞いていたら朝になってしまう。そんなものはあとでいいじゃないかと。ミシャールもその点には同意し、ここは現実的にいきましょうと言うだろう。〝現実的に〟もミシャールの好きな言葉だ。そのあいだ、ヴェルーヴェン警部、あなたはここで待機していなさい。

カミーユは参加できず、傍観者に甘んじることになる。参加するととんでもないことになるという不利な証拠が挙がってしまっているのだから。そして逮捕劇が終わり、ル・グエンやミシャールが戻ってきたら、彼らは詳しい話を聞いて処分を決めるだろう。法的処罰、解雇、停職、あるいは配置転換……。あまりにもわかりきった展開であえて考えるまでもない。要するにそういうことになる。だがカミーユはそういう展開にはならないとすでに知っている。

いつ決めたのか自分でもわからないが、もう決めていた。

その決意はアンヌに、この事件に、自分の人生に、すべてにかかわっているのだから、誰にもどうにもさせはしない。

ずっと状況に振りまわされていると思ってきたが、実はそうではなかった。

結局のところ、自分の運命を決めているのは自分だ。

十九時三十五分

フランスには数え切れないほどエスキュディエ通りがある。どれもだいたい郊外の格子状の通りの一本で、石壁かモルタル壁の小さい戸建てが並んでいる。同じ造りの家、同じ庭、同じ塀と柵。玄関のひさしまで量販店で売っている同じもの。十五番地も例外ではなく、石壁、ひさし、鉄柵、庭と、すべてが型どおりだった。

カミーユはまず家の前を何度も車で通った。右から、左から、普通の速度で、あるいは低速で。何度目かのとき、二階の窓の明かりが一つ消えた。これ以上走る必要はなさそうだ。

カミーユはエスキュディエ通りのいちばん端に車を止めた。角にアラブ人の食料品店があり、どうやらそれがこのあたりで唯一の店だ。店先にホッパーの絵から抜け出たような三十前後の店主が立ち、歯ブラシ代わりの小枝を嚙んでいる。

カミーユがエンジンを切ったとき、時刻は七時三十五分だった。音を立ててドアを閉めると、アラブ人の店主がこちらを見てこんばんはと右手を上げた。カミーユも軽く手を上げ、それからゆっくり通りを下っていった。家並みは単調で、唯一変化があるとすれば力なく吠える犬か、石塀の上で背を丸めて通行人をじっと目で追う猫くらいのものだ。でこぼこした歩道を街灯が黄色く染めている。明日の朝の回収のためにごみ箱が歩道に出されていて、その周囲をうろつく猫たちが——こっちは野良猫だ——不意に牙をむいて餌を取り合う。

十五番地の前に来た。鉄柵の門の先に十メートルほど芝生の前庭がある。右手にはガレージの大きな扉が見えている。

二階の電気はすべて消えていて——つまりカミーユが最後に車で通ってからもう一つ消えた

ことになるのだが——まだ明るいのは一階の二つの窓だけだった。カミーユは門の呼び鈴を鳴らした。こんな時間でなければ、住人の笑顔に期待するセールスマンに見えたかもしれない。扉が少し開いて女性の姿が見えた。逆光で顔はわからないが、声は若い。

「なんのご用でしょう？」

なにも知らないふりをする女。さきほどからの点灯消灯はあなたとはなんの関係もないし、車にも気づかなかったし、家のなかからずっと見ていたわけでもありません、というふり。この女と取調べ室で向き合ったのなら、すぐにこう言ってやるところだ。あなたは嘘がつけない人だ、それ以上は無理ですよと。女は家のなかにいる誰かのほうを振り向き、一度なかに入り、また戻ってきた。

「今開けます」

女は階段を降りてきた。やはり若いが、腰回りは老女のようにたるんでいて、顔が少しむくんでいる。「十九でもう町中の男と寝てたような低級娼婦でね」とビュイッソンは言っていた。カミーユの目には年齢不詳に見えたが、はっとするほど美しく思える瞬間があり、それは恐怖が育んだ美ではないかとカミーユは思った。歩き方もそうだし、目の伏せ方もそうだ。すべての動きが服従ではなく計算されている。というのも女が抱えているのは勇気ある恐怖、警戒する恐怖であって、逃げ惑う恐怖ではない。それは攻撃的ですらある恐怖、すべてに耐える覚悟がある恐怖だ。この女は、必要があればなんのためらいもなく背後から人を刺すだろう。

女は門を開けると黙って引き返し、その後ろ姿には敵意と決意がにじみ出ていた。カミーユは小さい前庭を抜けて階段を上がり、すでに閉じかけていた玄関の扉を押し開けた。廊下はがらんとして、壁にコート掛けがあるがなにも掛かっていない。右手に居間があり、その奥に窓に背を向けて肘掛け椅子が置かれていて、そこに痩せ細った男が座っていた。くぼんだ目が熱を帯びている。室内なのに男は毛糸の帽子を目深にかぶり、頭部の丸みがくっきり出ている。頰のこけ具合は病床のアルマンを思い出させた。

こうして面と向かってみると、長い経験を積んだ者同士、言葉にする必要のないことが山ほどあり、それをあえて口に出せば侮辱になる。アフネルはヴェルーヴェンが何者かを知っている。この身長だから当然だろう。そして、自分を逮捕するつもりならヴェルーヴェンは別のやり方をするはずだと知っている。だからこの訪問の目的は別にあり、それはおそらくもっと厄介なものだ、そう考えて様子を見ている。

カミーユの後ろで女が両手をもんでいる。待つときの癖だろうか。

カミーユは廊下でじっとしていた。こちらを見ているアフネルと背後の女にはさまれて動けなかった。その沈黙は重苦しく、挑戦的で、アフネルも女も手ごわい相手だとよくわかる。だが逆もまた然りだとカミーユは知っている。彼らは彼らで、風采の上がらない小柄な刑事がたった今この家に混乱を持ち込んだことを理解している。そして彼らのような暮らしにとって、混乱とはすなわち死だ。

「話をしなきゃならん」ようやくアフネルが低い声を出した。

だがカミーユに言ったのか、女に言ったのか、ひとり言なのかわからない。

カミーユはアフネルから目をそらさずに数歩近づいた。その姿から警察の記録に書かれているような残忍性を想像するのは容易ではない。だがそれはめずらしいことではなく、犯罪行為に身を委ねる瞬間を除けば、強盗犯も窃盗犯もギャングも普通の人間に見えるものだ。殺人犯でさえ見た目ではわからない。今のアフネルに尋常ならざるところがあるとすれば、それは病であり、忍び寄る死の影だった。そしてもう一つ、無言の威嚇を意味するこの沈黙。

カミーユはまた一歩進んで居間に入った。隅にあるフロアスタンドが青い光をぼんやり投げかけているだけで、ほかに照明はない。薄型テレビ、布を掛けたソファー、がらくた同然の置物、丸テーブルに柄物のオイルクロス。センスのない室内を見てもカミーユは驚かない。大泥棒の趣味嗜好はおおむね大衆レベルと決まっている。

女はいつの間にか姿を消していた。足音一つ聞こえなかったので、カミーユは一瞬、女が銃を持って階段に座っているところを想像した。アフネルのほうは肘掛け椅子に沈んだまま身動き一つせず、事の成り行きが見えてくるのをじっと待っている。このときようやく、アフネルも武器を持っているだろうかという疑問が浮かんだが、正直なところどうでもよかった。ただ念のため、相手を刺激しないようにゆっくり動くことにした。

カミーユはコートのポケットから携帯を取り出し、起動させ、マレヴァルの写真を出し、一歩前に出てアフネルのほうに差し出した。アフネルは唇にわずかな皺を寄せて喉を鳴らし、それが見たという合図で、それからソファーを指差した。カミーユは椅子のほうがよかったので、一脚自分のほうに引き寄せ、帽子をテーブルの上に置いて腰かけた。二人は向き合ったまま、料理でも待っているように黙っていた。ようやく口を開いたのはカミーユのほうだ。

「おれが来ると聞いていたな？」

「ああ……」

それはそうだろう。ビュイッソンにアフネルの名前と住所を告げざるをえなかったやつは、そのことをアフネルに知らせて自分の身を守ったに違いない。いや、それで守れるとも思えないが。

「要点を説明させてもらおうか」とカミーユは切り出した。

そのとき家のなかのどこか遠くから甲高い泣き声が聞こえ、続いてカミーユの真上で駆け寄る足音と、押し殺したような女の声が聞こえた。カミーユはこの新要素が事を複雑にするか単純にするか一瞬考えてから、天井を指差して訊いた。

「いくつだ?」

「六か月」

「男の子か?」

「女」

普通はここで名前も訊くところだが、今はそういう場面ではない。

「ということは、一月には奥さんが妊娠六か月だった」

「七か月」

カミーユは今度はアフネルの帽子を指した。

「そしてそのせいもあって、逃亡は難しかった。そういうことだな? ところで、化学療法はどこで?」

アフネルは少し間を置いて答えた。

「ベルギーだが、やめたよ」

「高すぎて?」

「いや、遅すぎて」

「つまり高すぎるってことだ」

アフネルは笑いらしきものを浮かべたが、それも唇にわずかな影ができただけのことだった。

「一月には、あんたにはもう家族を守るための時間があまり残されていなかった。だから思い切った計画を立てた。一日で四か所。一気に大金を稼ぐためだった。だが昔の仲間は残っていなかったので、あるいは昔の仲間を裏切るわけにいかないからかもしれんが、あんたはセルビア人のラヴィッチと元警官のマレヴァルを使うことにした。マレヴァルについちゃ、あいつが武装強盗に手を出していたとはおれは知らなかったがな」

アフネルはすぐには答えない。

「あんたらに追い払われてから、あいつは自分の道を探してた」とようやく言った。「コカインでもかなり儲けたようだ」

「そうらしいな」

「だがあいつは強盗のほうが気に入ったんだ。性に合ってた」

真相に気づいてから、カミーユはマレヴァルが店に押し入るところを思い浮かべようとしたが、だめだった。想像力が及ばない。マレヴァルもルイと同じようにヴェルーヴェン班で育ったので、警察以外の仕事をしているところなど想像できない。子供を持たない男の常として、カミーユには父性本能がある。それには身長も大いに関係している。だから二人の息子を育てたような気になっていて、その一人は申し分のない優秀な息子で、カミーユのすべてに報いてくれる。だがもう一人は乱暴者で、金遣いが荒く、邪悪で、カミーユを裏切り、妻まで奪った。そして今、カミーユの名誉まで奪おうとしている。

アフネルはカミーユの話の続きを待っていた。二人の上では女の声が次第に小さくなり、赤ん坊を寝かしつけているとわかる。

「一月の仕事は、一人死者が出た以外は順調だった」とカミーユは言った。アフネルはなんの反応も見せなかったが、カミーユもここで反応を期待するほど甘くない。「あんたはラヴィッチとマレヴァルの裏をかき、大金を持って姿をくらました」ここでまた天井を指差す。「まあ当然だな。責任感ってやつが芽生えると、家族を守りたくなる。要するにあの連続強盗は一種の遺贈だ。ところで、どうなんだ？　こういうのに相続税はかからんのか？」

アフネルは睫毛一本動かさない。冗談を言ってみたところでこの男の気をそらすことはできない。ここまで押しかけてきた追い立て屋、凶報の使者、終末を告げる予言者に対して、アフネルは微笑みも、告白も、暗黙の了解も恵んでやるつもりはないのだろう。

「道徳面からいえば」とカミーユは続けた。「あんたを責めることはできない。世の父親と同じように家族を路頭に迷わせまいとしただけだからな。裏をかかれた仲間はそれでは収まらないが、あんたがうまく立ち回ったから彼らにはどうしようもなかった。二人が追いかけてくることを想定し、あんたは名前を変え、あらゆる縁を切った。それでも国を出たりはしなかったんだな。そこは意外だった」

アフネルはまた黙っていたが、カミーユの助けが必要になることもありうると思ったのか、少ししてから最小限の答えを投げてよこした。

「彼女のためだ」

母親のことか子供のことかわからない。だがどちらでも同じだ。

不意に通りの街灯が消えた。タイマーになっているのか、それとも停電だろうか。居間も少し暗くなり、フロアスタンドの明かりのなかに骸骨のようなアフネルの姿が影絵となって浮かんだ。二階では赤ん坊がぐずりはじめたが、また駆け寄る足音がして、じきに泣きやんだ。カミーユはこの薄暗さ、静けさが居心地よく思えてきて、居られるものならしばらくここに居たいくらいだった。それに、どこかほかの場所で誰かが待っているというわけでもない。カミーユはアンヌのことを思った。さあ、話を進めなければ。

アフネルは足をほぐしてまた組み直したが、その動作はあまりにもゆっくりで、カミーユを怖がらせまいとしているようにも見えた。あるいは痛みがあるんだろうか。さあ、進めるぞ。

「ラヴィッチは……」と言いかけて、カミーユは自分の声がこの家に馴染んできたことに気づいた。最初より低く、細くなっている。「おれは個人的には知らないが、上がりをすべて持っていかれて喜ぶはずもない。しかもあの事件では殺人容疑まで抱え込んだ。いや、わかってるさ。あいつがかっとなってやったことで、へまをしたのはあいつだ。それでも取り分の件は別だろう。それなりの働きをしたのに全部持っていかれたんだからな。あいつが、ラヴィッチがどうなったか知ってるか？」

カミーユにはアフネルがわずかに身をこわばらせたように思えた。

「死んだよ。一緒にいた女は、情婦だかなんだか知らないが、頭に一発食らった。ラヴィッチのほうはあの世へ行く前に指を五本切り落とされた。ハンティングナイフで、一本ずつな。あんなやり方をするのは野蛮人だ。ラヴィッチはセルビア人だが、フランスは移民の天国だったはずじゃないのか？　外国人を切り刻むのが、観光のためになるのか？」

「ヴェルーヴェン、うんざりだ」

カミーユは胸をなで下ろした。アフネルを沈黙から引きずり出せなければ話にならない。今必要なのはカミーユのひとり言ではなく、対話だ。

「そうだな。文句を言ってる場合じゃない。それに観光と強盗は別物だ。だがそれにしても……というわけでマレヴァルの話だ。こいつのほうはおれも個人的に知っている。ハンティングナイフで指を五本切り落とす前のマレヴァルだがな」

「おれがあんたなら、とっくにあいつを殺してる」

「そのほうがそっちにとってはよかっただろうな。なにしろおれのマレヴァルは、今や血に飢えた野蛮人だが、小ずるいところは変わっていない。やはり裏をかかれたことが気に入らず、必死になってあんたを探している」

アフネルはゆっくりうなずいた。やはり今でも情報網をもっているようだ。マレヴァルの動きを遠くからずっと監視してきたのだろう。

「だがあんたは名前を変えたし、あらゆるものや人とのつながりを断ったし、あんたを崇めたり恐れたりする人々の助けも得られた。だから八方手を尽くしても、マレヴァルはあんたに関する情報を手に入れられなかった。そこで悟ったわけだ。自分には無理だと」

アフネルは目を細めた。

「そこであいつはいいことを思いついた」

アフネルは息をのんだ。

「警察に任せることにしたんだ」カミーユは両腕を大きく広げてみせた。「市民に奉仕する警察官に捜査を委ねたってわけだ。賢い選択じゃないか。なにしろおれは腕利きだから、本気になれば、あんたのような人間を探し出すのに二十四時間もかからない。ではどうやって本気にさせるか。男を本気にさせるには女を使うのがいちばんだ。それも虐待された女とくれば、おれのような繊細な男に効かないはずがない。その女と出会ったのは半年ほど前のことだが、おれはマレヴァルにあてがわれたとも知らずに喜んでいた」

アフネルはうなずいた。自分がすでに追い詰められていて、命がけの戦いが近づいているとわかっていながら、それでもうなずいてしまうほどマレヴァルの作戦に感心したようだ。薄暗いのでよくわからないが、もしかしたらにやついているのかもしれない。

「そしてマレヴァルは、おれにあんたを探させるために、あんたの仕業に見せかけた強盗を計画した。つまり宝石店、モスバーグのショットガン、暴力といった要素をちりばめ、首謀者がヴァンサン・アフネルとしか思えないように仕組んだ。そしておれは動転した。当然だろう？　大事に思う女が、おれに贈ろうとしていた時計を取りにいったばかりに事件に巻き込まれて重傷を負ったんだ。頭に血が上り、おれはがむしゃらに動いた。なにがなんでも捜査の権限を得ようと思い、なにしろこっちも小ずるいから思いどおりに手に入れた。女は唯一犯人の顔を見た目撃者として写真を見せられ、そのなかからあんたとラヴィッチの写真を指差し、これが犯人ですと証言した。だが実際には、あんたの顔もラヴィッチの顔もマレヴァルに見せられた写真でしか知らなかったわけだ。彼女はセルビア語を耳にしたとまで言った。大したもんだろ？

これでパサージュ・モニエの強盗事件はあんたの仕業と決まった。疑いのかけらもなかった」

アフネルはゆっくりうなずいた。念入りな計画にますます感心し、マレヴァルを手ごわい相手と認識したようだ。

「おれはあんたを探しはじめた。そうとは知らずにマレヴァルの手先になった。あいつが女に圧力をかけ、おれは足を速めた。あいつが女を殺そうとし、おれは倍の速度で突っ走った。つまり、マレヴァルの狙いどおりおれは必死になった。そしてとうとうあんたを見つけるために奥の手を使うことになり、それはあまりにもつらく……」

「どんな手だ？」アフネルが口をはさんだ。

カミーユは顔を上げた。どう言えばいい？　ビュイッソン、イレーヌ、マレヴァル……。カミーユはあきらめた。とても説明できない。そしてひとり言のつもりで言った。

「おれにはけりをつける相手などいなかったんだが、それを……」

「嘘だ。誰にでもそういう相手はいる」

「ああ、確かにそうだな。現にマレヴァルはずっと前からおれとけりをつけたがっていた。ビュイッソンに情報を流したことで、あいつは罪を問われ、逮捕され、勾留され、はずかしめられ、つまはじきにされ、裁判にかけられ、有罪判決を受けた。刑期は短かったが、警察官が檻の内側に入ったらどうなるかは言うまでもない。だから今回のことで、あいつはおれを同じ目にあわせるチャンスが来たと思った。一石二鳥だ。おれを使ってあんたを探させ、同時におれが警察にいられなくなるようにもっていく」

「自分で望んだこったろうが」

「ある意味では……いや、もっとややこしい話だ」

「おれにはどうでもいい」

「今度ばかりはそうもいかんぞ。こうしておれがここにいるということは、マレヴァルもいずれ来るということだからな。それもただ自分の取り分を要求しにくるんじゃない。あいつは全額せしめる気だ」

「なにも残っちゃいない」

カミーユはその答えを品定めするふりをし、それから言った。

「そういうやり方もあるな。やりたければやってみろ、虎穴に入らずんば虎児を得ずだからな。だが、ラヴィッチもその手を使ったようだぞ。全部使っちまった、ほとんど残ってねえよと……」カミーユはにんまりした。「まじめな話に戻るぞ。その金はあんたがいなくなったあとの家族のためのものだ。だからあんたはまだ持っている。そして、問題はマレヴァルがそれを見つけられるかどうかじゃない。見つけるのにどれくらい時間がかかるかだ。ついでに言えば、そのためにどんな手を使うかだ」

アフネルは首をひねって窓のほうを見た。マレヴァルがハンティングナイフ片手に現れるところを想像したのだろうか。だがなにも言わなかった。

「あいつはここへ来る。おれがそう決めたときに。この住所をあいつの仲間に伝えれば、十分後にマレヴァルは車に飛び乗り、一時間後にここの扉をモスバーグで吹き飛ばす」

アフネルは小首をかしげた。

「わかってるって」とカミーユは言った。「あいつが来たらその場で仕留めるつもりなんだろう？　だが、悪気があって言うんじゃないが、あんたは体調万全ってわけじゃない。マレヴァルはあんたよりずっと若く、鍛えていて、悪知恵も働く。あんたはすでにあいつを甘く見て失敗した。うまく撒いたつもりがこうなったんだからな。むろんまぐれ当たりでうまくいく可能性がないわけじゃないが、逆にいえばそれくらいしかチャンスがない。だからよく聞け。あいつはひどくあんたを恨んでいてなんでもやりかねない。まずあの若い母親の眉間に一発撃ち込み、それから二階の赤ん坊の小さい指を、小さい手を、小さい足を、一本ずつ切り落としていく。今耳をふさいだら後悔することになるぞ、なにしろ……」

「講釈はたくさんだ！　おれはああいう手合いと再三渡り合ってきた」

「そりゃ過去の話だぞ、アフネル。しかもあんたには未来さえない。おれが時間を稼げば、あの母娘に金を持たせて逃すことはできる。だがそれだけではなんの意味もない。マレヴァルはあんたを見つけたんだ。誰も見つけることができなかったあんたをだ。だとしたら、女と赤ん坊を見つけることなどわけもない。あんたに残されたチャンスは一つだけ。つまり……おれだ」

「とっとと失せやがれ！」

カミーユはゆっくりうなずき、帽子に手を伸ばした。あきらめ半分苛立ち半分の複雑な表情を浮かべてみせる。仕方がない、やれることはやったんだと。そしてしぶしぶ立ち上がる。アフネルは微動だにしない。

「邪魔者は消えるとしよう。一家水入らずの時間を大事にすることだな」

カミーユはそう言って廊下に向かった。

だがこの作戦でいけるという自信は揺らいでいない。あとは時間が仕事をしてくれる。何分かかるかはわからない。玄関までか、階段までか、庭までか。もしかしたら門までかかるかもしれないが、アフネルは必ず自分を呼びとめる。通りには街灯の明かりが戻っていて、歩道と庭先が黄色く照らされていた。

カミーユは居間の敷居で足を止め、窓越しに静かな通りをながめた。それからアフネルのほうを振り返り、二階を顎で指した。

「名前は?」

「エヴァ」

カミーユはうなずいた。いい名前だ。

「幸先がいいな」そして背を向ける。「それが続くことを祈るよ」

そして部屋を出た。

「ヴェルーヴェン!」

カミーユは目を閉じた。

そして戻った。

二十一時

アンヌはまだアトリエにいた。意気地があるからかないからか自分でもわからないが、まだここにいて、待っていた。だが時は空しく刻まれ、疲労が重くのしかかる。アンヌは一つの試練をようやく乗り越えたと思っていたが、そのあとにはなにも残っていなかった。精根尽きはて、心も体も空っぽで、これ以上なにもできない。

二十分前に荷物をまとめたのもアンヌではなく、アンヌの亡霊だった。荷物といっても大したものはない。ジャンパー、二百ユーロ、携帯、地図、電話番号リスト、それだけ。そして先ほどからガラス戸まで行っては戻るというのを繰り返していた。

少し前にタクシーの運転手がモンフォールから電話してきて、アトリエに通じる小道が見つからないと言った。アジア系の訛りがあった。仕方なく部屋の明かりをつけ、地図を見ながら案内しようとしたが、混乱するばかりでどうにもならなかった。「ロンジュ通りの先ですか?」、「そうです、その右です」と言ったものの、アンヌには運転手がどの方向から来ているのかもわからない。結局途中であきらめ、こちらから出ていくことにした。「教会まで行って、そこで待っていてくれませんか?」運転手はわかったと言った。「そのほうがこちらも助かります。すみません、どうもGPSが……」アンヌは電話を切り、また電気を消し、ソファーに戻って座った。

あと数分だけ待とう。数分で電話が鳴るかもしれないから。そしてもし鳴らなかったら……。

暗闇のなか、アンヌは思うように動かない人差し指で頬の傷を、歯のない歯茎をなぞり、それから適当にスケッチブックを拾い上げた。百回同じことをしてもそのたびに違うスケッチブックに当たりそうだ。

あと数分だけ……。また運転手が電話してきた。じれているようだ。待つべきか戻るべきか迷っている。

「必ず行きますから待っててください」とアンヌは答えた。

メーターを回させてもらってますと運転手が言った。

「あと十分待って。十分だけ……」

十分。そうしたらカミーユから電話があろうがなかろうがここを出る。でも、そうしたらすべてが無駄になるのだろうか？

そのあとどうなるの？　なにが起きるの？

そのとき、携帯が鳴った。

カミーユだった。


待つのは苦痛だ。おれはフトンを広げ、ボウモア・マリナーと冷製の肉を持ってこさせた。だが目を閉じるつもりはまったくない。

壁の向こうから店内のざわめきが聞こえてくる。フェルナンがおれのためにせっせと稼いでいる。うれしいことではあるが、おれが今欲しいのはそんなもんじゃない。こうして待っているのはそれじゃない。あれだけ骨を折ったんだし……。

時が経てば経つほどチャンスは減っていく。まさかアフネルが女を連れてバハマに逃げたなんてことはないだろうな。死に至る病と聞いたが、ひょっとしたらビーチで療養としゃれ込んだのかもしれない。おれの金で！　おれが稼いだ金で、あいつが健康を取り戻しつつあるなんてことになったら……考えただけで頭がどうにかなりそうだ。

だがまだフランスにいるなら、居所がわかり次第飛びかかってやる。警察が人を集めているあいだに飛んでいって地下室に連れ込み、携帯用バーナーをおともにちょっとした会話を楽しむつもりだ。

というわけで、そのときが来るのを待ちながらボウモアをちびちびやり、首根っこを押さえた女のことを、追い詰めてやったヴェルーヴェンのことを、これから締め上げるアフネルのことを考える。

ここは我慢するしかない。


車に戻ったカミーユはしばらく運転席でじっとしていた。アフネルとのやりとりを頭のなかで濾過《ろか》するためか、トンネルの出口をはっきり見極めるためか、それはカミーユにもわからない。ただ自分がヘビのように冷たくなり、なにも怖くなくなっているのは感じる。トンネルの出口を既定のやり方で迎えられるように、手はずもすべて整えた。残る不安は一つだけ。自分の心が折れないかどうか、それだけだ。

食料品店のアラブ人はまだ店先に立って小枝を噛んでいて、こちらを見て愛想よく笑った。カミーユは少しだけアンヌとの思い出に浸りたかったが、フィルムの回転が止まっていて心のスクリーンにはなにも映し出されなかった。最後の試練が待っているからだろう。

いや、嘘をつくのがつらいのではない。そんなことじゃない。ものごとの終わりが近づくと、誰でも少しはためらうものだからだ。

マレヴァルから自由になるために、アンヌはカミーユを誘導し、同時に見張ってきた。そして仕上げとして、アンヌはアフネルの隠れ家をカミーユから聞き出し、マレヴァルに知らせなければならない。

つまりカミーユだけがアンヌを助けてやれる。だがアンヌを助けることは二人の関係に終止符を打つことでもある。すでにアンヌを助けようとして、カミーユは自分のキャリアも含めていろいろなことに終止符を打ってきた。それを思うと力が抜けそうになる。

さあ、と自分に鞭を打つ。カミーユはぶるっと身を震わせて迷いを断ち切り、携帯をつかんでアンヌにかけた。

すぐに彼女が出た。

「カミーユ？」

言葉が一瞬喉に詰まったが、なんとか音になった。

「アフネルを見つけた。もう安心だぞ」

そうだ。これでいい。アンヌに悟られることがないように落ち着いた声で言えた。

「ほんとなの？」とアンヌが訊いた。

「もちろんだ」電話の向こうでなにか音がする。風だろうか？「どこにいるんだ？」

「テラスよ」

「外に出るなと言ったろう！」

だがアンヌには聞こえなかったようだ。焦っているのか、声が震えている。

「逮捕したの？」

「いや、すぐ逮捕というわけにはいかない。場所がわかったばかりなんだ。知らせてほしいときみが言っただろう？ だからかけた。悪いがもう切るぞ。大事なのはきみが……」

「どこなの？　彼はどこ？」

カミーユは一瞬迷った。これが最後の迷いだ。

「あいつは隠れ家にいる」


周囲で森がざわめいている。木々の小枝を風が吹き抜け、テラスのライトが少し揺れた。アンヌは動けなかった。居場所を聞き出さなければならない。そのために質問をぶつけなければ。力を振り絞って言うしかない。たとえば「どこにいるのか知りたいのよ」とか。頭のなかで何度も練習したように、「怖いのよ、わかるでしょ？　安心したいの」とか。またヒステリーを装って金切り声を上げるのでもいい。「隠れ家ってどこ？　どこなのよ！」それでもだめなら攻めに出る。「確かなの？　場所も言わないなんて、実は見つかってないんじゃないの？」あるいは感情に訴えようか。「だってまだ不安なのよ。カミーユ、あなたならわかってくれるでしょう？」それとも事実を思い出させようか。「あの男はわたしを殴ったのよ、わたしを殺そうとしたの。だからわたしには知る権利があるはずよ！」とかなんとか。

だがアンヌにはなにも言えなかった。

また一昨日と同じだ。あの通りで、血だらけで、駐車している車のボディに両手をついて立っていたときと同じだ。強盗犯が乗った四駆が走ってきて、あの男が銃をこちらに向け、銃口が正面に見えて……。でもアンヌは動けなかった。体にほんのわずかな力を入れることもできなかった。今も同じだ。アンヌは動けず、ただ黙っていた。

そして今度もまたカミーユが助けてくれた。

「隠れ家はパリ郊外だ」と彼が言った。「ガニーだよ。エスキュディエ通り十五番地。静かな住宅街だ。いつからそこにいたのかはわからない。ようやく場所がわかったばかりだからな。エリック・ブルジョアと名乗っているそうだ。それしかわからない」

アンヌはまた黙ってしまった。カミーユはこれが最後だろうか、もうアンヌの声を聞けないのだろうかと思った。だがまだ最後ではなかった。

「これからどうなるの？」とアンヌが訊いた。

「今さら言うまでもないが、あいつは危険だ。だからまずその場所を調べる。そして家にいることを確認する。誰といるかも探る。何人もいるかもしれないしな。それから、まさかパリ郊外でアラモ砦を演じるわけにもいかないから、特殊部隊を配置する。そしてタイミングを計る。もう場所もわかったし、警察はあいつの動きを封じることができる」カミーユはあえて明るい声を出した。「どうだ、安心したか？」

「ええ」

「もう切るぞ。またあとでかける」

間が空いた。

「ええ、じゃ、あとでね」

二十一時四十五分

正直なところあきらめかけていた。ところがなんと、アフネルの居場所がわかった！　なかなか見つからなかったのも当然で、あいつは名前を変えていた。大物として鳴らした現役時代を知っているだけに、ブルジョアなんて妙な名前でいるかと思うと哀れだ。

ヴェルーヴェンは自信たっぷりだったそうだから、おれも自信をもっていいわけだ。

病気というのは間違いないから、あとはその治療に大金を注ぎ込んでいないことを祈るばかりだ。ここまでの努力を補って余りある金額でなきゃこっちは満足できないし、そうでないなら病気で死ぬほうがずっとましだと思うような目にあわせてやる。それに論理的に考えれば、アフネルも生活のために金をとっておくはずだし、必要に備えて手元に置いているだろう。

さあ行動だ。車に飛び乗り、環状線《ペリフェリック》から高速へ抜け、途中で下りて一般道を飛ばせばもうガニーだ。

それにしてもヴァンサン・アフネルがみじめな戸建てに住んでいるとは想像すらできなかった。隠れ家としては賢い選択だが、それでもこんなみすぼらしい郊外にわざわざ隠れたとなると、どうしたって女の影がちらついて見える。ほかに理由が見当たらない。噂に聞いた老いらくの恋、そして子供という線は本当だったようだ。そうでなければアフネルがご近所に〝ブルジョアさん〟と呼ばれる暮らしに甘んじるわけがない。

こういうことを知ると人生について考えさせられる。ヴァンサン・アフネルはほぼ半生を豪快な悪事に費やしてきたのに、女に惚れたとたん、腰抜けになった。

おれには有利な話で、女はいつでも助けになる。男を動かす梃子《てこ》になるからだ。女の両手を折れば、男は自分の金を差し出すし、女の目をえぐれば、男は家族の金を全額差し出す。おれにとって女は臓器提供者みたいなもので、器官の一つ一つが同じ重さの純金に値する。

むろん子供はそれ以上だ。ここぞというとき子供は最強のカードになる。

おれはエスキュディエ通りには近づかず、まず周辺を回ってみた。このあたりの様子を見るかぎり警察もすぐには手を出せないだろう。この一帯を包囲するのはたやすいことで、通りをふさげばいいだけだが、アフネルの家に急襲をかけるとなるとかなり込み入った話になる。まず最低限、アフネルが自宅にいることを確認しなければならない。一人なのかどうかもだ。だがそれすら簡単ではない。このあたりには目立たないように特殊部隊の車を止める場所がない。それに地区内の交通量が少ないので、車でうろつけばすぐに気づかれてしまう。となると私服警官を数人張り込ませるしかないが、張り込みとなると最短でも半日かかる。

とりあえずは特殊部隊の連中が航空写真を広げ、この一帯とターゲット周辺に線だの記号だのを書き込んで非現実的な作戦を練っているところだろう。やつらは本気で急いじゃいないはずだ。朝までは動けないだろうからひと晩考える時間があるし、そのあともまずは張り込みからで、ひょっとしたら数日かかるかもしれない。ようやく連中が踏み込むときにはアフネルは脅威でもなんでもなくなっている。おれが先に面倒見るからだ。

車はエスキュディエ通りから二百メートルほどのところに止めた。そこからリュックを背負って庭伝いに進み、果敢におれに挑もうとした犬を二、三頭棍棒で撃退し、塀だの鉄柵だのを乗り越え、十五番地が見えるところまで来た。おれは庭のモミの木の下に身を潜めた。ここの住人は一階でテレビを見ている。三十メートルほど先の、二軒のあいだの鉄柵越しに、十五番地の裏手がはっきり見えている。

明かりがついているのは二階の一室だけだ。青っぽい光がちらちらしているからテレビがついているのだろう。それ以外はどの部屋も暗い。可能性は三つ。一、アフネルは二階でテレビを見ている。二、アフネルは出かけていて、女がテレビを見ている。三、アフネルはもう寝ていて、女がテレビを見ている。

テレビを見ているなら、続きは見られないだろう。おれが特別番組を提供してやる。出かけているなら、戻ってきたときに大歓迎してやる。

寝ているなら、おれが目覚まし時計になってやる。

もうしばらく双眼鏡で様子を見てから家に忍び寄り、なかに入ることにしよう。盛大に驚きの場面を作ってやれそうだし、考えるだけでぞくぞくする。

庭は瞑想するのにいい場所だから、状況を分析してみた。するとなにもかもうまくいっていて、期待以上だという結論が出たので、ここはあえて慎重にいくべきだと思った。おれはもと血気にはやりやすい。ここに来たときも、もう少しで景気よく一発ぶっ放し、奇声を上げて家に飛び込みそうになった。だが考えてみればここに至るまでにどれほど苦労したことか。あれだけ知恵を絞り、準備し、努力を重ね、ようやく大金に手が届くところまできたのだから、ここは頭を冷やすべきだ。そこで三十分待ってみたがなんの動きもなかったので、おれは荷物をまとめ、アフネルの家をぐるりと見てまわった。警報装置はない。平和なわが家を要塞に仕立て上げて周囲の目を引くようなことはしたくなかったようだ。ブルジョア氏はカメレオンよろしく、風景に溶け込むことで身を隠している。

おれは元の場所に戻って座り、パーカーのファスナーを閉じ、また双眼鏡で観察しつづけた。

すると十時半ごろようやく動きがあった。二階のテレビが消え、中央の小窓に電気がつき、一分ほどして消えた。その窓はほかより狭いのでたぶんトイレだろう。この動きを見ても、人はいるが大人数ではないとわかる。これ以上の条件が望めるだろうか。いよいよ行動に移る時だ。おれは立ち上がって家に向かった。

家は三〇年代の典型的な造りで、一階の裏手にキッチンがある。勝手口の外に小さい階段があり、そこを下りると庭に出られる。おれは庭から入ってその階段を静かに上がった。勝手口の錠はぼろぼろで、缶切りでも開けられそうだった。

だが扉の先は未知の領域だ。なかに入って扉の近くにリュックを置いた。そこからはサイレンサー付きワルサーとハンティングナイフだけで動くことにする。ナイフはベルトのホルスターに差してある。

静けさが脈打っている。夜の家のなかにはいつでもなにかしら神経を刺激するものが漂っている。まずは胸の鼓動を落ち着かせないとうるさくてなにも聞こえない。

おれは耳を澄まして長いことじっとしていた。

だがなんの音もしない。

そっと足を踏み出した。床のタイルがところどころカタリと音を立てるのでゆっくり進む。キッチンを出ると廊下だ。右手が階段で、正面が玄関、左手に大きな開口部が見えていて、おそらくリビングかダイニングルームに通じているのだろう。

寝室は上で、下には人はいない。それでも念のため壁に張りつき、ワルサーを下に向けて両手で握ったまま進んだ。そして開口部の前を通って階段に向かおうとしたとき、目がなにかをとらえた。開口部の先は闇に沈んでいたが、いちばん奥は街灯の明かりでぼんやり照らされていて、そこの肘掛け椅子にアフネルが座ってこちらを見ていた。

　おれは心臓が飛び出るほど驚き、一瞬凍りついた。その一瞬におれが見たのは目深《まぶか》にかぶった毛糸の縁なし帽と大きく見開かれた目……。肘掛け椅子に座ったアフネルはロッキングチェアに座ったケイト・バーカー（二十世紀前半に米中西部を荒らし回ったギャング一家の母親）にそっくりだった。

　アフネルはモスバーグをこっちに向けていて、おれを見た瞬間に撃ってきた。

　耳がつぶれそうな銃声がとどろいた。普通なら腰が抜けるところだろうが、おれは千分の一秒前に床に身を投げていた。その千分の一秒がおれを救い、だが脚までは救ってくれなかった。

　待ち伏せされて脚を撃たれたが、死んじゃいない。すぐに膝をついて身を起こした。

　急な展開に頭がついていかないが、幸いおれの手足は爬虫類脳と直結しているから、予測不能な行動がとれる。不意をつかれ、負傷したにもかかわらず、おれは次の瞬間反撃に出ていた。脳が状況分析する前に、体は鯉が跳ねるように反転してアフネルのほうを向いていた。アフネルはたった今狙い撃ちしたはずの場所にまたおれが現れたのでぎょっとしたようだ。

　おれは膝をついたまま腕を伸ばした。もちろんワルサーを手放しちゃいない。

　一発目はやつの喉を貫通し、二発目はきれいに眉間に入った。そして相手の指の動きを封じるために間髪入れず胸に五発。アフネルの体が激しく揺れた。

　結局おれは腿をやられ、アフネルはあの世に行き、すべての努力がとんでもない結末を迎えたわけだが、そのことを十分認識する前に、脳が遅ればせながら状況分析の結果をはじき出した。おまえは廊下にひざまずいていて、弾倉は空で、うなじに銃口を突きつけられていると。

おれはふたたび凍りつき、ワルサーをゆっくり床に置いた。

突きつけられた銃口はまったく動かない。うなじに軽く当たっているだけだが、命令は明らかだ。おれがワルサーを手で押しやると、二メートルほどすべって止まった。

完全にしてやられた。無抵抗の印に両手を上げ、頭を下げたままゆっくりと首を回した。

ピストルを突きつけている腕の持ち主を割り出すのに時間はかからなかった。そうだろうとは思ったが、靴ではっきりした。小人の靴だ。必死で逃げ道を探すおれの脳が疑問を投げかける。なぜこいつがおれより先に来れたんだ？

だが失敗の分析などしている暇はない。答えが出る前に、こいつはなんのためらいもなく引き金をひくことができる。なぜならこいつの罪にはならないからだ。現に銃口はおれの頭蓋骨をなぞるようにして前に移動し、今や額の中央に、アフネルが二発目を食らった場所に当てられている。おれはゆっくり顔を上げた。

「やあ、マレヴァル」ヴェルーヴェンが言った。

コートを着て、帽子をかぶり、片手をポケットに入れている。すぐにも出ていくという恰好だ。

さらにまずいことに、ピストルを握る手に手袋をはめている。恐怖が足元から這い上がってきた。どれほど速く動いても、こいつが引き金を引けば終わりだ。しかも脚はこのざまだし、だいぶ血を失ったから体重をかけたらどうなるかわからない。

ヴェルーヴェンもそこに気づいている。そして慎重に一歩下がったが、腕はまっすぐ伸ばしたままで震えもしない。覚悟を決めているのか、骨張った顔は冷静そのものだ。

おれは膝をついていて相手は立っているのに、目の高さはさほど変わらない。おれに分《ぶ》があるとすればそこだ。それがラストチャンス。相手は手が届くところにいる。あと数センチ近づければ、そのために数分稼げれば……

「相変わらず反応が速いな、おまえは」

おまえは……。いつもそうだった。ヴェルーヴェンはいつも保護者ぶっていた。身長が伴わないから滑稽千万だ。だが頭は切れるし、こいつをよく知るおれだからわかることだが、今日はかなり機嫌が悪い。

「だが、それもいつもというわけじゃないな」と続けた。「今夜はやけにのんびりしていたじゃないか。あと一歩というところで残念なことだったたな」

ヴェルーヴェンは目をそらさない。

「札束の詰まったスーツケースを探しにきたのなら、間違いなくここにあったと聞けばおまえも血が騒ぐだろう。そのスーツケースは一時間前にアフネルの奥さんが持って出ていった。タクシーを呼んでやったのは、誰あろうこのおれだ。おまえも知ってるように、おれは女性に親切だからな。重いスーツケースを運ぶ女性や、レストランで口論になって困っている女性を見ると助けずにはいられない」

こいつが的をはずすことはないだろう。ピストルは装塡されているし、しかも仕事用のものじゃない。

「気づいたか」とおれの考えを読んでヴェルーヴェンが言った。「これはアフネルのものだ。二階にちょっとした武器庫があってな、見事なコレクションだぞ。そのなかからあいつがこれを薦めてくれた。おれとしてはこういう状況だからどれでもよかったんだが」

ヴェルーヴェンはまったく視線をそらさない。これじゃ催眠術だ。氷のように冷たく、刃のように鋭いこの視線を、こいつの下で働いていたときにも何度か見たような気がする。

「おれがおまえより早くここに来たのはなぜかと考えているな？　だがそれ以上に、どうやったら逃げられるか必死で考えている。おれが本気で腹を立てているとわかっているからだ」

その不気味な落ち着きぶりからすれば、いつ撃ってきてもおかしくない。

「そしておれが自尊心を傷つけられたことも。そうだ、おれにとってはそれこそが痛手だ。怒りならなんとかなる。いずれ収まるし、大局的に見られるようにもなる。だが自尊心はそうはいかない。特におれのように、もはやほかに失うものもない男が自尊心まで取り上げられたらひどいことになる。だから、今のおれにはなんだってできる」

なにも言えなかった。唾をのむのが精いっぱいだった。

「最後の賭けに出るつもりだな？」ヴェルーヴェンが口元をゆるめた。「おれだったらそうする。一か八かやってみる。そういう性格だし、その点でおれたちはけっこう似てると思わないか？　だからこういうことになったんだとおれは思うがな」

だらだらしゃべっているようだが、こいつは集中力を切らしちゃいない。

おれは体に力を入れた。

ヴェルーヴェンが左手をポケットから出した。

おれは目を動かさずに自分の動きを計算した。

ヴェルーヴェンは両手でピストルを握っておれの眉間に当てている。不意をつくしかない。

襲いかかるか、あるいは横にかわすと思っているだろうから、後ろに下がろう。

と思ったときヴェルーヴェンが舌打ちし、左手を離して耳に当てた。

「聞け」

耳を澄ますとサイレンの音が聞こえた。急速に近づいてくる。だがヴェルーヴェンは笑わないし、勝利を味わってはいない。むしろ悲しそうだ。

あまりにも悲しそうで、こんな状況じゃなかったら同情したかもしれない。

わかってはいたことだが、おれはこいつがずっと好きだった。

「おまえを殺人罪で逮捕する」とヴェルーヴェンが言った。あまりにも小さい声でよく聞こえない。「強盗罪も、一月の殺人幇助罪もあるな。ラヴィッチについては虐待、殺害、その情婦の殺害があるし、相当長くくらうことになる、それがおれにはつらい」

その言葉は本当だと、おれにもわかった。

何台分ものサイレンがここへ集まってくる。少なくとも五台、いやもっと多そうだ。回転灯が見え、家のなかが照らされてネオンだらけの遊園地になり、その奥で肘掛け椅子にくずおれたアフネルの顔が青と赤に交互に染まった。

足音が聞こえ、玄関の扉が吹き飛ぶように開いた。おれは振り向いた。

ルイだった。懐かしいルイが真っ先に入ってきた。相変わらず完璧な身だしなみ。いったいいつまでミサの侍者をやってんだ？

「久しぶりだな、ルイ」

おれは平気なふりをしたかった。堂々と芝居を続けたかった。だがこんなふうにルイが登場したりしたら……。すべての過去が、おれが台無しにしたすべてのものがよみがえり、おれの心を引き裂いた。

「やあ、ジャン＝クロード」そう言ってルイが近づいてきた。

おれはもう一度ヴェルーヴェンのほうを振り向いたが、すでに立ち去ったあとだった。

二十二時半

十五番地の周辺は家も庭もすべて照らし出されていた。住人が玄関先に出て声をかけ合っている。なかには門まで出てきたり、大胆に通りの真ん中まで出てくる人もいるが、あえて現場に近づこうとはしない。もちろん警察も関係者以外は近づけないようにしていて、家の左右に一人ずつ制服警官が立っている。

ヴェルーヴェン班長は帽子を目深にかぶり、両手をコートのポケットに突っ込み、現場に背を向けて立っていた。まっすぐ伸びるエスキュディエ通りをながめている。今やこの通りはクリスマスのように明るい。

「すまんな、ルイ」

しゃべるのも億劫《おっくう》そうだ。よほど疲れているのだろう。

「ずっとおまえに説明してやれなくて。信用されていないと思ったかもしれないが、そういうことじゃないんだ。全然違うのさ……わかるか？」

質問になっていない。

「わかっています」とルイは答えた。

言い返したいことがあったが、班長は目を合わせようとしない。二人のあいだはいつもこんなふうだ。会話をしていても、最後まで語り尽くされることはめったにない。だが今回はそれだけではない。これは今までとはまったく違う会話だ。なぜなら、どちらももう二度と会えなくなるような気がしているのだから。

その予感のせいか、ルイは思わずこう訊いた。

「あの女性のことなんですが……」

そう切り出すだけでもルイにとっては勇気がいったが、案の定すぐに止められた。

「頼む、ルイ、それだけはやめてくれ」

怒っているのではないが、不当に非難されたときのような厳しい口調だった。

「おまえが〝あの女性〟なんて言ったら、なんだかおれが恋愛で泣かされたみたいじゃないか」

そしてまたじっと通りを見ている。

「愛のためなんかじゃない。状況がこうさせたんだ」

十五番地の前はまだ少しざわついていて、エンジン音、話し合う声、命令などが聞こえてくる。だがぴりぴりした雰囲気ではなく、すでに落ち着き、穏やかと言ってもいいほどだ。

「イレーヌが死んですべて終わったと思っていた」と班長が続けた。「だがおれが知らないところでまだ火がくすぶっていたんだな。マレヴァルは絶妙のタイミングでそこに空気を送って燃え上がらせた。そういうことだ。だから実のところ、おまえの言う〝あの女性〟はほとんど

「でも、嘘や裏切りが……」とルイは食い下がった。

「いや、そんなのはただの言葉にすぎない。そもそもおれが気づいたときに終わりにしていれば、彼女の嘘もそこで終わっていたし、裏切りというほどのこともなかったんだからな」

ルイは黙っていたが、心のなかでは〝だから？〟と訊いていた。

「実はな……」班長がこちらを向いた。言葉を探しているようだ。「途中で止めまいと決めたのはおれだ。すべてにけりをつけるために最後まで行くしかないと思った。そのほうが……誠実だと思った」その言葉に自分でも驚いたのか、苦笑した。「それに、彼女に悪意があると思ったことは一度もない。そう思ったらすぐに逮捕していた。嘘に気づいたときには確かにもう遅かったんだが、それでもその時点での損失を受け入れ、警察官として行動することは可能だっただろう。だがおれにはできなかった。彼女があれだけのことを耐えてきたのは、単なる保身のためではないと思えてね」

そしてたった今なにかから目覚めたように頭を振り、笑った。

「そしたら本当にそうだったんだ。彼女は弟のために自分を犠牲にしていた。いや、言うな、わかってるって。〝犠牲〟なんて笑えるだろ？　現代には通用しない、もっと古い時代のものだ。だがそれでも……。アフネルを見ろ。あいつは天使じゃないが、家族のために自分を犠牲にした。そしてアンヌは弟のために……。今でもまだそういうことがあるのさ」

「で、あなたは？」

「ああ、おれも」

そして少し迷う様子を見せてから言った。

「どん底に落ちることになっても、誰かのためになにかを犠牲にできるっていうのは、そういう誰かがいるっていうのは、悪くないと思う」またにんまりした。「この利己主義の時代に、なんとも贅沢な話じゃないか。え？」

そしてコートの襟を立てた。

「さて、まだやるべきことが残っている。辞表も書かなきゃならんしな。もう何日寝てないんだったか……」

だが班長は歩きださない。

「おい、ルイ！」

ルイは振り向いた。十五番地の前で鑑識官が呼んでいる。

班長が行けと手を振った、ルイ、さっさと行けと。

「すぐ戻ってきます」

だがルイが戻ったとき、班長はもういなかった。

一時半

家に明かりがついているのが見えたとき、カミーユの心拍数は一気に上がった。

車を止め、エンジンを切った。そして運転席に座ったままどうしようかと考えた。アンヌがいる。

このうえまた失望などしたくない。カミーユはひとりになりたかった。ため息をつき、コートと帽子をつかみ、ゴムバンドで留めたぶ厚いファイルを抱え、アンヌにどういう顔で接すればいいのか、なにを言えばいいのか、どう言えばいいのかと考えながらゆっくり家に向かった。そして、きっとまたアンヌはキッチンの流し台の前で膝を抱えて座っているのだろうと想像した。

テラスのガラス戸が少し開いていた。

だが明かりがついていたのはテラスだけだった。なかは薄暗く、照明といえばリビングの階段の足元にある常夜灯だけなので、どこにアンヌがいるのかわからない。カミーユは重いファイルをテラスに置き、ガラス戸の取っ手に手を伸ばして引き開けた。そして苦笑した。

カミーユはひとりだった。声をかけるまでもないが、かけてみた。

「アンヌ！　いるのか？」

答えがないことはわかっている。

ここに来るといつもそうするように、カミーユは真っ先に薪ストーブまで行った。そして薪をくべ、ダンパーを開けた。

それから上着を脱ぎ、通りがかりに電気ポットのスイッチを入れたが、すぐに消し、酒を並べた戸棚まで行って、迷った。ウイスキーか、コニャックか。

コニャックにしよう。

軽く一杯だけ。

テラスに置いたファイルを取りにいき、ガラス戸を閉めた。

それからゆっくり時間をかけてコニャックをすすった。カミーユはこの家が好きだ。ガラス屋根の上で木々の枝が揺れている。家のなかで風を感じることはないが、ここでは風を見ることができる。

おかしなことにカミーユは、いい年をして、不意に母が恋しくなった。どうしようもないほど恋しくて、我慢しないと泣いてしまいそうだった。

だがこらえた。一人で泣いても意味がない。

グラスを置き、薪ストーブのそばに座り、ぶ厚いファイルを開けた。写真、報告書、新聞記事の切り抜き……このなかのどこかにイレーヌの最後の写真も入っている。

カミーユはなにも探さないし、なにも見ない。ただ淡々と手を動かし、ある分量をつかんではストーブの大きく開いた口に入れていく。すでにストーブは心地よい音を立てて燃え盛っていた。

二〇一一年十二月、クルブヴォアにて

『傷だらけのカミーユ』は『悲しみのイレーヌ』、『その女アレックス』に続く、ヴェルーヴェン三部作の最終作である。

妻のパスカリーヌに、いつも助言をくれるジェラルド・オベールに、いつでも助けてくれる友人のサムに感謝する。

そしてピエール・シピオンの丹念で前向きな仕事と、アルバン・ミシェル社のチームに感謝する。

いつものことながら、今回もそこかしこで作家や著述家から少しずつ言葉を借りているので、感謝を込めてここに名前を挙げておく。（アルファベット順に）マルセル・エメ、トーマス・ベルンハルト、ニコラ・ボアロー＝デプレオー、ハインリヒ・ベル、ウィリアム・フォークナー、シェルビー・フット、ウィリアム・ギャディス、ジョン・ル・カレ、ジュール・ミシュレ、アントニオ・ムーニョス・モリーナ、マルセル・プルースト、オリヴィエ・ルモー、ジャン＝ポール・サルトル、トーマス・ウルフ。

訳者付記

この事件は『その女アレックス』で描かれた事件の翌年に起きたもので、カミーユがアンヌと出会ったのも翌年の春という設定になっています。一方『その女アレックス』でもアンヌがちらりと顔をのぞかせていて、時間的に矛盾しています。しかしながら、この〝フライング〟はヴェルーヴェン警部もの三部作の全体構想がかなり早い段階でできあがっていたことを示す証拠でもあり、興味深く思われ、原作のままとさせていただきました。

解説

池上冬樹

ピエール・ルメートル、やはり一筋縄ではいかない。

読者は読後の余韻にひたりながらもう一度冒頭に戻り、ゆっくりとプロローグを読み返すのではないか。一人の女性に襲いかかる残酷な事件を、カミーユの目で辿《たど》り返すのである。最愛の女性に何が起きたのか。どう災厄がふりかかったのか。一読目では気づかなかったことが、再読で見えてくる。いや、一読目では絶対見えないだろう。物語の結末まで読んで初めて意味のわかる冒頭なのである。『その女アレックス』のときも、読了後もう一度冒頭に戻り、読み返して、いやはやちゃんと書いてあるではないかと驚いたことを思い出す。いったい自分は何を読んでいたのだろう、そしてこんなに巧妙に伏線を張るルメートルはなんと憎らしいのだろうと思ったものだが、その思いを、本書でもふたたび味わうことになった。

本書『傷だらけのカミーユ』は、英国推理作家協会賞の二〇一五年度のインターナショナル・ダガー賞受賞作である。インターナショナル・ダガー賞とは英語に翻訳された非英語圏の作品が対象だが、実はルメートルは、同賞を一三年度にも『その女アレックス』で受賞しているので（フレッド・ヴァルガスの未訳作品とともに）、『傷だらけのカミーユ』で二度目の受賞となる。

このルメートル人気は母国フランス以外でも顕著で、数年前から海外でも翻訳紹介が進んでいて、ゴンクール賞を受賞した『天国でまた会おう』（早川書房／ハヤカワ文庫）も英訳され、一六年度のインターナショナル・ダガー賞にノミネートされているところだ（ご存じのように横山秀夫の傑作『64』も英訳されて最終候補作に選ばれた）。果たして三度目の受賞となるかどうかはわからないけれど（本書が上梓された頃には結果が出ているだろう）、賞に十二分に値する作品であることは一読された読者ならわかるだろう（横山秀夫の『64』もまた。ルメートルと横山秀夫のダブル受賞なら嬉しいのだが）。

さて、『傷だらけのカミーユ』は、カミーユ・ヴェルーヴェン警部シリーズの第三作だ。『悲しみのイレーヌ』『その女アレックス』に続く三部作の完結篇で、時系列でいうと、『その女アレックス』のすぐあとの事件であるけれど、本書で繰り返し言及されるのは、悲劇的な死をとげたイレーヌのことである。翻訳の順序が『その女アレックス』→『悲しみのイレーヌ』と逆になった日本人には、『悲しみのイレーヌ』の衝撃がさめやらないなかで本書を読むのはとてもいいことで、またとない贈り物となるだろう。

物語はまず、アンヌという女性が二人組の強盗に殴られる場面から始まる。ショッピングアーケードのトイレで強盗と鉢合わせをして、アンヌはいきなり銃で殴られたのだ。そのあと顔と腹を執拗に足で蹴りこまれた。強盗たちは宝石店に押し入り、宝石を奪ったあと、立ち上がり逃げようとするアンヌに銃を放つものの、幸いあたりはしなかった。

カミーユにとって、その日は同僚アルマンの葬儀の日で、葬儀に出かける二時間前に、警察から電話がかかってきた。アンヌ・フォレスティエという女性をご存じですかと訊かれた。携帯の連絡先のトップにあったのだという。女性係官によれば、武装強盗に巻き込まれ、病院に搬送されたという。係官はカミーユが警察官であることを知らなかった。

カミーユは病院に駆けつけ、重体のアンヌに驚き、アンヌとの関係を誰にも明かすことなく、事件を担当することにする。だがしかし、強引なうえに秘密裏の捜査活動は上司たちから批判され、事件の担当を外されるどころか、刑事として失格の烙印さえ押されそうになる。カミーユはいったいどのようにして窮地を脱し、いかに犯罪者たちを追い詰めることができるのか。

運命というやつは、なんのためらいもなく〝ショットガンを引っ提げて現れる〟と冒頭にあるように、いきなり、カミーユは恋人の災難を目のあたりにする。というと、おいおい、亡き妻イレーヌの話はどうなったのだと思うかもしれない。そんなにあっさり忘れられるものなのかと。もちろんカミーユだって簡単に新しい女性に心惹かれたわけではない。そもそも〝一人の女性から別の女性へと気持ちを移すことがえげつなく思え、自分が低俗に堕したような気がした〟ほどだ。イレーヌの思い出は〝いくら時が経っても、どれほど出会いがあっても、決して消すことはできない〟(一二〇ページ)。

イレーヌを失ってから五年、もはや女性など必要ないと思っていた矢先に、奇跡のような出会いをする。その相手こそアンヌだった。アンヌを受け入れられたのは、彼女自身が〝かりそめの〟関係だと言ったからだ。アンヌもつらい体験をして、未来を描くことができなかった。二人は奇跡的に出会い、身をゆだねる。〝それはどうしようもなく悲しく、だがとびきり幸せな夜だった。それが愛というものかもしれない〟（一二四ページ）。

〝それはどうしようもなく悲しく、だがとびきり幸せな夜だった〟という表現が胸をつく。そこまで言われれば読者も納得するだろう。〝イレーヌの死をかろうじて乗り越えたカミーユにとって、アンヌとの関係は生きる意味を与えてくれる唯一のもの〟（四八ページ）であり、だからこそ、襲撃事件が人生を脅かすものとして感じられたのだ。

その襲撃事件の始まりから終わりまでの三日間が描かれる。「一日目」「二日目」「三日目」という三部構成だ。同じく三部構成で、誘拐小説&ノワール&警察小説の要素をもちつつどんどん物語が変貌をとげていった『その女アレックス』、二部構成であるものの、一部から二部へと至る劇的な転換を示した『悲しみのイレーヌ』などと比べると、相変わらず切れのいいツイストはあるものの、あえてスタイリッシュな構成にしていない。襲撃されたアンヌへの思い、事件の追及、犯人に狙われるアンヌの警護、さらに刑事としても窮地にたたされたカミーユの絶望的状況を刻々とうちだして物語が沸騰していく。その過程の緊張感を味わってほしいからだろう。

もちろんルメートルのことだから、読者の読みをたえず越えていく。特に「三日目」からは驚きの展開になるのだが、それについては詳しくは書けない。ただひとつ書けるのは、早い段階で、犯罪に使われたショットガンが半年前の強奪事件にも使われていることがわかり、重要な容疑者が浮かび上がってくることだ。その容疑者はどこに隠れているのか。どうすればあぶりだすことができるのか。カミーユはそのために刑務所にいる、ある囚人に会いに行く。その相手とは誰か(それは読んでのお楽しみ)。

小説は、カミーユの三人称と「おれ」の一人称の視点で交互に語られていく。「おれ」とはいったい何者なのかは「三日目」でわかる仕掛けだ。物語は、この「三日目」から急変する。それまでの風景が一気に違う表情を見せて、事件の構図そのものが全く別の顔になる。いやはやよくできている。相変わらずルメートルのプロットは見事である。

それにしても、この小説を読んで思うのは、ルメートルが警察小説の歴史を踏まえて、きちんと現代の読者の好みにあう物語にしていることだ。かつて警察小説といえば、あくまでも集団捜査体制の中で、他者の事件を追及していったものだが、だんだんと事件と刑事の距離が近くなった。他者の事件を当事者として引き受ける、もしくは最初から私的な事件として刑事の前に提示される。つまり事件の私《わたくし》化である。警察小説の大いなる開拓者であるエド・マクベインの八七分署シリーズでも、刑事たちの家族や恋人の生死が大きくクローズアップされる事件を作り上げていたが(一九五〇年代に)、一九八〇年代前後から警察小説のみならずハードボイルドや私立探偵小説の分野でもそれが大きな流れになっている。安全地帯での事件捜査にあまり魅力を感じなくなったからだろう。主人公に激しく感情移入するようなエモーショナルな小説に対する欲求が強くなった。

その意味で、本書などは、愛すべきアンヌを守ろうとする、きわめて個人的な、だがそれを公言できない私的事件である。カミーユが「おれ自身の問題」(三一六ページ)というように、アンヌの事件はきわめて彼自身の問題であり、いかに警察内部での圧力をさけながら解決へと導くかが、魅力のひとつだ。

そこで大事になるのが、捜査班のチームワークであるけれど、この件に関しても、ルメートルは現代的である。事件の私化のほかに、警察小説で顕著なのは、チームの絆、もしくは崩壊、あるいはメンバーの更新である。テレビの連続警察ドラマなどでは、刑事の殉職が視聴者の興味をひきつけ、シリーズの延命をはかることに効果をあげているが、小説では(とくにシリーズでは)中心メンバーの喪失はあまりなかった。しかし映画よりもテレビ・ドラマのほうが人気を博すようになり、小説の刑事ものもテレビ・ドラマ的になり、ヒーローの私生活や刑事各自の生活の比重が増すと、これまた近年では刑事の殉職・脱落・異動が増えてきている。北欧ノルウェイ産のジョー・ネスボのハリー・ホーレ警部シリーズ(いまや世界的なミステリ・シリーズ)などは、第七作『スノーマン』までに同僚三人が殉職するほどの移り変わりの激しさだ。

ルメートルのカミーユ・ヴェルーヴェン警部シリーズも、長篇は三作しかないが、その流れにある。本書の冒頭で、刑事アルマンの葬儀が語られるけれど、これも驚きのひとつだ。『その女アレックス』では倹約家でもらい煙草をするイメージが強く残っていたけれど、今回の作品では食道癌で亡くなっている。カミーユが回想するように、ヴェルーヴェン班発足当時のメンバーは四人で、アルマンは最も重要な部下だった。残り二人のうち、有望な若手刑事だったマレヴァルはイレーヌの事件で警察を追われて何年もあっていないし、残っているのは、富裕な家に生まれてブランド品で身を包むルイだけだ。アルマンの死亡とともに〝ヴェルーヴェン班も幕を引いたようなもの〟で、カミーユにとっては手足がもがれたような時に事件に襲われた。唯一の部下で相棒といっていいルイにも、また秘かに肩をもつ上司のル・グエンにも、アンヌとの関係を打ち明けたくてもできず、自ら絶望的な状況へと入り込むことになる。

この警察内部での友情や反発や憎悪といったサイド・ストーリーが、現代の警察捜査小説のひとつの魅力といっていいだろう。ジョー・ネスボのホーレ警部シリーズも、デンマーク産のユッシ・エーズラ・オールスンの特捜部Qシリーズ（こちらもいまや世界的人気を誇るシリーズ）もそうだ。特に特捜部Qでは、カール・マーク警部補が同僚とともに巻き込まれた過去の銃撃事件、相棒アサドの隠された過去など脇筋がシリーズを貫いていて、いちだんと緊張感を高めている。

果たしてルメートルがどこまで同時代の海外ミステリを読んでいるかわからないが、『悲しみのイレーヌ』におけるミステリ文学の膨大な引用を見るまでもなく、文学作品を渉猟していることは間違いないし、読んでいなくても優れた作家たちは最先端をいくもので、それは本書が物語っている。

物語っているテーマがある。それは結末近くで語られる「犠牲」で（仏語タイトルにもなっている）、それがいくつもの形に表現されているのだが、個人的には、最後の最後に出てくる母親の話に惹きつけられた。息子が生まれても自らを犠牲にして子育てに励まずに画家であることを優先した母親に対して、カミーユはずっと距離感をもっていた。身長が一四五センチしかない小男であることの遠因に母親の喫煙があると考えていたからだ。しかしエピグラフにあるように、「わたしたちは自分の身に起きつつあることの一パーセントしか知らない」（ウィリアム・ギャディス）のである。このエピグラフは事件のある断面をさしているけれど、同時にカミーユと画家であった母親との関係にもふれ、母親からもたらされた行為の認識について語っているように思えてならない。愛情よりもどちらかというと嫌悪の対象に近かった母親の存在が、幕切れで急に身近なものとして浮かびあがり、カミーユの心の底にわだかまる複雑な女性像の根源を垣間見せることになる。

イレーヌ、アレックス、アンヌ、そして母親のモー。カミーユ・ヴェルーヴェン警部シリーズは、物語の変貌ぶりが劇的かつ実にスリリングな小説集であるけれど、登場する女性たちとカミーユの関係をみつめれば、直接間接をとわず、愛の深さを捉えた、どうしようもなく悲しい物語といえるのではないか。残念ながら長篇は三作で終りだが（しかしこんなに世界的に人気を博している以上、シリーズの新作を書かないわけにはいかないと思うが）、嬉しいことに中篇が二つほど残っている。薄くてもいいから、ぜひ中篇集を編んでほしいものだ。

（文芸評論家）

文春文庫

傷《きず》だらけのカミーユ

定価はカバーに表示してあります

2016年10月10日　第1刷
2016年12月5日　第3刷

著　者　ピエール・ルメートル
訳　者　橘《たちばな》　明《あけ》　美《み》
発行者　飯窪成幸
発行所　株式会社　文藝春秋

東京都千代田区紀尾井町 3-23　〒102-8008
TEL 03・3265・1211
文藝春秋ホームページ　http://www.bunshun.co.jp

落丁、乱丁本は、お手数ですが小社製作部宛お送り下さい。送料小社負担でお取替致します。

印刷・凸版印刷　製本・加藤製本

Printed in Japan
ISBN978-4-16-790707-5

（　）内は解説者。品切の節はご容赦下さい。

百番目の男
ジャック・カーリイ（三角和代　訳）
連続斬首殺人鬼は、なぜ死体に謎の文章を書きつけるのか？　若き刑事カーソンは重い過去の秘密を抱えつつ、犯人を追う。スピーディな物語の末の驚愕の真相とは。映画化決定の話題作。
カ-10-1

デス・コレクターズ
ジャック・カーリイ（三角和代　訳）
三十年前に連続殺人鬼が遺した絵画が連続殺人を引き起こす！　異常犯罪専従の捜査員カーソンが複雑怪奇な事件を追う。驚愕の動機と意外な犯人。衝撃のシリーズ第二弾。（福井健太）
カ-10-2

ブラッド・ブラザー
ジャック・カーリイ（三角和代　訳）
刑事カーソンの兄は知的で魅力的な殺人鬼。彼が脱走、次々に殺人が。兄の目的は何か。衝撃の真相と緻密な伏線。ディーヴァーに比肩するスリルと驚愕の好評シリーズ第四作！（川出正樹）
カ-10-4

イン・ザ・ブラッド
ジャック・カーリイ（三角和代　訳）
変死した牧師、嬰児誘拐を目論む人種差別グループ。続発する怪事件をつなぐ糸は？　二重底三重底の真相に驚愕必至、ディーヴァーを継ぐ名手が新境地を開いた第五作。（酒井貞道）
カ-10-5

髑髏の檻
ジャック・カーリイ（三角和代　訳）
宝探しサイトで死体遺棄現場を知らせる連続殺人。天才殺人鬼を兄に持つ若き刑事カーソンが暴いた犯罪の全貌とは？　驚愕の展開を誇る鬼才の人気シリーズ最新作。（千街晶之）
カ-10-6

ノンストップ！
サイモン・カーニック（佐藤耕士　訳）
その朝、友人からの電話をとった瞬間、僕は殺人も辞さぬ謎の勢力に追われることに……。開巻15行目から始まる24時間の決死の逃走。これぞノンストップ・サスペンス！（川出正樹）
カ-13-1

ハイスピード！
サイモン・カーニック（佐藤耕士　訳）
開巻するや第1ページで襲う危機——彼は血染めのベッドで死体とともに目覚めた。殺したのは自分か。元兵士や凄腕の殺し屋が絡む陰謀を暴く疾走が開始される。驚異の高速サスペンス。
カ-13-2

マーサ・グライムズ（山本俊子 訳）
「禍いの荷を負う男」亭の殺人
平穏な田舎町で発生した殺人。ロンドン警察のジュリー警部や元貴族のメルローズ、ミステリ好きのアガサ叔母さんらが謎に挑む。クリスティー・ファン必読の名作。（杉江松恋）
ク-1-15

トマス・H・クック（鴻巣友季子 訳）
緋色の記憶
ニューイングランドの静かな田舎の学校に、ある日美しき女教師が赴任してきた。そしてそこからあの悲劇は始まってしまった。アメリカにおけるミステリーの最高峰、エドガー賞受賞作。
ク-6-7

トマス・H・クック（村松 潔 訳）
沼地の記憶
悪名高き殺人鬼を父に持つ教え子のために過去の事件を調査しはじめた教師がたどりついた悲劇とは…。「記憶シリーズ」の哀切、ふたたび。巻末に著者へのロングインタビューを収録。
ク-6-17

アガサ・クリスティー 他（中村妙子 他訳）
厭な物語
アガサ・クリスティーやパトリシア・ハイスミスの衝撃作からロシア現代文学の鬼才による狂気の短編まで、後味の悪さにこだわって選び抜いた〝厭な小説〟名作短編集。（千街晶之）
ク-17-1

マイケル・コックス（越前敏弥 訳）
夜の真義を（上下）
十九世紀ロンドンの闇に潜む殺人者。彼が抱くのは壮大な復讐の計画だった――イギリス出版史上最高額で競り落とされた、華麗なるヴィクトリアン・ノワール！（瀧井朝世）
コ-20-1

テス・ジェリッツェン（安原和見 訳）
外科医
生きている女性の子宮を抉り出す……二年前の連続猟奇殺人事件と同じ手口の犯罪が発生。当時助かった美人外科医がなぜか今回の最終標的にされる。血も凍るノンストップ・サスペンス。
シ-17-1

ジェフリー・ディーヴァー（土屋 晃 訳）
悪魔の涙
世紀末の大晦日、ワシントンの地下鉄駅で無差別の乱射事件が発生。手掛かりは市長宛に出された二千万ドルの脅迫状だけ。捜査本部は筆跡鑑定の第一人者キンケイドの出動を要請する。
テ-11-1

（　）内は解説者。品切の節はご容赦下さい。

ジェフリー・ディーヴァー（土屋　晃　訳）
青い虚空
護身術のホームページで有名な女性が惨殺された。やがて捜査線上に〝フェイト〟というハッカーの名が浮上。電脳犯罪担当刑事と元ハッカーのコンビがサイバースペースに容疑者を追う。
テ-11-2

ボストン・テラン（田口俊樹　訳）
音もなく少女は
荒んだ街に全てを奪われ、耳の聞こえぬ少女は銃をとった。運命を切り拓くために。二〇一〇年「このミステリーがすごい！」第二位、読む者の心を揺さぶる静かで熱い傑作。（北上次郎）
テ-12-4

スコット・トゥロー（二宮　磐　訳）
無罪 INNOCENT（上下）
判事サビッチが妻を殺した容疑で逮捕された。法廷闘争の果てに明かされる痛ましく悲しい真相。名作『推定無罪』の20年後の悲劇を描く大作。翻訳ミステリー大賞受賞！（北上次郎）
ト-1-13

カール・ハイアセン（田村義進　訳）
迷惑なんだけど？
迷惑な電話セールスマンめ、地獄を見せてやるわ！　非礼な男に鉄槌を食らわすべく彼女が罠をしかけた無人島は、悪党とバカの修羅場に！　ミステリ・ランキング常連作家の快作。
ハ-24-3

カール・ハイアセン（田村義進　訳）
これ誘拐だよね？
薬物依存で悪名高いアイドル歌手の影武者を務めてきた女性が誘拐された。芸能界の怪しい面々と悪党たちの暗闘がはじまる！　米国ユーモア・ミステリの巨匠の快作。（杉江松恋）
ハ-24-4

デイヴィッド・ピース（酒井武志　訳）
TOKYO YEAR ZERO
焼け跡の東京をさまよう殺人鬼の闇、それを追う警視庁刑事の封印された過去。英国人作家の描く戦後日本の闇。あまりに圧倒的な警察小説大作。2007年「このミス」3位。
ヒ-6-1

トニーノ・ブナキスタ（松永りえ　訳）
マラヴィータ
フランスの田舎に潜伏する元マフィア一家。だがひょんなことから素性がバレ、アメリカから殺し屋たちが乗り込んできた。一家の逆襲なるか？　ロバート・デ・ニーロ主演映画原作。
フ-28-2

アダム・ファウアー（矢口　誠 訳）
数学的にありえない（上下）
ポーカーで大敗し、マフィアに追われる天才数学者ケイン。彼のある驚異的な「能力」を狙う政府の秘密機関と女スパイ。確率論と理論物理を駆使した、超絶技巧的サスペンス。（児玉　清）
フ-31-1

心理学的にありえない（上下）
アダム・ファウアー（矢口　誠 訳）
他人の心を操れる者たちが暗闘を繰り広げる謎の陰謀の全貌とは？　人間の心の謎を追い最後の驚愕の真実までノンストップの超絶サスペンス。『数学的にありえない』続編。（三橋　曉）
フ-31-3

クラッシャーズ　墜落事故調査班（上下）
デイナ・ヘインズ（芹澤　恵 訳）
不可解な旅客機墜落が発生した。潜水艦ソナー員や元刑事、検視医らのチームが謎を追う。海外ＴＶドラマを思わせる痛快エンタテインメント大作。堂場瞬一氏絶賛。（香山二三郎）
ヘ-8-1

真夜中の相棒
テリー・ホワイト（小菅正夫 訳）
美青年の殺し屋ジョニーと、彼を守る相棒マック。傷を抱えて裏社会でひっそり生きる二人を復讐に燃える刑事が追う。男たちの絆を詩情ゆたかに描く暗黒小説の傑作。（池上冬樹）
ホ-1-7

その女アレックス
ピエール・ルメートル（橘　明美 訳）
監禁され、死を目前にした女アレックス――彼女が秘める壮絶な計画とは？　「このミス」1位ほか全ミステリランキングを制覇した究極のサスペンス。あなたの予測はすべて裏切られる。
ル-6-1

ピエール・ルメートル（吉田恒雄 訳）
死のドレスを花婿に
狂気に駆られて逃亡するソフィー。かつて幸福だった聡明な女は、なぜ全てを失ったのか。悪夢の果てに明らかになる戦慄の悪意！　『その女アレックス』の原点たる傑作。（千街晶之）
ル-6-2

悲しみのイレーヌ
ピエール・ルメートル（橘　明美 訳）
凄惨な連続殺人の捜査を開始したヴェルーヴェン警部は、やがて恐るべき共通点に気づく――『その女アレックス』の刑事たちを巻き込む最悪の犯罪計画とは。鬼才のデビュー作。（杉江松恋）
ル-6-3

（　）内は解説者。品切の節はご容赦下さい。

東川篤哉
もう誘拐なんてしない
たこ焼き屋でバイトをしていた翔太郎は、偶然セーラー服の美少女、絵里香をヤクザ二人組から助け出す。関門海峡を舞台に繰り広げられる笑いあり、殺人ありのミステリー。（大矢博子）
ひ-23-1

東川篤哉
魔法使いは完全犯罪の夢を見るか？
殺人現場に現れる謎の少女は、実は魔法使いだった!?　婚活中の女警部、ドMな若手刑事といった愉快な面々と魔法の力で事件を解決する人気ミステリーシリーズ第一弾。（中江有里）
ひ-23-2

藤原伊織
テロリストのパラソル
爆弾テロ事件の容疑者となったバーテンダーが、過去と対峙しながら事件の真相に迫る。乱歩賞&直木賞をダブル受賞した不朽の名作。逢坂剛・黒川博行両氏による追悼対談を特別収録。
ふ-16-7

藤崎慎吾
鯨の王
原潜艦内で起きた怪死事件から浮かび上がってきた未知の巨大生物の脅威。米海軍、大企業、テロ組織が睨み合う深海に、学者・須藤は新種の鯨を追って潜航を開始するが!?（加藤秀弘）
ふ-28-1

藤井太洋
ビッグデータ・コネクト
官民複合施設のシステムを開発するエンジニアが誘拐された。サイバー捜査官とはぐれ者ハッカーのコンビが個人情報の闇に挑む。今そこにある個人情報の危機を描く21世紀の警察小説。
ふ-40-1

誉田哲也
妖《あやかし》の華
ヤクザに襲われたヒモのヨシキが、妖艶な女性・紅鈴に助けられたのと同じ頃、池袋で、完全に失血した謎の死体が発見された——。人気警察小説の原点となるデビュー作。（杉江松恋）
ほ-15-2

松本清張
火と汐
夏の京都で、男と大文字見物を楽しんでいた人妻が失踪した。その日、夫は、三宅島へのヨットレースに挑んでいたが……。本格推理の醍醐味。「火と汐」「証言の森」「種族同盟」「山」収録。
ま-1-13

松本清張
風の視線（上下）
津軽の砂の村、十三潟の荒涼たる風景は都会にうごめく人間の心を映していた。愛のない結婚から愛のある結びつきへ。"美しき囚人"亜矢子をめぐる男女の憂愁のロマン。（権田萬治）
ま-1-17

松本清張
事故　別冊黒い画集(1)
村の断崖で発見された血まみれの死体。五日前の東京のトラック事故。事件と事故をつなぐものは？　併録の「熱い空気」はTVドラマ「家政婦は見た！」第一回の原作。（酒井順子）
ま-1-109

松本清張
棲息分布　長篇ミステリー傑作選（上下）
戦後、一代で新興財閥を築いた鉄鋼王・菅沼丑平の死を糸口にあばかれる政財界を巻き込んだ巨額の不正と男女の愛憎。戦後日本の闇を抉りロッキード疑獄を予見した衝撃作。（佐野眞一）
ま-1-114

松本清張
強き蟻
三十歳年上の夫の遺産を狙う沢田伊佐子のまわりには、欲望にとりつかれ蟻のようにうごめきまわる人物たちがいる。男女入り乱れ欲望が犯罪を生み出すスリラー長篇。（似鳥　鶏）
ま-1-132

松本清張
疑惑
海中に転落した車から妻は脱出し、夫は死んだ。妻・鬼塚球磨子が殺ったと事件を扇情的に書き立てる記者と、国選弁護人の闘いをスリリングに描く。「不運な名前」収録。（白井佳夫）
ま-1-133

松本清張
証明
作品が認められない小説家志望の夫は、雑誌記者の妻の行動を執拗に追及する。妻のささいな嘘が、二人の運命を変えていく。狂気の行く末は？　男と女の愛憎劇全四篇。（阿刀田　高）
ま-1-134

松本清張
遠い接近
赤紙一枚で家族と自分の人生を狂わされた山尾信治。その裏に隠されたカラクリを知った彼は、復員後、召集令状を作成した兵事係を見つけ出し、ある計画に着手した。（藤井康榮）
ま-1-135

（　）内は解説者。品切の節はご容赦下さい。

牧村一人
六本木デッドヒート
殺人罪で服役、八年の刑期を終え出所した元風俗嬢の笙子。静かに暮らすはずが、十億円強奪事件との関わりを疑われて狙われるハメに！　異色の第16回松本清張賞受賞作。（香山二三郎）
ま-30-1

麻耶雄嵩
隻眼の少女
隻眼の少女探偵・御陵みかげは連続殺人事件を解決するが、18年後に再び悪夢が襲う。日本推理作家協会賞と本格ミステリ大賞をダブル受賞した、超絶ミステリの決定版！（巽　昌章）
ま-32-1

丸山正樹
デフ・ヴォイス　法廷の手話通訳士
荒井尚人は生活のため手話通訳士になる。彼の法廷通訳ぶりを目にし、福祉団体の若く美しい女性が接近してきた。知られざるろう者の世界を描く感動の社会派ミステリ。（三宮麻由子）
ま-34-1

宮部みゆき
誰か Somebody
事故死した平凡な運転手の過去をたどり始めた男が行き当たった、意外な人生の情景とは——。稀代のストーリーテラーが丁寧に紡ぎだした、心を揺るがす傑作ミステリー。（杉江松恋）
み-17-6

宮部みゆき
楽園（上下）
フリーライター・滋子のもとに舞い込んだ、奇妙な調査依頼。それは十六年前に起きた少女殺人事件へと繋がっていく。進化し続ける作家、宮部みゆきの最高到達点がここに。（東　雅夫）
み-17-7

宮部みゆき
名もなき毒
トラブルメーカーとして解雇されたアルバイト女性の連絡窓口になった杉村。折しも街では連続毒殺事件が注目を集めていた。人の心の陥穽を描く吉川英治文学賞受賞作。（杉江松恋）
み-17-9

道尾秀介
ソロモンの犬
飼い犬が引き起こした少年の事故死に疑問を感じた秋内は動物生態学に詳しい間宮助教授に相談する。そして予想不可能の結末が！　道尾ファン必読の傑作青春ミステリー。（瀧井朝世）
み-38-1

（　）内は解説者。品切の節はご容赦下さい。

湊　かなえ
花の鎖
元英語講師の梨花、結婚後に子供ができずに悩む美雪、絵画講師の紗月。彼女たちの人生に影を落とす謎の男K……。三人の女性たちを結ぶものとは？　感動の傑作ミステリ。（加藤　泉）
み-44-1

湊　かなえ
望郷
島に生まれ育った私たちが抱える故郷への愛、憎しみ、そして憧憬……屈折した心が生む六つの事件。日本推理作家協会賞・短編部門を受賞した「海の星」ほか全六編を収める短編集。（光原百合）
み-44-2

水生《みずき》大海《ひろみ》
運命は、嘘をつく
夢に出てきた男に焦がれる月子。親友・小夜は危うい月子を心配するが……。フレンチ・ミステリーを思わせる大胆な展開と仕掛けがあなたを誘う。初野晴による特別〝解説〟短篇つき。

み-51-1

森村誠一
タクシー
深夜に乗せた女の客が車内で死亡。タクシードライバーの蛭間正は遺族の懇願もあり、東京―佐賀、一二〇〇㎞を疾走する。死者を乗客として――。戦慄のサスペンス。（大野由美子）
も-1-24

森村誠一
深海の夜景
妻を亡くした老人、路上生活者へと転落した若者、母子強姦殺人事件の遺族と犯人、大震災発生時に居あわせた男女など現代社会に生きる人々の心に灯る光を描く七篇。（成田守正）
も-1-25

森田健市
警視庁組対五課　大地班
ドラッグ・ルート
薬物捜査を手掛ける警視庁組対五課大地班に内部告発でもたらされた秘密の取引情報。それは、罠と裏切りで血塗られた悲劇の序章にすぎなかった――疾走感溢れる本格警察小説の誕生！

も-28-1

山口恵以子
月下上海
昭和十七年。財閥令嬢にして人気画家の多江子は上海に招かれたが、過去のある事件をネタに脅される。謀略に巻き込まれた彼女の運命は……。松本清張賞受賞作。（西木正明）
や-53-3

（　）内は解説者。品切の節はご容赦下さい。

柳 広司
シートン探偵記
〝狼王ロボ〟追跡中に起きた殺人。盗難の疑いをかけられたカラス。『動物記』で知られるシートン氏は名探偵でもあった。動物にまつわる謎を解く心優しいミステリ短編集。（今泉吉晴）
や-54-4

薬丸 岳
死命
若くしてデイトレードで成功しながら、自身に秘められた殺人衝動に悩む榊信一。余命僅かと宣告された彼は欲望に忠実に生きると決意する。それは連続殺人の始まりだった。（郷原 宏）
や-61-1

横山秀夫
陰の季節
「全く新しい警察小説の誕生！」と選考委員の激賞を浴びた第五回松本清張賞受賞作「陰の季節」など、テレビ化で話題を呼んだ二渡が活躍するD県警シリーズ全四篇を収録。（北上次郎）
よ-18-1

横山秀夫
動機
三十冊の警察手帳が紛失した——。犯人は内部か外部か。日本推理作家協会賞を受賞した迫真の表題作他、女子高生殺しの前科を持つ男の苦悩を描く「逆転の夏」など全四篇。（香山二三郎）
よ-18-2

横山秀夫
クライマーズ・ハイ
日航機墜落事故が地元新聞社を襲った。衝立岩登攀を予定していた遊軍記者が全権デスクに任命される。組織、仕事、家族、人生の岐路に立たされた男の決断。渾身の感動傑作。（後藤正治）
よ-18-3

横山秀夫
64（ロクヨン）（上下）
昭和64年に起きたD県警史上最悪の未解決事件をめぐり刑事部と警務部が全面戦争に突入。その狭間に落ちた広報官三上は己の真を問われる。ミステリー界を席巻した究極の警察小説。
よ-18-4

米澤穂信
インシテミル
超高額の時給につられ集まった十二人を待っていたのは、より多くの報酬をめぐって互いに殺し合い、犯人を推理する生き残りゲームだった。俊英が放つ新感覚ミステリー。（香山二三郎）
よ-29-1

吉永南央
その日まで
紅雲町珈琲屋こよみ

北関東の紅雲町でコーヒーと和食器の店を営むお草さん。近隣で噂になっている詐欺まがいの不動産取引について調べ始めると、因縁の男の影が……。人気シリーズ第二弾。（瀧井朝世）

よ-31-3

吉永南央
名もなき花の
紅雲町珈琲屋こよみ

新聞記者、彼の師匠である民俗学者、そしてその娘。十五年前のある〈事件〉をきっかけに止まってしまった彼らの時計の針を、お草さんは動かすことができるのか？　好評シリーズ第三弾。

よ-31-4

吉永南央
オリーブ

突然、書き置きを残して消えた妻。やがて夫は、妻の経歴が偽りで、二人の婚姻届すら提出されていなかった事実を知る。女は何者なのか。優しくて、時に残酷な五つの「大人の嘘」。（藤田香織）

よ-31-2

吉永南央
キッズタクシー

タクシードライバーの千春には、正当防衛で人を殺した過去があった。ある日、客の小学生の行方が分からなくなり、過去の件が町の噂になった千春にも疑いの目がかかる。（大矢博子）

よ-31-5

連城三紀彦
私という名の変奏曲

世界的ファッションモデル、美織レイ子の死。7人の容疑者たちは、全員がレイ子を殺したのは自分だと信じていた!?　超絶技巧が冴えわたる、連城ミステリーの最高峰。（千街晶之）

れ-1-17

若竹七海
依頼人は死んだ

婚約者の自殺に苦しむみのり。受けていないガン検診の結果通知に当惑するまどか。決して手加減をしない女探偵・葉村晶に持ちこまれる事件の真相は少し切なく、少し怖い。（重里徹也）

わ-10-1

若竹七海
悪いうさぎ

家出した女子高生ミチルを連れ戻す仕事を引き受けたわたしは、ミチルの友人の少女たちが次々に行方不明になっていると知って調査を始める。好評の女探偵・葉村晶シリーズ、待望の長篇。

わ-10-2